人文经济学的苏州实践

何以苏州

刘亢 等 著

SLICE OF SUZHOU

新华出版社

图书在版编目（CIP）数据

何以苏州 / 刘亢著. -- 北京 : 新华出版社, 2024.3
ISBN 978-7-5166-7351-5

Ⅰ. ①何… Ⅱ. ①刘… Ⅲ. ①新闻报道 – 作品集 – 中国 – 当代
Ⅳ. ①I253

中国国家版本馆CIP数据核字（2024）第064441号

何以苏州

作　　者：刘　亢等	
出 版 人：匡乐成	出版统筹：许　新
责任编辑：田丽丽	封面设计：郭维维　汤笑波

出版发行：新华出版社
地　　址：北京石景山区京原路8号　　　　邮　　编：100040
网　　址：http://www.xinhuapub.com
经　　销：新华书店、新华出版社天猫旗舰店、京东旗舰店及各大网店
购书热线：010 – 63077122　　　　中国新闻书店购书热线：010 – 63072012

照　　排：六合方圆
印　　刷：河北鑫兆源印刷有限公司

成品尺寸：170mm × 230mm　1/16
印　　张：29.75　　　　　　　　字　　数：260千字
版　　次：2024年4月第一版　　　印　　次：2024年10月第二次印刷

书　　号：ISBN 978-7-5166-7351-5
定　　价：128.00元

序

刘亢

"上有天堂，下有苏杭。"宋代文人范成大的这句赞叹，置顶苏州近千年。细究"苏州"二字，不难发现这个地名其实藏着国人对美好生活的期盼："蘇"字里有鱼有米的富足充裕，"州"字里那三点水的灵动温润，正是让人向往的人间天堂。

岁月更迭，但不变的是苏州一直住在人们的心里，承载着大家对美好的想象。1983年，邓小平同志以苏州市为例证，系统阐述了小康目标的内涵和现代化建设"三步走"战略。千年古城悄然萌发春天的生机。2023年，习近平总书记在苏州考察时指出："苏州在传统与现代的结合上做得很好，这里不仅有历史文化的传承，而且有高科技创新和高质量发展，代表未来的发展方向。"苏州在推进中国式现代化中走在前、做示范。

好酒是时间酿造出来的，好的城市是岁月雕刻出来的。从伍子胥建阖闾大城，至今已历2500余年；白发苏州却鹤发童颜，生生不息。行走阊门一带，今天仍能从吴越春秋，穿越到明清，再到民国现代，两千多年历史年轮般印刻在西中市这条街上。礼敬历史！这是苏州对先辈古风的尊重与赓续——这个世界遗产城市仅姑苏区就有2000多处各级文物，数量与密度全国罕见。

苏州文脉不单在博物馆有序陈列，更活在苏式生活中：从百戏之祖的昆曲到匠心独运的苏工、苏作，历史文脉的传承活化，以更自然、更

生活的方式，在苏州市民的日常场景里呈现，构成城市最生动的面容。虽由人作，宛自天开；最江南的情调，最中国的气韵不经意氤氲在这座城的亭台楼榭处，流淌在小桥流水间。

谈及中华文化符号，人们想到故宫、长城等国家象征之余，也会向往亭台楼阁、粉墙黛瓦等生活烟火。而这些与人们美好生活息息相关的文化元素、更能唤起个体内心认同的文化资源，大多属于江南，是苏州生活的平常。

习近平总书记2023年考察调研苏州平江历史文化街区时说："住在这里很有福气，古色古香，到处都是古迹、到处都是名胜、到处都是文化。'百步之内，必有芳草'，这句话可以用在这里。"苏州人文荟萃、吴风悠扬；长江、运河两大中华文化标识在此的华章，一横一纵交相辉映——构成一组回望历史、注目当下、远眺未来的长镜头，在纵贯5000年华夏文明的尺度上熠熠生辉。

岁月流转，唯美苏州与富庶苏州始终双向奔赴、共生共荣，交融激荡生生不息的城市脉动。

温婉精致的苏州生而不凡。享誉世界的园林、苏绣是这座城市的颜值，而"中国最强地级市"则透出其经济称雄的气质。以全国0.09%的土地，创造全国2.1%的GDP，领跑全国地级市，与"北上广深渝"比肩而立。苏州下辖4个县级市全部进入全国百强县前十，其中昆山已领跑 18 年；专注实体经济，筑链强链延链，成为全球工业地标，与上海、深圳并称"中国制造前三强"；拥有 14 个国家级开发区，冠绝全国，其中苏州工业园区常年霸榜……

"把不可能变成可能，把可能做到极致"，"穿上雨衣就是晴天，打开电灯就是白天"，"逆境时拼死干，顺境时拼命干"……改革开放 40 多年来，苏州人敢探无人区，时时争第一、处处创唯一，不被盛名所累、不因经验所缚、不惧风险挑战，善于把寻常做成超常、擅长把普通做成特色、专注把优势做成精品。苏州因此成为寻路中国一个不能忽视的存在。

经济是城市的体格，人文是城市的灵魂。千百年来，南北交融、古今熔铸、人文经济相生相融的淬炼，造就了苏州独特的气质。一面看，是古典精巧、韵味无穷；另一面看，是追求极致、探索无限。一面看，是勤勉务实、静稳从容；另一面看，是开放包容、敢为人先。这正是苏州在不同发展阶段都能抢占先机、赢得优势的精神密码和文化自信。

2023 年 3 月，习近平总书记在全国两会期间参加江苏代表团审议时曾说："上有天堂下有苏杭，苏杭都是在经济发展上走在前列的城市。文化很发达的地方，经济照样走在前面。可以研究一下这里面的人文经济学。"

既厚文崇教又重工重商，人文与经济在苏州相融互促、相得益彰，江南气韵、产业地标织出姑苏"双面绣"：

——厚文之"道"与精工之"技"融为一体。"苏人以为雅者，则四方随而雅之。"古人如此形容苏州时尚。不久前，以"有巢"为主题的宋锦成衣亮相 2023 中国国际时装周，悠久文化融入现代服饰，韵味格调惊艳全场。"文化之丝"盛而不衰，"科技之丝"亦名扬天下。亨通集团从乡镇电缆厂起步，以光纤发力，抢位产业新赛道，成长为全球光纤通信三强，已建立 12 个海外产业基地，自主研发的超大尺寸光棒，拉丝长度全球第一。

一部苏作流光史，半部中国制造史。"苏工、苏作就是当年的专精特新。"苏州市市长吴庆文一语道破经济发展里的人文传承。目前，苏州已累计培育 171 家国家级专精特新"小巨人"企业。追求卓越，古今一心。从以人文为素养的文化自觉，到以人文为环境的文化自信，企业家崇尚实业、精益求精的信念已成为苏州鲜明的城市印记。

——经世致用的人文传统与务实惟新的实践思维一以贯之。17 世纪后半期，以昆山人顾炎武为首的实学派反对明末空谈心性的空疏学风，提出经世致用的见解主张、身体力行的实践态度，领风气之先。这一朴素的唯物论思想对后世影响深远。

不仅知识分子有修齐治平、惠民利民思想，企业家亦有居安思危、家国一体的奋斗精神。古镇盛泽曾以"日出万绸，衣被天下"誉满于世。镇上的恒力、盛虹，分别从织造和印染小厂起家，沿产业链上拓下延，双双成长为世界500强企业，生动谱写了保持"恒心定力"，终见"盛世长虹"的产业传奇。

——文化交流互鉴与竞逐全球的开放基因一脉相承。 地理上的"江尾海头"、经济上的"天然良港"、人文上的"衣冠南渡"，让长江苏州段成为南北方文化、东西方文明交流前沿。千百年间，不同属性、不同时段、不同地域的文化在此叠加、碰撞、交融、创新，既孕育了江南、江海等基本文化形态，也形成了在吸纳中扬弃、在融合中创新的文化特质，成为今天苏州推进高水平对外开放、开展文明交流互鉴的价值支撑。

2023年1月，苏州组织了10个国家的15位歌唱家，在美国费城交响乐团的伴奏下用汉语演绎《静夜思》等唐诗，为观众奉献一场东方诗歌与西方音乐交相辉映的视听盛宴。费城交响乐团11月回访苏州演奏了《茉莉花》等中国民歌。人文上的交流互鉴，在中美两国艺术家的演绎下化作一场动人"回响"。

文有脉，行必远。苏州常熟人言子是孔门七十二贤弟子中唯一的南方弟子，后葬于虞山。这位道启东南的"南方夫子"倡导以礼乐教化人心，"弦歌之治"后世尊崇千年，使得海拔不到300米的虞山成为

江南文化高峰。当下，苏州正以文立心、以文培元、以文弘业，不断增强价值引导力、文化凝聚力、精神推动力，在赓续弘扬、守正创新中，用苏州气质、苏州气韵呈现中国气派、中国气象。

2500 年，风雨起落；"弦歌之治"再度奏响，不老苏州续写姑苏繁华。近年来，新华社江苏分社记者躬耕一线，把脉苏州问道姑苏，在洞悉时代细微中，努力看见她联结的历史与可能的未来。影像多彩，呈现绚丽宏阔的时代风貌；文字有力，镌刻真实可感的历史肌理。这里留下的是复兴征程上的苏州足迹。笔底波澜，家国情怀；本书收集的文章、图片、视频多为近 5 年国社对苏州的全景记录。这是国社为苏州发展留存的国家记忆。

2023 年 12 月 9 日

目 录

城市气象

人文气韵

何以苏州

发展气势

目录

开放气度

目录

"上有天堂，下有苏杭。"被置顶千年的苏州犹如苏绣至品"双面绣"：一面人文鼎盛，一面经济繁荣。人文与经济交融共生、相得益彰成就了今天的苏州。岁月更迭流转，不变的是苏州一直住在国人心中，承载着大家对美好的想象。面向所有人、为了所有人、成就所有人，苏州厉精更始，奋楫笃行。

　　经济是城市的体格，人文是城市的灵魂。唯美姑苏与富庶苏州双向奔赴，融汇成生生不息的城市脉动。文化自信是一个国家、一个民族发展中最基本、最深沉、最持久的力量。从苏工之美、苏菜之精，到园林之秀、昆曲之雅……人文和经济"两条腿"走路，让苏州一路走向世人向往的典范之城。

城市气象

双面"绣"姑苏

——人文经济视野下的苏州观察

从苏州古城最高点北寺塔环视，河街相邻、小桥流水，格局千年未变。从伍子胥建阖闾大城至今，苏州保留了中国城市最完整的脉络肌理。作为"江南文化"的核心载体，这里成为寻访中华文明不可或缺的篇章。

2500年岁月沉淀出的昆曲、评弹和园林、苏绣，早已成为世界辨识中国的鲜明符号。吴风悠扬、民情雅致，"最江南"，是时间在这座城酿出的气韵。

以文化城，城以文兴。苏工、苏作里的极致追求，涵养出时时争第一、处处创唯一的城市气质：苏州各县级市常年居全国百强县前列，其中昆山位居榜首多年；拥有14个国家级开发区，苏州工业园区常年领跑全国；专注实体经济，筑链强链延链，正成为全球工业地标。

苏州城区。

　　既厚文崇教又精工重商，人文与经济在苏州相融互促、相得益彰，一如姑苏"双面绣"璀璨千年。

水运水韵
脉动千年

空中客车中国研发中心 4 月在苏州工业园区正式启用，展现其扎根中国、深化合作的决心。作为江苏唯一的外资总部经济集聚区，园区已汇聚外资研发中心 200 多家、跨国公司总部 118 家。

1994 年，始建于南宋的网师园内，中国与新加坡两国代表就园区合作事宜反复谈判，激烈讨论后下楼散步，观一池碧水、听一曲评弹，苏州独有的文雅让博弈顿时变得柔和。换景也换心境，最终成就园区这个"对外开放窗口"。

回溯历史，唯美姑苏与富庶苏州双向奔赴、共生共荣，交融汇聚成生生不息的城市脉动。

濒临太湖，北依长江，京杭运河南北纵贯；拥有两万余条河道、401 个湖泊的苏州缘水而兴：春秋时期造船勃兴，航运起步；汉代以来兴修水利，农业兴盛；隋朝开凿运河，发展漕运，枢纽初成；唐宋以降，港口云集，市集密布，跻身江南雄州，财赋甲于天下。

"君到姑苏见，人家尽枕河。"唐代诗人杜荀鹤笔下的景致，时至今日依然随处可寻：周庄、锦溪等古镇，小桥流水人家；古城区水陆并行，垂柳之下护城河碧波荡漾；现代感十足的园区，也坐拥金鸡湖、阳澄湖的湖光水色。

　　文脉如水脉，静水方能深流。泰伯奔吴教化初开、几经"衣冠南渡"渐成文化中心的苏州城，仍旧古雅充盈：苏州湾博物馆2023年1月开馆即成网红打卡地，"一封来自汉朝的文书""丝绸之路上的汉唐生活礼仪课"让厚重历史有了时代表达；藏身平江河畔的琵琶语评弹艺

评弹演员吴亮莹在苏州市姑苏区一处评弹茶馆演唱。

术馆，天南海北慕名而来的年轻人络绎不绝，只为听一曲吴语《声声慢》……

历史文化是源，城市发展为流，源远方能流长。从"先天下之忧而忧，后天下之乐而乐"的范仲淹，到"天下兴亡，匹夫有责"的顾炎武，历史不仅给苏州留下精致文化，更有家国情怀。

胸怀天下的城市气度，让苏州勇于"为国探路"。改革开放以来，苏州发展乡镇企业推动"农转工"，借助浦东开发开放实现"内转外"，围绕高质量发展推进"量转质"，如今在中国式现代化建设上争做引领示范。

"青砖伴瓦漆，白马踏新泥。"《声声慢》柔美旋律的背后，是苏州昂扬向上的城市基调：1月至4月实际使用外资50.4亿美元，同比增长7%；博世新能源汽车、太古可口可乐等重要外资项目先后落子；2023中国民营经济发展论坛发布"百强产业集群"，苏州和上海各占5席，并列第一。

一架绣绷，十指春风。自寒山寺出姑苏城西行20多公里，太湖之畔有全国最大的苏绣生产和销售中心——镇湖街道，其顶级技艺双面绣形象诠释苏州魅力：一面江南气韵浓厚、人文鼎盛，一面产业地标耸立、经济繁荣。

流水奔涌，要在绵绵不绝。绣出中国式现代化苏州图景，需要水之温婉灵动，更需滴水穿石的坚韧。数十年打拼，苏州培育了"张家

双面"绣"姑苏
——人文经济视野下的苏州观察

苏绣国家级非物质文化遗产代表性传承人、中国刺绣艺术大师姚惠芬在刺绣双面绣。

港精神""昆山之路""园区经验"这"三大法宝",内核均在敢为善为,"把不可能变成可能,把可能做到极致"。

苏工精雕细琢的匠心与苏州时时比肩一流的追求一脉相承,无一不透出这方热土臻于至善的城市品格。今日苏州对标现代国际都市,谋划城市功能拓展、形态完善,力争打造最优营商环境。

发达的水运体系,温润的水乡韵味,蕴藏着绵韧持续的发展动能。人文和经济"两条腿"走路,让苏州从宋代文人范成大的"人间天堂",一路走向当今世人向往的理想之城。

古韵今生
惟实励新

　　"苏人以为雅者,则四方随而雅之。"古人如此形容苏州时尚。3月底,以"有巢"为主题的宋锦成衣亮相 2023 中国国际时装周,悠久文化融入现代服饰,韵味格调惊艳全场。

　　起源于 12 世纪的苏州宋锦,近代以来制作技艺几近失传。吴江市鼎盛丝绸有限公司董事长吴建华带领团队多年钻研,不仅成功复制宋锦,还实现了机器织造。"重生"的宋锦以全新姿态走向世界舞台,进入寻常百姓家。

　　创造性转化,赓续文脉;创新性发展,活化传承。

　　苏州"两根丝"名扬天下。其一"文化之丝",以蚕丝为原点,深挖文化新内涵。苏州太湖雪丝绸股份有限公司借势新国货风潮,创新研发各类丝绸制品,2022 年年底成为北交所"新国货丝绸第一股"。其二"科技之丝",以光纤发力,抢位产业新赛道。亨通集团从乡镇电缆厂起步,成长为全球光纤通信三强,已建立 12 个海外产业基地,自主研发的超大尺寸光棒,拉丝长度全球第一。

与时俱进，固本开新。"百戏之祖"昆曲诞生地昆山，立足戏曲重镇，2018 年起举办戏曲百戏盛典，首创所有戏曲剧种集中交流演出、活态展现，推动戏曲事业"出人、出戏、出效益"。

昆曲与宋锦、古琴、缂丝、香山帮传统建筑营造技艺等，共同垒筑起苏州"虽由人作，宛自天开"的世界非遗高峰。这里历来手工业繁盛，厚文之"道"与精工之"技"融为一体，造就震烁中外的苏工、苏作。

一部苏作流光史，半部中国制造史。"苏工、苏作就是当年的专精

旅客在阳澄湖服务区内观看昆曲表演。

特新。"苏州市市长吴庆文一语道破经济发展里的人文传承。目前，苏州已累计培育171家国家级专精特新"小巨人"企业。

追求卓越，古今一心。从以人文为素养的文化自觉，到以人文为环境的文化自信，企业家崇尚实业、精益求精的信念已成为苏州鲜明的城市印记。

古镇盛泽曾以"日出万绸，衣被天下"誉满于世。镇上的恒力、盛虹，分别从织造和印染小厂起家，沿产业链上拓下延，双双成长为世界500强企业，生动谱写了保持"恒心定力"，终见"盛世长虹"的产业传奇。两家龙头企业带动当地纺织产业全面提升竞争力，千亿级产业集群、千亿级专业市场和千亿级企业齐头并进。

敢为天下先，追求最极致。单根丝直径从几百微米到现在1微米，相当于一根头发丝直径的六十分之一，盛虹集团董事长缪汉根却说，还要不断突破，以永不止步搏击全球市场。

江南水乡孕育苏州人如水般性格：柔和、低调、不张扬。但面对澎湃时代大潮，一批企业家淬炼出洞悉局势、问鼎业界的本领。

40多年前，钳工出身的沈文荣带领工友，克服"一无设备，二无图纸，三无人才"的困难，办起一家小轧钢厂。由此发端的沙钢集团，已连续14年跻身世界500强企业，钢铁版图延伸到巴西、澳大利亚等数十个国家和地区。

双面"绣"姑苏
——人文经济视野下的苏州观察

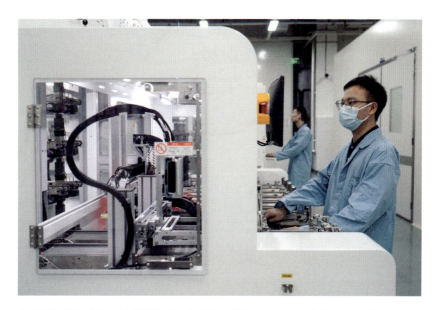

在位于苏州工业园区的苏州华兴源创科技股份有限公司，工作人员在研发车间内操作先进封装芯片测试机。

塑料厂、五金厂、钢铁厂……乘着改革开放的东风，苏州农村一批"泥腿子"的创业梦想如点点星火，渐成燎原之势。当年播撒"种子"，现在"枝繁叶茂"：拥有 16 万家工业企业、覆盖 35 个工业大类，制造业规模稳居中国城市前三。

深厚人文贯通苏州历史，前沿产业塑造苏州未来。苏州正精心谋划布局生物医药、人工智能、纳米、光子等产业创新集群，在全球产业变局中构筑"苏州高地"。

人为标尺
一生之城

　　光影摇曳，展示夜间别样意韵；恍然若梦，园林雅趣抚脉历史。"拙政问雅" 2020 年年底推出，与网师园、沧浪亭等夜游项目一道，既实现融合创新，更被看作拉动夜经济的高品位文旅产品。

　　古老园林寻求新的"打开方式"，GDP 2.4 万亿元的苏州，如何推动更高质量发展？创新是苏州的答案：连续两年春节后即聚焦数字经济时代产业创新集群，加快构建深度融合的协同创新网络，打造具有全球竞争力的现代化产业体系。

　　产业地标根基在人。苏州向来广纳贤才，沧浪亭"五百名贤祠"中，约五分之一是"新苏州人"。"你只需要一个背包，其他'包'在苏州身上！""在苏州，一年 365 天每天都是'企业家日'"等宣传语频频刷屏。

　　欲引凤凰，先栽梧桐。崇文重教之城，将目光锁定高端科教资源：中国顶尖高校联盟 C9 已全部在苏州实现重要布局，搭起校企合作新桥梁；材料科学领域重量级平台苏州实验室将有效贯通原始创新、集成创

双面"绣"姑苏

—— 人文经济视野下的苏州观察

苏州博物馆。

新、开放创新，深度融合创新链、产业链、人才链。

海纳百川，既为城市发展提供不竭动能，更体现以人为本的城市理念。服务人口超过 1600 万的苏州，半数以上为外来者。苏州园林博物馆馆长薛志坚毕业后到此工作至今，感慨这座城市让人能够实现价值。

作为科学家，童友之最看重苏州重视人才、耐心培育企业的诚意；三代传承，年近百岁的江澄波一生寻访收购旧书，至今仍守着 124 岁的文学山房旧书店；范雪萍从安徽来太仓打工，儿子不仅有学上，还随校足球队拿到全省冠军……

不仅"能获得"，还要"能选择"。苏州图书馆第 100 家分馆即将开馆，各分馆与总馆资源共享，通借通还；自建交响乐团、民族管弦乐团、芭蕾舞团，提供世界一流水准的文化大餐。

在苏州，把"C 位"留给文化已成共识：张家港市沙洲湖畔的"最佳湖景房"，是 2022 年由企事业单位、市民共同捐书建设的益空间·源书房；高新区狮子山苏州乐园旧址上，苏州科技馆、艺术剧院正在建设，将与苏州博物馆西馆共同成为新文化地标。恰如 900 多年前，范仲淹捐出自购好地首创府学，成就"东南学官之首"，为昔日"状元之乡"、今日"院士之城"打下基础。

为未来筑基，持续以文塑城。为期一个月的江南文化盛宴将于 5 月 30 日启幕，苏州江南文化艺术旅游节已办至第五届。苏州通过相关品牌行动，既传承历史文化，又融合现代文明。尤其面向年轻人发展数字文化产业，文化创意、动漫电竞、沉浸式文化消费等新业态方兴未艾。

持续提升人文供给能力和水平，让全体人民共享发展成果。苏州新近提出，到 2025 年生活富裕、精神富足"两富水平"实现关键性提升。新征程上，苏州全力推动物质文明与精神文明协调发展，续写人文荟萃、经济繁盛的新华章，以人为标尺打造"一生之城"。"你永远可以相信苏州"，网民的交口称赞折射出这座城市的人文情怀。

"面向所有人，为了所有人。"苏州市委书记曹路宝说，要关注人的全面发展，让每一个家在苏州、驻足苏州的人有更美好的生活体验、更深沉的情感寄托，推动"老有颐养、弱有强扶、病有良医、幼有优育、学有善教、劳有多得、住有宜居"，实现更高水平的民生"七有"。

岁月流转，江河不息。承载人们对美好生活想象的苏州，正穿针引线、双面绣出中国式现代化《姑苏繁华图》。

（2023 年 5 月 29 日"新华全媒头条"，新华社记者刘亢、张展鹏、陈刚、王恒志）

问道昆山

昆山有戏。作为"百戏之祖"昆曲的发祥地，这里刚承办了全国戏曲百戏盛典。文脉相传，不仅在咫尺舞台空间；走进周庄水乡、千灯古镇，同样能感受到当地传统文化的赓续。辗转水巷小桥、青砖黛瓦间，这里有最江南的温婉气韵。

昆山有戏！在乡土中国向城市中国演进的宏阔大戏中，昆山从后起者裂变为领舞者。这个面积不足一千平方公里的城市，2018年综合实力、绿色发展、投资潜力、科技创新、新型城镇化质量等指标均列全国县级城市首位。领跑县域经济14年，这里有最中国的城市脉动。

今年是昆山撤县建市30周年。作为江苏省开展社会主义现代化建设试点地区之一，昆山追求构建人与城、城市与自然、本土历史与现代气质和谐共生的发展新格局，打造更加绿色的生态之城、更加开放的创

昆山市张浦镇姜杭村日出景色。

新之城、更加包容的人文之城、更加便捷的共享之城，为中国中小城市
从全面小康迈向现代化提供生动借鉴。

快与慢的城市节奏

公元 464 年，祖冲之调任娄县（昆山前身）县令，后在此地 13 载。纵为世界上第一个将圆周率精确推算到小数点后 7 位的人，他也无法推想出千余年后这方水土的巨变：昆山经济总量连续 14 年居全国百强县首位，2018 年人均 GDP 3.48 万美元，高于韩国，接近日本。

昆山祖冲之路长 12 公里，其中一段与杜克大道相交。南北朝著名的科学家，与拥有苹果公司现任首席执行官蒂姆·库克等知名校友的美国杜克大学，在中国江南不期而遇。

兼容并蓄、风格多元，是记者对昆山最深切的感受。如同苏州刺绣的顶级技艺双面绣——同一块底料、同一次过程，呈现出绣面图案正反如一的奇妙效果。

大渔湖，由烧砖取土坑改造而成，每周六上演世界最大水影秀，跨度 350 米、最高喷射 60 余米，还将《牡丹亭》等昆曲植入绚丽水幕中。

喷泉时高时低、音乐时而激昂时而婉转、画面在宏大壮观和灵动秀美之间切换，彰显着这座城市的生机勃勃、张弛有度。

　　7月22日上午，峰昆电子科技有限公司顺利拿到营业执照，刚好是昆山的第40万张。总人口277.4万，户籍人口90.3万，市场主体竟多达40万个。

　　昆山今年以"白皮书"形式出台23条优化营商环境新措施，对照世界银行评价指标，涵盖开办企业、税务服务等方面。"细则很具体，可操作，与国际接轨，助力开放型经济向创新型经济转变。"昆山市委书记杜小刚说。

　　通力电梯235米高的试验塔是昆山地标之一。这家芬兰公司1996年落户，2018年纳税12.75亿元。试验塔代表着昆山外向型经济的高

昆山市张浦镇金华村村貌。

度：集聚 56 个国家和地区的 8400 多家企业，包括 48 家世界 500 强企业。

面对复杂多变的国际经贸形势，昆山上半年仍跑出了"加速度"：新设外资项目 128 个，其中超亿美元项目 8 个；累计完成进出口 2640.7 亿元，同比增长 2.6%。

前一步车水马龙，后一步亭台楼榭。经济飞速运转的昆山，有慢生活的另一面。

昆山人喜欢吃面，除了名声在外的奥灶馆，街头巷尾小店生意也好。人们吃完面习惯到公园走走。蜿蜒的园路、考究的植物、江南园林的诗意画风，喧嚣嘈杂被挡在墙外。散布在昆山市区的微型"口袋公园"，成为市民休憩的好去处。

昆山城乡交融，最远的周庄开车 50 多分钟也能到。周庄四面环水，依河成街，桥街相连。灰瓦、木门、雕花窗，明清时代的房屋，沟壑纵横的古树。船娘划着小船，树影婆娑，正好慢享这"一江烟水照晴岚，两岸人家接画檐"的惬意。

大与小的城市治理

  昆山名中带山，其实只有一座形似马鞍的玉峰山，当地人开玩笑说

它"高 8848——厘米"。虽无高山，但昆山人却站位高、眼光远。

周庄景色。

周庄景色。

　　规划全长逾 41 公里、贯穿昆山的苏州市域轨道交通 S1 线，总投资超 294 亿元，已进入主体施工阶段，四年后竣工，将与上海轨道交通

11 号线无缝衔接。

投资 120 亿元、昆山交通基础设施建设史上单体投资规模最大的项目——中环快速路已开通运行，助力昆山由平面交通迈向立体交通。

《昆山市城市总体规划（2017—2035）》2018 年审议通过，提出把昆山"从制造业强市发展成为功能综合的现代化大城市"，为全省示范。

大动作频频的昆山，城市管理犹如绣花般精细。昆山市市长周旭东说，作为外来人口大市，要管理和维护好社会运行系统，需在细微处见功夫、见质量、见情怀。

水乡韵味的装修风格、宽敞整洁的大厅、规范的门头标牌、可远程监管的智能秤，经标准化改造后的江南生鲜农贸市场如同超市。从"脏乱差"到"洁净美"，昆山市民时常从身边的变化感受到城市治理者的细心。

昆山外来人口尤其年轻人多，不少人喜欢吃烧烤。面对影响市容的烧烤店，昆山不是一关了之，而是引导入室规范经营，并要求加装净化设施，减少餐饮油烟。既让老百姓吃得便利、安全，又不影响交通和市容。

传统与时尚的城市格调

九月江南的午后，阳光耀眼、微风拂面。昆山杜克大学里，平静的水面倒映着四周极具现代感的建筑。作为中外高等教育的探索性实践，学校助力昆山打造国家一流产业科创中心。

杜克二期校园已开工建设，主打青瓦白墙的本土色调，同时引入北美校园的景观元素，体现出不忘本来、吸收外来的城市理念。

兼备传统与时尚风貌的，还有锦溪镇祝甸砖窑。这里被住建部评为"最佳废旧建筑再利用实例"，成了昆山新晋的"网红打卡点"。

祝甸村三面环水，清初时沿岸建有38座窑，如今尚存8座，是江南地区仅存的一处砖窑遗址。现在被改造为古窑文化园，徜徉其间，就像穿行在历史与现代交错的折叠空间。

"留下乡愁是乡村演变的底线。"中国工程院院士崔愷是祝甸砖窑文化馆项目的设计者。在他看来，把这块"不合时宜"的旧址保护下来，是对历史文化最好的尊重和报答。

昆山智谷小镇被评为"全国最美特色小镇50强"，拥有杜克大学、

周庄夜景。

昆山工研院、清华科技园等科教资源，和阳澄湖等生态资源。建筑采用红砖彩瓦，欧式风情明显，却又精巧地融合了昆曲等不少本土传统元素。

　　在秦朝时设县、距今2200余年的昆山，"我们能触摸到时尚的最前沿。"前来参加青年电竞大赛的选手们如此谈及对昆山的印象。

绵柔与坚韧的城市性格

一壶清茶，几盘青豆、瓜子、腌菜，几张八仙桌，几十位村民围坐，开诚布公，坦率交流。这是昆山的"吃讲茶"习俗。

昆山古镇上，居民和睦相处，有问题就像"吃讲茶"这般，坐下来调解协商。

作为一座典型的江南水城，水孕育了人的温情。说着一口吴侬软语的昆山人，待人友善，对于已是本地人口两倍的"新昆山人"，显示出很强的包容性。

"不知不觉间到这城市已十年，已不再是那懵懂的少年。"来自安徽的梁立鹤根据自己工作和生活的感受，创作了《晚安吧，昆山》，引发了不少人的共鸣。他说这里没有外地人概念，更没有地域歧视。

绵柔和坚韧，交织在昆山人性格中。老一辈创业者当初为一个项目，可以跑102趟南京，小面包车没空调，在车厢里铺上厚厚的报纸，开一段路就下来给报纸上浇一桶水降温。靠着这股劲，昆山很快赶超了东部沿海多个国家级开发区。

问道昆山

　　"昆山之路"创始者、87 岁的原市委书记吴克铨回忆，当年听说一家日本企业计划在苏州投资，他立刻赶到苏州轻工局，恳请把昆山加入外商考察名单。"我说给昆山一个机会，试一试。但心里笃信，只要他们来了，就一定走不掉！"老书记平缓柔和的语气中透着坚毅和自信。

　　澜起科技是国内芯片龙头、科创板首批上市企业，2017 年落户昆山，2019 年年初投入运行。目前人数不到 300 人，其中 60% 为研发人员。夏驾河科创走廊的一幢科技创业大厦，交给澜起免费使用 5 年，今后还会吸引其他企业入驻，逐步打造产业链，体现出昆山政府招商的诚意和做事的力度。

　　昆山市区的金鹰大厦最高处 251 米，站在此处眺望，931 平方公里的市域范围大部分可见，建筑错落有致，绿地穿插其间，古老的吴淞江、娄江穿城而过。东眺上海、西望苏州，正是学习和追赶的目标。

　　充满韧性的昆山，不掩饰继续当领跑者的雄心。祖冲之曾这样描述做学问的态度——"亲量圭尺，躬察仪漏，目尽毫厘，心穷筹策"，恰似昆山人做事风格，这也正是昆山的底气所在。

《昆山十二时辰》

（2019 年 9 月 23 日《瞭望》，新华社记者刘亢、张展鹏、刘巍巍、陆华东）

寻路太仓

——县域经济高质量发展样本观察

以卫星视角俯视地球，50万米下的太仓不过是亚欧大陆东南部面朝浩瀚太平洋的一个小点。小点无法小看——综合实力百强、县域发展潜力百强、最具幸福感城市等全国榜单中，因"天下粮仓"得名之城始终位居前列。

近观地图，太仓形如风帆。600多年前郑和由此七下西洋，开启了全球大航海时代。千古"大"仓，加上对外开放的"点"睛之笔，终成"太"仓。太仓港是长江第一外贸大港、集装箱吞吐量跃居全国第八；作为首个"中德企业合作基地"，汇聚国内十分之一制造业德企。

似乎不"抢眼"，实则很"抢位"。撤县建市30年，太仓以战略布局构建开放新局、以创新势能提升发展动能、以国际标准打造城市标杆，不断廓清方向、探寻最适合自身的前进道路。

太仓市海运堤罗腾堡德风街。

三十而立。 打造县域高质量发展示范标杆的太仓，正起笔绘就中国式现代化的"江南盛景"。

太仓位于长江入海口南岸，拥有 38.8 公里黄金岸线、-12.5 米深水航道。站在太仓港，只见塔吊林立、货堆如山、车辆穿梭、船只往来不停，繁忙景象可让人联想起当年，在这片土地上浩浩荡荡出海起锚的郑和船队。

通江达海，因港而兴。30 年前，太仓港打下万吨码头建设第一桩。而如今，港区集聚 18 家世界 500 强企业和总投资约 319 亿元的央企项目，形成全球最大集装箱制造基地、亚洲最大高级润滑油基地、江苏沿江最大火力发电基地。

"北风呼啸，荒无人烟，只见芦苇和茅草。"港区退休干部邢高前仍记得 1992 年江边场景，不过当时已有新加坡客商和他分析太仓港的特别之处：如果把长江比作龙，长江口是龙嘴，太仓港的地理位置，如同龙嘴里一颗夜明珠。

"明珠"光芒持续闪亮：2022 年太仓港集装箱吞吐量超 800 万标箱，今年 1—2 月完成 77.5 万标箱，同比增长 21.6%；开辟运营集装箱班轮航线 217 条，与 160 多个国家和地区建立经贸往来。

以港强市，港口被视为太仓城市发展的核心战略资源。目前正统筹推进江海河联动发展和港铁双枢纽建设，构建内河喂给、长江集并、沿海内贸、近洋直达、远洋中转航线网络，加速迈向"千万标箱大港"。

接轨上海，深度融合。 从太仓市政府到上海人民广场，车程约 50 公里、1 小时可达。天气晴好时，登上政府附近大楼能望见陆家嘴的上

江苏太仓港海通汽车码头堆场。

海中心。太仓站和太仓南站投入运营后，与上海最近处仅隔一站。"上海下一站"名副其实。

太仓和上海很近，且 30 年间距离不断拉近：最早派人骑自行车去上海，接回"星期天工程师"指导工业生产，后又紧随浦东开发脚步，与上海同频共振。促进长三角地区深化改革、协同开放的《虹桥国际开放枢纽建设总体方案》中，11 次提及太仓，太仓成为虹桥商务区的北向拓展带的一部分，"虹桥北"真正成为"北虹桥"。

沪太同城，区域共建共享。刷上海公交卡可在太仓坐车，刷太仓医保卡可在上海看病；规划千张床位的瑞金医院太仓分院计划于 2025 年投入使用，将协同推进医疗、教学、科研成果转化，形成"瑞金总院—北部院区—太仓分院"一小时医疗服务圈。

深度融合，成色见于细节。企业项目通过上海的推介会被引入太仓，产业成果由太仓生成配套往上海去；集装箱从太仓港往上海港只需一次查验，货物到上海港等同进太仓港，两座大港将拓展直连直通的远洋航线，打造江海联运核心港区与近洋运输集散中心。

对照学习、对标追赶，太仓响亮喊出"下一站上海"。随着长三角一体化进程提速，太仓正以全新姿态，与上海产业链、供应链和交通圈、生活圈进一步接轨。

志在四海，万里比邻。山和山不相遇，人和人要相逢。同样身处内河临近大海，德国汉堡港与太仓港相距两万多海里；同样生长高大挺拔的水杉，太仓新浏河畔与德国黑森林山川异域却风月同天。1993年德国企业家斯坦姆在异国却引发思乡之情，于是落子于太仓。

30年间，一颗种子长成参天大树：克恩－里伯斯（太仓）从只有6个人的小工坊，跃升为年产值15亿元的"弹簧大王"；太仓汇集德企近480家，累计投资60亿美元。

在外资高地苏州，60亿美元的规模不算大，但太仓的外资质量之高却引人赞叹："隐形冠军"企业55家，德国前十大机床企业中六家落户，德企亩均产值高达1400万元。

斗转星移，水杉林依旧挺立，太仓又增添不少"他乡似故乡"的元素：德国酒店行业翘楚"玛丽蒂姆"投入试运营，德式餐吧"申德勒加油站"加的不是汽油而是正宗的德国啤酒，中德友好幼儿园等生活配套愈加完备。

如今许多德国商人描述太仓是"上海旁边一座大城市"，其实这个城市"大"在定力：三大路标引领，三十年方向不改。

发展路径
绿色为底、制造为基、开放为本

30 年在历史长河中不过沧海一粟，但足以见证一座城的沧桑巨变：地区生产总值从 54.68 亿元增至 1653.57 亿元，进出口总额、城市建成区面积、人均可支配收入等增长十倍乃至百倍；从公共文化设施稀少，到博物馆、美术馆、大剧院等"文化地标"拔地而起，老城活力迸发，娄江新城定位"未来之城"；从只有一个小汽车站，到挺进"高铁时代"、长三角主要城市"1 小时通勤"……

由"县"到"市"，名称改变，更是太仓经济社会发展的全方位变革。这个将田园、产业、江海等元素刻入肌理的城市，30 年来，以自然生态涵养城市气韵，以实体经济打造城市气质，以对外开放塑造城市气派，汇聚成蓬勃向上的发展气势。

与自然和谐共生，持之以恒描摹"田园画卷"。 晨光熹微，不少太仓人沿着天镜湖跑步或骑行，开启全新一天。湖水荡漾、绿树成荫、沿途风景如画，湖边有序分布着高端酒店、商业、住宅以及企业总部。

天镜湖状如明镜。以"镜"观之，可见太仓如何构建疏朗有致的城市格局、精心调试人与自然的距离。

太仓陆域面积665平方公里，约为上海十分之一。与江苏省内其他县级市相比，太仓不算大，但绿色发展一直"算大账"：城市绿化率高达43%，自然湿地保护率超过70%，均在全国领先，土地开发强度控制在34%左右、城市规划中近三分之二面积留给农业和生态建设。

航拍视角看太仓，生态绿廊连绵蜿蜒、清澈河道纵横交错，高楼与道路掩映在大片绿地中。如果追江赶海是一以贯之的"大写意"，现代田园城就是精雕细琢的"工笔画"：公园、绿地与廊道、水系勾连互

太仓市东林村。

补，打造"一心两湖三环四园"的生态体系；50多个街头游园被提档改造，一批林荫路、景观路和湿地公园陆续建成。

太仓主城区有一片300多亩的核心地块，经测算如果开发房地产可带来数十亿元财政收入，但最终选择建设市民公园。漫步其间，植被密布、空间广阔，如同家门口的天然"氧吧"。

先后建成国家生态城市、国家园林城市的太仓，人均公园绿地面积近18平方米。太仓市市委书记汪香元说，"城在田中，园在城中"是历届市委市政府共同梦想，新征程上将坚定生态优先，注重城乡统筹，打造既有现代城市功能、又有优美田园风光的宜居宜业之城。

与产业升级共进，执着坚守培育制造体系。30年间，太仓工业总产值增长十余倍，"块头"猛增，"脊梁"不改——始终坚守制造业。

轻工、纺织、机械等传统行业在太仓曾辉煌一时，大批乡镇企业全面开花，虽显分散但打下工业根基。撤县建市后，太仓持续优化产业结构，推动大批乡镇企业转变发展方式，同时引入德国制造技术，聚焦重点行业和新兴产业，最终形成"3+3"产业矩阵：高端装备、先进材料、现代物贸三个千亿级产业集群，航空航天、生物医药、文化旅游三个特色产业集群。

锚定实体经济，谋求高质量发展。记者采访了解到，太仓将研究细化产业链图谱，深耕高端数控机床、汽车核心零部件、功能性高分子材料等细分领域，着力引育产业链"链主"企业，全面提升产业规模质效。

产业升级离不开数字赋能。全球目前有"灯塔工厂"132家，其中50家在中国，太仓占两席。太仓发挥"灯塔工厂"示范作用，加快产业智能化改造和数字化转型步伐，力争规上工业企业全覆盖。

与世界交融共赢，海纳百川助力城市生长。郑和公园内，18米高的郑和铜像巍然屹立。视野开阔的航海家无法预料，当年起锚地有朝一日与世界关系如此紧密。

江苏太仓港码头。

太仓现有外资企业 1583 家，投资总额 328.7 亿美元，实际使用外资 85.3 亿美元。德企总数约占三分之一，年工业产值超 600 亿元，更带动周边 600 多家民营企业发展，高端装备制造等主导产业与太仓"3+3"产业集群规划深度融合。

对德合作，一往情深。见证德资壮大过程的太仓市高新区管委会原副主任冯玉良等人介绍，德国人的精致务实和太仓城市精神完全契合，太仓的城市结构和产业结构也更匹配"小而精"的德国制造业，由此双向奔赴、聚沙成塔，形成目前的开放结构。

数据也可印证：前 100 家德企聚集太仓历时 14 年，而从第 300 家到 400 家仅用了 3 年。受访德企负责人回答为何选择太仓，都说起"城市干净精致"和"政府务实守信"，加上产业链集聚效应不断增强，形成良性循环。

太仓欧商投资企业协会主席张臻伟的比喻令人印象深刻：德国人的性格就像是壁炉，要烧透厚厚的壁砖会很慢，但是热起来一定会很长久。据统计，90% 以上早期落户的德企都在太仓完成增资扩产。

未来路基
科技创新、未来产业、物贸中心

太仓有多条以当地名人命名的路，如教育家唐文治和核物理学家吴健雄。历来崇文重教、对高端科教资源向往已久的县级市，建成西交利物浦大学太仓校区和西北工业大学太仓智汇港。两所大学既是太仓原始创新基础，更是城市发展的动能所在。

构建城市大脑，积蓄创新力。 西浦太仓校区去年9月启用，到2025年将为当地每年输送不少于2000名高层次创新人才。校区结合太仓产业特点和发展需求，对应设置智造生态、人工智能与先进计算、芯片等学院，已有海尔集团、中科曙光等多家企业参与学院建设。

作为智能机器人学院合作伙伴之一，科沃斯创新模式研究院院长赵亮认为，太仓校区让学生在校园就接受专业系统的行业技术学习，增强毕业后的适应能力，还能推动相关领域产学研深度合作，为前沿科研项目从技术研发到落地应用提供肥沃土壤。

同样，以"三航"（航空、航海、航天）著称的西北工业大学牵手太仓，面向通用航空、民用航空、信息技术等方向培养人才。该校近

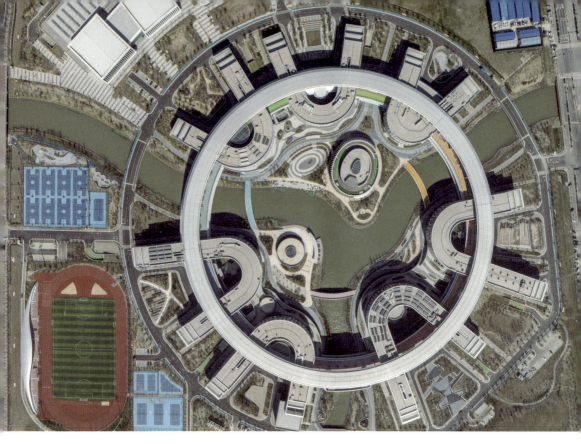

太仓市娄江新城西交利物浦大学太仓校区。

千名学生暑期来到太仓，进入相关企业实习锻炼，实现人才培养与产业链、创新链有机衔接。

西工大相关负责人告诉记者，太仓智汇港和长三角研究院将充分发挥学校在航空航天领域的学科优势，对标区域社会经济发展需要，积极探索产教融合新模式，为太仓产业提级换挡提供助力。

布局未来产业，提升竞争力。 每到周五下班，太仓生物医药产业园门前车水马龙、车流量陡然增高，人们赶往城区或回到上海。占地仅6平方公里，却聚集400多家生物医药企业，年营业收入近300亿元。

生物医药是太仓"3+3"产业矩阵的重要一环，也是月初深圳行主推的"拳头产业"。为了让"太仓药谷"更具含金量，太仓将充分承接上海张江和苏州的溢出效应，并锁定医药合同服务外包、医疗器械、生物创新药三大方向，找准定位，错位发展。

依托优势才能再造优势。采访中太仓干部和企业家多次提及，太仓产业发展最显著特点是充分利用自身禀赋，瞄准升级方向、把准时代脉搏，有的放矢规划布局。

从深蓝到深空，航空航天是太仓另一个"未来产业"。20多年前落户的德企舍弗勒，开发出新型航空发动机轴承，每年可为全球客机节约20万吨燃油，加上西工大等科研机构支撑，太仓提出航空航天产业规模2025年争取突破500亿元。

航空航天发动机换热器铸造工艺曾长期被外国垄断，江苏华钛瑞翔科技有限公司实现了稳定量产，但去年受疫情等因素影响产值仅200多万元，当地政府仍兑现了房租减免等承诺。太仓高新区管委会主任李刚表示，航空航天属于全新赛道，未来一定会迎来爆发。

对产业培育的耐心体现在产业生态的营造。"一个园区里，上下楼就是产业链的上下游。"华钛瑞翔总经理刘荣华举例，不足百米外就是刚开业不久的北航天航长鹰实验室，将负责检测公司零部件。

提升港口能级，锻造持续力。沿海如果没有港口，大海就是尽头；

但有了港口，就能打开面向世界的窗口。2022 年太仓港集装箱吞吐量创下历史新高，全球集装箱港口排名第 25 位。

联动人流、物流、信息流、资金流，推动产业升级、发展高端服务

江苏太仓港码头。

业，实现"货物量级"向"服务能级"转变。太仓将现代物贸产业作为主导产业，推进港口航运物流运营中心、知名品牌物贸结算中心、大宗商品现货交易中心和楼宇经济创新创业中心发展。

面向未来，太仓港主要目标不再是做大规模，而是提升功能，将"港口流量"更好转变为"经济增量"。看中物流资源集聚、市场辐射范围广、分拨配送成本低等优势，全球知名运动休闲品牌耐克、斯凯奇等均在此建设中国物流中心和结算中心，太仓产业链也得以向"微笑曲线"两端延伸。

把港产城一体化作为城市发展"第一战略"——这是苏州市为新形势下太仓发展定下的基调，与"以港强市"战略一脉相承，又提出了更高要求。

一个数百万平方米的全球特色商品展销中心正在港区筹建，集商品展示、物流分拨、交易结算于一体。东南亚的水果、全球的海鲜、各国的名车齐聚，实现一站式"买全球，卖全球"。

当年郑和从这里下西洋把中国带给世界，而今太仓正努力"把世界带给中国"。

一路同行
一生之城的治理之道

在千年古镇沙溪的老茶馆里，两位本地老人一人手执二胡，一人指弹吉他，合奏宛如高山流水，意蕴悠扬，引得路人驻足欣赏。

老人的闲适与自在，可管窥"幸福之城"——11次获评中国最具幸福感城市，7次登上县级市榜首。太仓把人的全生命周期作为城市建设宗旨和治理指向。

打造人才"引力场"，留人更"留心"。人才是所有城市的核心竞争要素。太仓引才靠什么？

诗人白居易未成名时初到长安，曾被人戏谑"长安米贵，居大不易"，一语道破初来乍到之难。白居易曾任苏州刺史，当年治下的太仓如今打造"太易居"人才公寓品牌，三年内新增1万套，"人到太仓就有房"。

满足大学本科毕业及以上学历，只要来太仓实地了解就业、创业环境，就能在线申领最高500元的"人才考察礼遇"补贴。"这是一座让人无法拒绝的城市。"去年研究生毕业来到太仓的颜璐聊起太仓热爱溢于言表。

自动化领域从业 20 多年的龚学培是地道的上海人，两年前到太仓担任通快（中国）机床事业部销售总监，一开始每个周末都回上海，如今已在太仓买房。"与这座城市相遇时的惊喜，没有一丝褪色。"他说。

截至目前，太仓吸引领军人才（团队）达到 827 人，高层次人才数量超过 2.4 万人。

构筑完整"幸福拼图"，有尊重更有尊严。让每一颗心灵都有所归属，才能构成一座城市完整的幸福拼图。太仓既为各类人群追求"民生高线"，又为老人、外来儿童、残疾人等群体构筑"温暖底线"。

作为人口老龄化率超 30% 的"长寿之乡"，太仓除了发放高龄老人尊老金等常规动作，还努力发掘老年人"为社会所需"的价值。78 岁的教师姚品良退休后发现，许多外地民工子女缺乏照看，于是成立志愿者服务队，辅导学生参加多届全国少儿美术大赛，85 件作品获金奖。

定点吸纳外来务工人员子女，太仓市高新区第二小学九成学生非太仓籍。高标准足球场上，五年级的安徽学生丁睿哲正参加校足球队"百川源源"的训练。"孩子们来自五湖四海，如百川汇聚。每年举办'百川节'分享各自家乡故事和美食，没有地域差别，都能找到归属感。"丁睿哲的妈妈范雪萍说，儿子踢了 6 年球，球队也拿到全省冠军，内向的农村娃越来越自信。

　　陆晓晨此前是仓库搬运工，在全国首家致力于雇用心智障碍人士的中德融创工场，她成为一名高端汽车零部件流水线工人。最欣慰的不是工作变得轻松，而是收获了尊重。"在这里我们不会被当作特殊人群，大家都在平等地创造价值。"表达并不流利，但收获尊严的她眼中有光。

　　过去十年，太仓低保标准由每月 570 元调整至 1095 元，5 年来累计发放困境儿童生活保障资金超千万元。达到常住人口三分之一的太仓市民注册成为志愿者，常态化关爱弱势群体。

　　从"造景"到"育境"，品质兼具品位。红砖粉墙、塔楼尖顶，极具欧洲中世纪的复古情调——在新浏河畔的海运堤，太仓最新的"造景"之作罗腾堡德风街去 2022 年年底开业，完美还原德国小镇风貌。

　　跨越山海，"家在太仓"。不久前举办的"春天的信念"中德诗歌朗诵会上，德企高管克里斯蒂安携中国妻子和两个孩子登台，朗诵了德国诗人赫尔曼·黑塞的《幸福》，已在太仓生活 8 年的这家人节目尾声一齐用中文说："这就是我们幸福的家。"

　　"幸福之城"，绝非偶然。太仓一般公共预算收入水平是同等经济体量县市的近两倍，每年超过 80% 的财政收入用于民生支出。打造"一刻钟便民生活圈"，让市民生活"不出圈"，幸福更"出圈"。

　　城乡统筹，短板不短。太仓城乡居民收入比为 1.85：1，是全国收入差距最小的城市之一。"2000 亩地 9 个人就能种好，秸秆打包发酵后作为饲料养羊，羊粪肥田后产出的富硒大米一斤能卖到 16 元。"东林村党委书记苏齐芳介绍，"一片田、一根草、一只羊、一袋肥"支撑起生态循环农业，去年村集体可支配收入超过 3000 万元。

在外闯荡两年后，王梦洁决定回到故乡东林村，依田而居的农民家庭住进现代社区的电梯房。"回来后想不到还有薪金、股金等福利。"她说村里生活与城市几无差别，还多了城里人向往的田园风光。

田园风光是生活品质的"诗意栖居"，太仓丰富高质量文化供给，让精神品位的"诗和远方"触手可及。包含齐白石、徐悲鸿等绘画大师作品的高规格开馆展免费向市民开放，开馆两个月接待参观者超 7 万人次。

美术馆的观景平台是一个半开放的窗，向外望去，市民公园里有人陪着孩子到儿童区域玩沙，情侣在静谧的林荫小道上散步，还有人走进湖畔的自助有声图书馆"听"书……

以窗为框，春夏秋冬四时风景映入眼帘。设计者匠心独运：观景窗被设计成长长的矩形，犹如一幅展开的山水长卷——中国式现代化的江南盛景图正徐徐绘就。

《根在德国 花开太仓》

（2023 年 3 月 27 日《新华每日电讯》，新华社记者刘亢、张展鹏、杨绍功、杨丁淼、陈圣炜）

常熟不惑

常熟地名是初识这座城市的入口，1983年考古人员在这里发现一处距今5000多年的崧泽文化遗址，出土的一粒粒碳化稻谷讲诉着千百年间"岁得常稔"的农耕繁荣。正是在那一年，常熟成为改革开放后全国首批、江苏首个县级市。

光阴荏苒，常熟不惑。

常熟40年栉风沐雨，不仅综合实力稳居全国百强县市前五，还入选了首批"国际湿地城市"；家喻户晓的沙家浜既是红色寻根地，也成为乡村振兴的排头兵；改革开放初期蹚出"碧溪之路"的小镇，现已是高端产业集聚的滨江新城，依然澎湃着与时俱进的动能活力。

传统文化赋予40岁特殊意义：在经历勇敢不羁、富有想象力的青春期和人格自立、事业初成的而立之年后，方能迈进更加成熟理性、从

常熟城市景色。

容练达的不惑之年。

　　人是如此，城亦同样——"常"是恒心定力，把平常做成超常；"熟"是静心沉稳，锚定高质量发展走在前列的目标，在中国式现代化道路上笃定前行：在道法自然中和谐共生、在产业布局中革故鼎新、在文脉赓续中博古通今、在民生改善中愉悦共享、在城乡统筹中美美与共。

　　何以常熟？常熟不惑。

山水入城
留白换绿促永续发展

行走常熟，由"圩""溇""浜""泾"等字眼组成的地名比比皆是，其中沙家浜已成城市名片；溯源历史，历代文人墨客常落笔常熟慨叹风光之美，其中"七溪流水皆通海，十里青山半入城"尤为传神。

守护江南水乡，留住诗词意境，常熟人为此孜孜以求。

1985 年尚湖开闸放水、在国内率先"退田还湖"，被视为里程碑事件，之后沙家浜、昆承湖、南湖等相继实施生态修复工程。与此同时，聚焦宅前屋后、田间地头的河沟水塘，探索"小微湿地"保护之道。

绿色是常熟给人的第一观感，也是最鲜明的发展底色。较早提出考核不唯 GDP，严守城市开发边界、耕地保护和生态保护红线，特别在沙家浜、尚湖虞山等"黄金地带"，顶住开发冲动坚决"留白"；布局重大基建项目从生产性工程思维转向生态性有机思维，近 5 年累计投入近 130 亿元，构建集污水、垃圾、固体废物等处理处置设施和监测监管能力于一体的环境基础设施体系。

近 5 年，常熟地区生产总值年均增长 5.4% 以上，而主要污染物排放量以每年约 5% 的幅度递减，空气质量优良率提高到 83%，水功能区达标率 100%。

"生态是城市的命脉。"常熟市委书记周勤第谈到城市发展首先强调生态保护的重要，他认为要重塑城市与自然的关系，努力打通"绿水青山"与"金山银山"的转化通道，"山水人城和谐相融才是常熟最具优势的城市竞争力"。

身处苏州乃至长三角一众明星城市中，常熟在吸引人才等方面曾

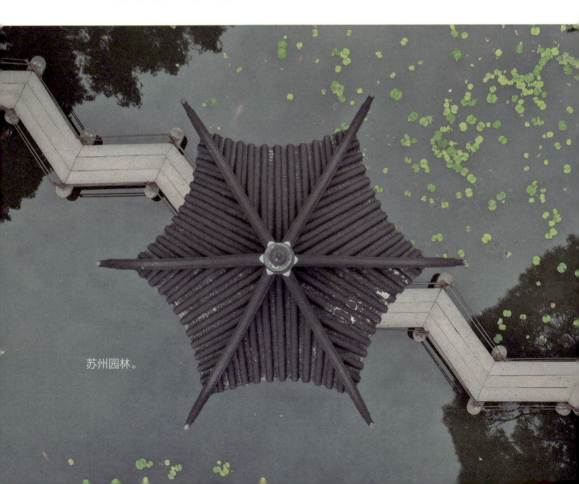

苏州园林。

常熟尚湖风景区景色。

苦苦寻找着比较优势。随着新发展理念日渐深入人心，好生态化身提升城市能级的"变压器"，源源不断地输出生态"价值"——不少企业家、创业者和教育专家因"半山入郭，三湖簇拥"的自然风貌而落户扎根于此。

经历过退田还湖、将最好资源留给生态而非房地产等重要抉择，如今又享受到生态红利，年届不惑的常熟市更不疑惑：矢志追求人与自然和谐共生。

常熟龙腾特种钢有限公司位列中国民营企业 500 强，近年累计投入约 15 亿元进行全流程超低排放改造。这家"江苏省绿色工厂"年减排颗粒物、氮氧化物、二氧化硫总计超 3000 吨；由 6.8 万块单晶光伏板拼接的厂房棚顶，每年可减少碳排放量约 3.8 万吨。董事长季丙元希望早日实现年营收 500 亿元，底气就在于走绿色低碳、科技创新之路。

比肩当年尚湖退田还湖的大手笔，常熟面向未来又起笔一篇生态大文章：以 18 平方公里的昆承湖为纽带，联通望虞河、虞山、尚湖、沙家浜、阳澄湖打造生态廊道，从而形成"山河湖浜"的生态风景链。

常熟北联张家港、东邻昆山太仓、南接苏州城区，是苏州市域一体化北向发展轴上的关键节点。昆承湖作为核心区域，将承载更多优质新兴产业，承担起优化拓展城市空间的使命，打造绿色、低碳、智慧的示范高地，实现"湖城相拥，产城相融"，精彩呈现生态、生活、生产、

常熟尚湖风景区景色。

生意"四生合一"的城市风貌。

　　从空中俯瞰，虞山、尚湖呈椭圆形状，大小相当、基本对称，恰似"城市绿肺"，一呼一吸间，不仅能感受到城市的绿色脉动，也能看到它的来路与未来。

革故鼎新
产业强筋壮骨焕然迭代

"通往碧溪镇的几条宽阔的马路上，自行车的铃声响成一片，数以千计的雨伞犹如起伏的波涛，从四面八方滚滚而来。"这是1984年新华社长篇通讯《碧溪之路》记录下的忙碌清晨，"离土不离乡，进厂不进城，亦工又亦农，集体同富裕"，"碧溪之路"成为"苏南模式"的代表。

时隔近40年，重访碧溪这个曾经"户户织毛衣"的毛衫名镇，周宇告诉记者她的童年就在针织横机声中度过，海外学习服装设计回国后，她接手父亲经营的"金开顺"，同步提升制造工艺和美学表达，从一般羊毛制品向国际化羊绒奢侈品牌转型。

与周宇的父辈一样，高德康也曾骑着"二八大杠"，以每小时30公里的速度狂奔向100公里外的上海，取到布料后连夜返回常熟乡下，用剪刀、缝纫机编织出日后畅销全球72个国家的"波司登"。这一品牌现已竞逐国际一线，在全球时装界占有一席之地。

在代际传承和全球竞争的同时，服装产业"乘云而上"。走进全国最大的县级服装专业市场常熟服装城，已不见车水马龙和人声鼎沸，但

在"云裳消费小镇"电商直播间里，一个个爆款"秒空""断货"。电商竞争力县市排名常熟位居全省第一、全国第六。

笃定产业兴城，一根丝"衣被天下"。常熟不安于一城山水的小生活，立于产业发展前沿潮头，彰显乘风破浪的大格局。从丰田研发中心到奇瑞捷豹路虎整车工厂，早早谋划"车"行四海；到近年来布局未来产业"声"动八方，常熟坚持产业定向，以"熟"作答。

轻车熟路，传统制造攀高。依托临江优势，常熟集聚千亿级汽车及零部件生产企业，"纺织城"迈入"汽车城"时代。特斯拉中国工厂

奇瑞捷豹路虎汽车有限公司常熟生产基地。

的汽车立柱，全部产自常熟汽饰集团。这家企业正在研发引领市场的新一代智能座舱，收购了宝马系工程设计的研发中心，去年营收近百亿元。"我们正在跟随国产整车企业走出去，在全球布局中寻找新的增长点。"集团董秘罗喜芳说。

熟能生巧，细分赛道深耕。从竹器、农具小作坊起步，到"千斤顶第一股"，常润股份成功的关键在于深耕。"在一公分宽度的赛道上，做出一公里的深度。"常润股份董事长季俊说，50多年专注一件事，通过不断提高柔性生产能力，"芝麻行业"也能"四两拨千斤"，目前产品市场占有率全球遥遥领先，已成为世界最大的千斤顶生产基地。三年来，常熟培育国家级专精特新"小巨人"企业从1家提升至15家。

通计熟筹，未来产业蓄能。-8.5分贝，是位于苏州·中国声谷全消声实验室的背景音量，这个亚洲最安静的地方，响彻创新声浪——既有解决"卡脖子"问题科研攻关的"顶天立地"，也有约200个科创项目孵化的"铺天盖地"。"国际顶尖人才和生产要素从循声而来，到听见未来。"国际声学产业技术研究院院长卢明辉说。

"机遇就像拔河，一头是危机、一头是新机，用力就会赢得新机，乏力就会输给危机。"常熟经开区招商局局长许俊表示，常熟正在加速建设新能源产业创新集群，已开启氢燃料电池应用和第三代"光伏赛道"的新冲刺。

城以文兴
奏响新时代"弦歌之治"

"曲径通幽处，禅房花木深。"这首留在常熟兴福寺的题壁诗，古人描绘的诗意今天依旧触手可及。地处经济高速发展的长三角，常熟古城肌理仍保持明清格局，与同为国家历史文化名城的姑苏古城遥相辉映。

徜徉在诗人的妙句中，会遇见常熟人黄公望笔下《富春山居图》似的山水，可听见琴学正宗严天池的余音……文化赋予这座古城千年的风雅、风情与风骨，汲古润今，弦歌不辍。

——四时风雅浸润人心，又刻入城市肌理。 常熟人言子是孔门七十二贤弟子中唯一的南方弟子，后葬于虞山。这位道启东南的"南方夫子"倡导以礼乐教化人心，"弦歌之治"后世尊崇千年，使得海拔不到300米的虞山成为江南文化高峰。

文脉源远的虞山不仅滋养了这方水土，也延伸出诗、画、琴、印等诸多以虞山命名的文化流派，成为江南文化的显著地标。

"以一邑之收藏，为中原之甲秀。"常熟藏书风炽，是中华文脉延续的重要参与者。在国家图书馆的"再造善本"工程中，近四分之一的古籍善本由常熟历代藏家有序传承，得以存世。

在清末四大藏书楼之一铁琴铜剑楼旁的古街上，记者随意走入一间咖啡屋，店主何江竟是一位旅居荷兰多年的画家，他采用的焦墨画法融汇中西，以写实手法描绘出写意的水墨江南。

街头可以偶遇画家，乡村也有砖雕陈列馆，多个民间诗社至今活跃……常熟的文脉，不仅在博物馆赓续，更在民间接力传承。

——人文风情与古为新，俘获年轻人的心。劲橹翻飞，龙舟破浪而行。临近端午，尚湖以东的湖甸人家热闹起来。这条湖甸龙舟游弋千年，后因制作技艺后继无人而中断 40 余年，如今在一群中青年龙舟爱好者努力下再度兴盛。

文化是久远的历史回响，也是可亲近的生活日常。虞山脚下的"山前坊"，原貌恢复的清代山前街祠堂作为策展空间对外开放，成为街区"会客厅"；老旧的厂房区改头换面，踩着凹凸不平的石板向前，各具特色的小店，都长着一张符合年轻人审美的脸。

"别人的旅行是说走就走，常熟这座城市让人愿意说停就停。"山前坊运营经理桑佳瑜说。白天在这里点一杯咖啡慢饮，享受不赶时间的当下；夜游沙家浜"横泾不夜天"，以城门为天然幕布打造的全息沉浸式投影秀，上演沙家浜的峥嵘岁月和绚丽画卷。

——坚韧风骨凝心塑魂，励精更始踔厉奋发。"沙家浜革命传统精

游人乘船游览常熟沙家浜国家湿地公园。

神"是常熟红色基因中的珍贵底色。抗日战争时期，沙家浜人民掩护 36 名新四军伤病员在芦苇荡里养伤的故事，成为镌刻在中国革命史上的一段传奇。

常熟人善于挖掘和调动精神力量。在物质匮乏的建国初期，肩挑背扛开挖望虞河流传下来战天斗地、改造山河的雄心壮志和把不可能变成可能的"望虞河精神"振奋人心；翁同龢故居知止斋里传递的清白家风和清廉作风，警醒后人"禄厚贵知足，位高贵知止"。

以精神主动，探求发展主动，是常熟人的文化基因。从改革开放一路走来，蒋巷村发扬"天不能改、地一定要换"的精神，村书记常德盛带领全村走出了一条"农业起家、工业发家、旅游旺家、生态美家、精神传家"的强村富民之路。

苏南是"四千"精神的发源地之一，常熟今年以此鼓舞民营企业家开新局、攀新高、创新业。

以文弘业，以文聚力。在承压前行的市场环境中，常熟为城市发展不断注入精神动力，展现城市韧劲，以"敢为、敢闯、敢干、敢首创"的状态奋进新时代。

"千年常熟从历史文脉的钩沉中唤醒文化自觉，从壮阔时代的体察中坚定文化自信，在勇毅前行中走向文化自强。"常熟市市长秦猛说。

常来常熟
呈现高品质"江南福地"

　　常熟人的早晨，被一碗蕈油面唤醒。"蕈"是取自虞山上的菌类，有"尝过松树蕈，三日不思荤"之说，兴福寺旁万人吃面的场景堪称城市奇观。下午泡一壶茶，茶里有"铜壶煮三江"的豪情，"招待十六方"的底

小朋友在常熟市望岳楼老面馆品尝蕈油面。

气，茶馆里的热气腾腾与悠然自在，是散落在光阴中的慢生活。

这些充满烟火气的日常景象，恰是观察常熟人幸福生活的最佳切面。常熟历来藏富于民，发轫于二十世纪八十年代初的千亿服装城，从马路市场起步，实现了"兴一方产业、活一片经济、富一地百姓"，如今的常熟人均存款达 27 万元。

或许是自古富庶殷实的常熟人早已见惯了兴衰起伏，当地很少以领跑的经济指标沾沾自喜，而是把教育作为头等大事。在这个自古状元频出、诞生过 26 位院士的江南小城，"崇文"刻入基因。

"绵世泽莫如为善，振家声还是读书。"常熟把教育上升到城市核心竞争力的高度，打造产教融合型城市。近 5 年，常熟投入学校建设经费 80 多亿元，实施改扩建学校项目 67 个，增加学位近 5 万个，到 2024 年将实现全部新市民子弟学校关停或转设成公办，实现随迁子女同城待遇。

常熟不仅有县级市为数不多的本科院校常熟理工学院，在高新区昆承湖畔的小岛上，还有一所汇聚了超过 100 个国家和地区学生的学校——中国内地唯一的世界联合学院（UWC），培养兼具民族认同感和国际视野的国际化人才。

民生大事要落实落细落小，江南福地才可知可感可及。作为拥有两家三甲医院的县级市，常熟全面推进"少生病、生小病、看好病"，

推动优质医疗资源集约共享，向上对接江苏省人民医院、上海瑞金医院等知名医院，成立分中心、医联体，将先进技术人才引进来；向下延伸城乡医疗服务联动，与乡镇医院建立远程医学诊断等资源共享中心，将优质医疗服务送下去。

前不久，"没有围墙的养老院"——常熟市综合为老服务中心正式启用，向周边孤寡、失能等特殊老年人群体，提供定制居家上门生活照

游人乘船游览常熟沙家浜国家湿地公园。

料。近乎每三个人中就有一名老人，常熟加快构建多元化普惠养老服务体系，形成"15 分钟养老服务圈"，3800 户老年人家庭完成适老化改造。

经历风浪，方显精细治理成色。在去年新冠肺炎疫情多点散发的情况下，常熟通过健全分级诊疗体系，加强生活物资、就医购药供给、统筹疫情舆情社情，保持了没有聚集性疫情、没有规模扩散、没有全域提级管理的良好局面。

常熟之美，不仅在景，更在于人。中国恒瑞总裁顾勇涛 2015 年回国创业考察时，发现常熟的工业园区竟然有白鹭栖息，而决定落户更源于一段特殊的经历。顾勇涛在尚湖景区手机意外落水，一位身着渔夫装的大爷闻声赶来，毫不犹豫下水搜寻并打捞出手机，但谢绝了他的感谢金。"常熟浓厚淳朴的风土人情非常打动我。"顾勇涛说。

常来常熟，从陌生到熟悉，福地之"福"愈发清晰。这里有高架直通乡村的交通便利，也可去 170 多万册的常熟图书馆里探寻精神世界的"诗和远方"，或是在万人环湖马拉松中饱览"一城山水，自在生活"的靓丽风景……

精雕细刻
共绘锦绣"江南鱼米乡"

草帽、水杯、高筒靴、笔记本，76 岁的端木银熙带上"四件套"，就能在稻田里忙碌几个钟头。他带领常熟市农科所育成的水稻新品种，推广后增产粮食约 21 亿公斤，增加经济效益逾 31 亿元。

"85 后"陶胜在城市被称为"码农"，2010 年返乡当"虾农"，攻克澳洲淡水龙虾养殖、繁育等技术难关，获得国家专利，年销售额超 1 亿元，并陆续开发餐饮、垂钓等配套项目。

"全凭着劳动人民一双手，画出了锦绣江南鱼米乡。"正如阿庆嫂在《沙家浜》中所唱，以端木银熙、陶胜为代表的一代代"种粮人"，没有辜负"土壤膏沃、岁无水旱之灾"，年复一年辛勤劳作，让常熟"常熟"：常年保留种粮面积 50 万亩以上，其中水稻种植面积约占 27 万亩，是苏州地区种粮面积最大的县级市；全年粮食生产总量保持在 23 万吨以上，为全市居民用粮需求提供有力保障。

迎来 40 岁生日的常熟市，思考着如何让农业焕发更大活力。常熟市委、市政府最新出台以促进农民增收、推进农业高质量发展为目标的

常熟市农科所水稻育种专家端木银熙（右）和技术人员一起在秧田拔除杂株，检查秧苗生长情况。

"百万收入家庭农场"培育计划，并优先扶持粮食类家庭农场。受此鼓舞，种粮大户宗建东今年投资 100 万元，添置无人驾驶辅助设备、建设无人农场，新农具新技术新政策加持，他对打理几千亩地信心十足。

田成方、路成行、渠成网，千亩连片的高标准农田在寸土寸金的苏南地区并不多见。"十三五"以来常熟累计投入 11 亿元，至今全市建成约 38 万亩高标准农田，规模为苏州最大。

小朋友在常熟市坞坵村荡千秋。

　　新时代鱼米之乡，高颜值农居与高标准农田相映成趣。信步于干净平整的村道，田园、花园、果园、菜园鳞次栉比，篱笆疏影间，可见紫红的杨梅与白里透红的蜜桃；整齐排列的楼房装修精致，燃气管道等配套设施一应俱全……如果看小义村归城片区之前照片，变化翻天覆地，因为靠近工业区，当时家家出租住房、私搭乱建严重，"脏乱差"自然留不住人。多轮整治后焕然一新，城区上班的年轻人选择回来住，真正成了"归来之城"。

　　归城这样的村庄在常熟比比皆是。得益于2019年起推进的"千村美居"建设，常熟以村（组）为单位，翻新农房、整治人居环境，实施全域美丽宜居村庄优化提升，目前累计实施"千村美居"村（组）近3800个，2025年将实现全覆盖。

农村回归的不仅有人气，更有文明之风。成立农民读书协会、组建村级文艺团队、开展家风家训征集……蒋巷村提出"精神传家"，不断丰富创建形式，获评全国文明村；潭荡村以常熟"新风礼堂"建设为契机，成立村民议事会，营造"人人争当文明户"的良好氛围；桃园村小游园议事亭里，村民常在此聊聊村里事务、琢磨怎样把村子建得更好，看似唠唠家常，却慢慢涵养着文明乡风。

"朝霞映在阳澄湖上，芦花放，稻谷香，岸柳成行。"端木银熙这一辈人特别熟悉《沙家浜》唱词，深爱着家乡的老人，虽然已经育成江苏杂交粳稻最高亩产品种，仍在向着更高亩产的目标奋进。

稻香盈野，梦想新发。水稻开花不过几十分钟，稻穗成熟却是春华秋实。常熟也如此，过往四十年，以及未来若干年，都将以静待花开的笃定和练达，奋力迈向"锦绣"前程。

《幸福如常》

（2023年6月16日《新华每日电讯》，新华社记者刘元、张展鹏、杨丁淼、陈圣炜）

聚沙成塔

　　这里书写人与自然的和谐共生。从青藏高原奔腾而下，长江一路浩荡万里，奔流入海前在这里拐了最后一个弯；江水千万年冲积，沙洲连片成陆，人们抟土治水，滩涂沙地终成鱼米之乡。

　　这里演绎白手起家的城市逆袭。1962 年，常熟、江阴的 24 个公社（场）合并成立沙洲县，1986 年撤县建市以境内天然良港命名。61 年来，从"全县只有一部柴油发电机"到连续 30 年位列全国百强县"前三甲"，张家港以占全国万分之一的国土创造千分之三的 GDP，苏南"边角料"蝶变全国"明星城"。

　　这里垒筑享誉华夏的精神高地。全国文明城市"六连冠"、首批"国家生态市"、中国率先全面建成小康社会范例城市……200 多项国家级荣誉背后，江南隽秀和长江豪迈激荡融合，孕育出"团结拼搏、负

张家港市永联村。（张家港市委宣传部供图）

重奋进、自加压力、敢于争先"的张家港精神。

万众一心，聚沙成塔。物理聚合变化学凝合，万千沙粒构筑令
人向往的一生之城；彼此支撑又相互成就，物质文明与精神文明如同
DNA 双螺旋结构，融入发展基因，塑造张家港非凡的城市气质。

极致·包容

连接张家港保税区到港区的长江中路，车水马龙、厂区林立。从沙土路到碎石路，再到水泥路、柏油路，这条 2 公里多长的路见证张家港人白手起家、因港而兴的奋斗历程。

30 多年前，这里一片荒滩，本没有路。为迎检争取保税区，张家港人苦干一个月，眼看碎石路即将铺好，却被一场倾盆大雨冲得坑坑洼洼。第二天就要投用，300 多名干部群众连夜支援铺洒沙石，天亮后，来检查的上级领导看到平整路面，惊叹不已！

穷奔沙滩富奔城，沙上人家最勤奋。连夜赶工，将手电筒绑在测量杆上照明；1 个多月动迁 1284 户居民，5 个多月建成万吨化工码头，9 个多月保税区封关运行……1992 年，全国首家内河港型保税区建成，"张家港速度"轰动全国。

轮廓形似树叶的张家港，是由几块江南"边角料"拼凑而来——南边是常熟、江阴划过来的几个乡镇，北面是长江沙洲围垦而来的土地。唯有张家港港，常年不冻、水深优越，但最早也只是个淤塞的运

张家港市永联村。（张家港市委宣传部供图）

河古渡。

　　拼出来的地方，只能拼命向前。西承奔腾而来的滔滔江水，东抵涨落起伏的滚滚海潮，张家港人骨子里的冲劲被改革开放之火点燃。

　　二十世纪七八十年代，张家港建港开埠，率先在江苏实现村组公路全覆盖，为乡村经济崛起奠定基础；

　　二十世纪九十年代，对标周边最强县市后发赶超，张家港叫响"三超一争"，即工业超常熟、外贸超吴江、城建超昆山、样样工作争第一；

张家港市永联村江南农耕文化园景色。（张家港市委宣传部供图）

进入新世纪，张家港以总分第一成为首批"全国文明城市"，率先基本达到江苏省和苏州市现代化指标体系总体要求；

……

面对机遇，白手起家的张家港总是抢先一步、多做一点，往往把不可能变成可能。"别人条件都比我们好，我们能做的就是'先下手为强'。"时任张家港市委书记秦振华忆及当年感奋不已，后发赶超千难万难，没有争第一的气、创唯一的劲怎么可能成功？

双向6车道，宽得"像机场跑道"；投资3亿元，超过全年财政收入……1992年，张家港自筹资金开工建设全国县级市第一条高等级公路张杨公路，预计工期3年，实际只用1年半。2023年9月，仅用1

个工作日，土地成交、企业拿地、多证齐发，广大鑫盛风电装备关键部件科研生产基地落地。张家港速度如时光列车，呼啸向前。

追求极致，聚沙成塔。如今的张家港，9家企业入围"中国民营企业500强"，培育营收超百亿元企业12家，地区生产总值超过3300亿元，每天创造的GDP相当于建县时全年的9.6倍。

上善若水，大浪淘沙。水与沙相融共生造就张家港人开放包容、久久为功的独特气质。

长江流到张家港，江面豁然变宽，天赐优良江港，赋予张家港人放眼世界的胸怀。张家港港务集团码头，进口原木堆垛如山，年轮圈转犹如沙土层叠，标注开放高度：40年前，这里迎来新中国成立后第一艘进入长江的外轮；2021年、2022年外贸进出口总额连续突破400亿、450亿美元大关，创历史新高，获评国家进口贸易促进创新示范区。

以"城"相待，成就未来。15年前，河南人高要鑫到张家港做保安，如今他不仅买了房，还通过志愿服务日益融入这座城市，把父母亲人都带了过来；13年前，海归博士朱廷刚将氮化镓材料项目落户张家港，在政策、资金等全方位支持下，这个填补国内空白的新技术迅速投产……"来了就不想走"，各类人才到张家港，总能找到施展才华的舞台。

外地人仅凭一部手机，就能享受图书借阅、青年公寓等优质服务；客户远道而来错过工作时间，保税区从接待窗口到作业码头，全链条主动加班；张家港人参加正式会议，口音再重也坚持讲普通话……身心皆安处，他乡胜故乡。推行新市民积分服务、设立新市民救助基金、推出新市民意外保险项目……市民化待遇、亲情化服务，新市民不断涌入，为这座"移民城市"持续注入活力。

"包容四方又追求极致是这座城市最鲜明的精神脉动，万千沙粒在张家港精神的聚合下终成万丈高塔。"张家港市委书记韩卫说，61年城市发展史，是奋斗逆袭史，也是精神成长史。极致是指路灯、包容是黏合剂，两者完美融合，共同构建物质精神双子塔。

土生土长的东渡纺织集团，总部在张家港，贸易中心在新加坡，制造基地遍布海内外。每建一家工厂，企业都把"张家港精神"展示在显著位置。集团董事长徐卫民把这16个字称为张家港人的"魂"，"走到哪里都不能丢、不会丢"。

匠心·创新

80多公里长江岸线曲折蜿蜒，江潮8小时一涨、4小时一落，在潮汐间相机劳作的张家港人善于发现机遇、把握机遇。

靠8把瓦刀拉起建筑队，凭9条小船搞起水上运输，用家用缝纫机办起服装加工厂……二十世纪八十年代，乘着改革开放春风，长江村领头人郁全和带领村民一毛一块集资办厂，一步一跨跑出市场，不到十年就发展成为千万元村。

"有心人门前都有一条路。"电梯空心导轨曾一度依赖进口，郁全和主动找到上海三菱，要求试制，"成功了，业务长江村来承揽；失败了，试制费用自己承担"。10个月日夜苦干，空心导轨终于试制成功。靠着执着韧劲，长江润发集团成为苏州市首家上市村办企业，挺进中国民营企业500强，浩瀚银河多了一颗以长江村命名的闪耀之星。

丰沛的水资源赋予张家港人如水的性格，灵动随和，但只要认准目标，又执着专注。

沙钢集团创始人沈文荣曾押上全部家当，从英国引进一条75吨超高

功率电炉炼钢、连铸、连轧螺纹钢生产线，对于这套代表当时先进水平、投入巨大的生产线，很多大钢厂都望而却步。面对质疑，沈文荣决心坚定："假如这个电炉项目引进失败，就把它作为展览品，我去卖门票！"

淘尽黄沙始见金。建成亚洲第一座竖式电炉；打造研究院延揽全球顶尖人才，年产优质钢材超 2000 万吨；投入 2 亿美元上马 50 万吨双辊铸轧产线，超薄带产量约占全球一半……从小作坊起家，沙钢一步步成长为中国最大民营钢铁企业，连续 15 年位列世界 500 强。

匠心成就过去，创新引领未来。转型升级冶金、机电、化工、纺织四大传统产业，精准培育新材料、新能源、半导体、智能装备四大新兴产业，张家港加快形成新质生产力，发展动能焕新如沙洲生长，韧性十足。

沙钢智造车间，新产品厚度仅 0.8 毫米，每平方厘米可承受上万公斤重量；"张家港号"液体运载火箭成功发射，天兵科技 40 亿元打造的运载火箭智能生产基地，将港城发展空间引向苍穹宇宙……

凛凛江风、滚滚江潮塑造张家港人不畏艰险、永争一流的性格。

仅用 8 年，专注研发功率半导体芯片，从 4 个人的小工坊成长为拥有 38 项发明专利的科创板"小巨人"，锴威特半导体董事长丁国华说："在张家港创业，每一天都在'高考'。"

一个月内上市 3 家企业——2023 年 8 月，长华化学、锴威特、协昌科技三家科技型企业接连上市，登顶全国县级市单月上市数量最高峰。 目前，张家港境内外上市企业 34 家，其中科创板上市 6 家，彰显这个县级市竞逐科创新赛道的雄心。

让创新成为各行各业通行证，张家港在全国首创企业创新积分制——企业创新成果、专利技术折算相应积分，可以兑换财政资助、人才礼遇等优惠。 近年来，累计有 8000 余家（次）企业获得 50 余万分，政府据此发放扶持经费超 9 亿元。

有求必应，无事不扰，说到做到。 盛虹集团董事长缪汉根感慨，

永联村现代农业基地开心农场的两名工作人员在打理作物。

沪苏通长江公铁大桥。2020年7月1日，沪苏通长江公铁大桥正式开通，该桥是集合高速公路、客货混线铁路和高速铁路"三合一"的过江通道。

在张家港，政府与企业双向奔赴，优良营商环境就像空气、水一样自然。精确到天、落实到人、专班推进——今年1月份签约、7月份开工，张家港以最快速度推动总投资306亿元的盛虹储能项目开工建设。今年以来，张家港已有1600多家企业享受各类政策优惠，其中免申即享的就有1200多家。

1998年以来，陶氏化学累计投资30亿美元，打造高新材料一体化基地；采埃孚平均每15个月就投资一个新项目，建成亚太区最大生产基地，被誉为"采埃孚全球灯塔工厂"……41家世界500强外资企业在张家港投资67个项目，见证营商环境不断改善。

不仅培育产业精益求精，治理城市也独具匠心，毫末之间最见功夫。20 多年前，修建高速集中取土留下千亩深坑。张家港人别出心裁，堆土成山、蓄水成湖，以古地名"暨阳"命名。如今，这个水波潋滟、绿意盎然的国家 4A 级景区早已融入市民生活，成为城市双修典范。

破解"城市病"，贵在匠心，要在创新。连续 3 年新增停车位近 2 万个，潮汐停车、共享停车、短时停车、智能停车等让"夜泊港城"轻松写意。遇电动车乱停乱放，执法者不是简单拖走罚款，而是千方百计联系车主、耐心说服。硬约束变软劝导，社会治理润物无声。

人与城双向奔赴，共治共享生根开花。钱塘社区依托靠前服务和居民议事制度，把物业、共建单位、党员业委会代表等各方拢在一起，探索"幸福合伙人"治理模式——事事有人管、处处见公益、人人齐参与。

积铢累寸，日就月将。初到张家港，人们多惊叹其干净整洁、产业发达；时间久了，则感慨其精致舒适，匠心创造俯仰皆是……

"我们不仅要有精气神，还要干精细活儿。"张家港市委副书记、市长蔡剑峰说，以匠心致创新，小城市有大格局；以创新显匠心，小环境见大气象。传承匠心、矢志创新，张家港永远在路上。

共生·融合

　　"暨阳城北皆洪流，尚是江尾已海头。"在张家港，"沙""圩""埭"等地名遍布全域，尽是天工与人力的印记。《张家港市土地志》记载，自宋代开始沙洲围垦，当地实际围出的"沙上"土地，约占如今陆地总面积 2/3。

　　改革开放初期，这座从长江中长出来的城市"村村点火，户户冒烟"，"靠江吃江"致小码头林立、养殖场臭气熏天。

　　人与自然的千万年竞合，而今在求解"为什么发展""怎么发展"中，找到新答案。

　　曾遍布养殖场的双山岛"整岛保护"后化为世外秘境，因采石"伤痕"累累的香山恢复绿意花香，张家港湾生态修复提升后成为网红打卡地……翻阅港城摄影师范品才横跨 40 余年的数十万张照片，宛如穿越时空，窥见这方水土生态优先、绿色发展巨变。

　　以人与自然和谐共生为"导航仪"，张家港全地域保护、全过程防控、全形态治理，2016 年以来累计排查整治"散乱污"企业 8629 家，

永联村居民在跳广场舞。

长江张家港段生态岸线稳定保持在50%以上……

　　站在张家港湾观景台远眺，西南，工业园与港口作业区日夜繁忙；东向，鸟飞鱼跃、游人如织，见证大江东去、进退变迁。

　　生态惠及民生。家住市中心的老街坊们惊喜发现，曾被商住楼覆盖、变成脏兮兮"地下河"的小城河重现绿波荡漾，沿河蔷薇满架、绿树成荫，健身设施点缀其间，成为市民散步首选。

　　环境创造财富。2017年年底，张家港将开票销售收入28亿元、入库税收2.58亿元的东沙化工园区全面关停，成为江苏首个整建制关停的化工园区。

　　抱着"宁可减少财政收入，也不要黑色GDP"的决心，腾出环境容量指标的东沙化工园蝶变江南智能制造产业园，吸引总投资超50亿元的优质项目。走进变形积木（江苏）新材料科技有限公司，机械臂

自动抓取龙骨架，经过加热、固化、合模等，一个个集成卫浴复合底盘快速下线。负责人马余辉说："吸引我们的不仅是免费的过渡厂房、人才公寓，更是碧水蓝天、务实高效的自然人文环境。"

新园区向东一河之隔，是张家港农业资源和田园风光富集区——常阴沙现代农业示范园区。生态好了，主业更值钱，"常阴沙大米"不久前上榜第二批全国名特优新农产品名录；"副业"同样潜力巨大，昔日国营农场变身国家生态环境科普基地，建成"江畔田园"乡村生态旅游集群。

探路中国式现代化，不仅要消解发展和生态的张力，更要弥补城市与乡村的鸿沟。

社区住宅高楼林立、柏油道路宽阔平整、公共服务优质高效……初到张家港的人难免会迷惑：看地名是乡村，街容巷貌却不逊城镇。

"农业解决根本问题，工业化解决小康问题，城市化与工业化同步推进解决富裕问题。"翻开农联村党委书记赵建军 27 年来的《民情日记》，可以探寻张家港城乡差距极小的秘诀。2022 年农联村可用财力突破 1 亿元，较 2004 年增长 18 倍，村民人均收入突破 6.3 万元。

农联村并非孤例。在张家港 174 个村中，每年经营性收入超千万元的达 84 个，2022 年村均集体经营性收入达 1583 万元，城乡居民收入比缩小到 1.82∶1，是全国城乡差距最小的区域之一。

江南特色的秀美农房小院，出门 15 分钟内能到公园、菜场、超市，老人可以在村卫生院针灸推拿，孩子放学后有托管辅导，年轻人家门口就业创业……张家港农村的普遍模样，令人向往。

始终把城和乡作为整体谋划，以工哺农、以城带乡、以乡促城，让全体人民共建共享发展成果，城乡一体化在这里有了新表达。

在永联村，共同富裕的新注脚令城里人羡慕。社区卫生院拥有 CT 等大型检测设备、专家定期坐诊、每个村民都有数字健康档案，率先试点数字人民币消费、5G 全域覆盖，文体馆运动健身一百元包年，农村家庭信用体系让农民享受低息贷款、打折消费……

"高水平生活背后是高水平共享。"永联村党委书记吴惠芳说，二十世纪末村办企业改制大潮中，永联村党委将永钢集团 25% 的股份留给村集体，每年分红超亿元。

共享发展成果不仅体现在农村。穿行张家港城区，很难从外观上分清安置房和商品房。一直以来，当地高标准、大规模建设安置房，和商品房供应量总体相当，与农民、市民共享土地经营收益，奠定城市和谐发展之基。

沙藏万象，滋养万物。重塑人与自然关系、打破城乡发展隔阂，融合共生正成为城市发展催化剂，万千沙粒由物理聚合变为化学凝合，最终构筑一座面向所有人的未来之城。

景致 · 境界

　　海拔136.6米的香山是张家港最高峰，再向上64.8米，从城市制高点聆风塔眺望，天高云阔，水清河畅，满目皆绿。

　　漫步街巷，触摸肌理，"极致干净"是这座城市给人的最直观印象。1992年，张家港人人动手上街，"80万把扫帚"扫出首批"国家卫生城市"；如今人人自觉维护，全面、全域、全民、全时保洁，让休闲广场、街角公园等"城市客厅"随处可坐，"最干净"成为张家港"金口碑"。

　　不仅可远观细品，还能开门见绿、随处赏景。建县时绿地面积不足1公顷的张家港，如今绿化覆盖率43.11%、人均公园绿地面积18.03平方米。"300米见绿，500米见园"，大大小小的公园错落有致、连点成片，城园融合，不分彼此。

　　营造好风景，陶冶好心情。到独立咨询室打开"心房"，去心理小剧场找寻答案，玩小游戏宣泄情绪……走进暨阳湖畔的社会心理服务指导中心，仿佛来到开心驿站。一墙之隔就是婚姻登记处，刚领结婚证的小张夫妻受益匪浅,"了解很多管控情绪的知识,对呵护健康心理、健康婚姻很有帮助"。

2022年5月,张家港发布的全国县级市首个社会心态报告显示,居民对幸福感、获得感、公平感等评价趋高,呈现较好的社会情感状态。

健心也要健身,身心愉悦才是幸福。40年前诞生于凤凰镇的"贝贝杯"少儿足球赛,至今仍是很多国人最美好的足球记忆;城区5分钟、区镇10分钟体育健身圈日益完善,健身智能步道随处可见。

阅读是城市最美风景。2014年申请实用新型专利的24小时图书馆驿站,如今已有56家;图书馆总分馆体系覆盖全域,每年读书活动超2000场……张家港打造处处、时时、人人可读的全民阅读推广服务体系,2022年居民综合阅读率95.51%,六成居民每天阅读一小时以上。

于沙洲湖源书房凭栏诵诗、在梁丰生态园跑步踢球、到竹林童话书屋感受童趣、沿恬庄古街感受优良家风……将城市C位留给公共空间,是这座公园城市给人们的最好礼物。

城景、心景、文景彼此融合、交相辉映,催生另一种无形风景。

一台公益冰柜,引来八方"上货"。炎炎夏日,张家港爱心店主姚登磊发现"水越取越多",于是在冰柜旁竖起一面白板,请来添水的爱心市民留下姓名。白板上有车牌号、班级名、社区名,唯独没有一个

市民在张家港市沙洲湖益空间 · 源书房内阅读。

真姓名。这一切，像极了当年那个"张闻明"。

　　"张闻明"不是一个人，这个取自"张家港文明"的化名曾捐助西部教育事业，一度引发全城寻人。如今，张家港30万志愿者服务总时长超一千万小时，去年服务200小时以上的志愿者超6000人，每五个张家港人就有一名志愿者。

　　一个"人"，带动一群人，重塑一座城。"阳光叔叔"朱钱明近20年捐款200多万元，资助上百名山区孩子；退休公务员郑燕8年累计志愿服务 2.7 万余小时，平均每天 7 个多小时……

志愿服务丈量文明厚度，文化"两创"垒筑文明高度。凤凰山下，吟唱千年的河阳山歌经过全新演绎，进京展演、登上"国家公共文化云"平台；博物馆里，非遗手工、观展夜游、国风音乐会等体验式活动，让文物活起来、火起来……传统文化灌溉新生活，现代文明有了新表达。

地处江尾海头，张家港与长江缘分天定。曲艺表演、非遗展示、论坛研讨、文学创作……长江文化、江南文化深度交融，孕育连续举办 20 年、不断推陈出新的长江文化节，线上线下吸引超 5 亿人次参与，江边小城与万里长江碰撞出璀璨文明火花。

"水积之厚，浮大舟有力。"张家港市委书记韩卫说，相互交融、彼此支撑、不断重塑，物质与精神就是城市基因的双螺旋结构，不仅创造奋斗崛起的甲子辉煌，也必将绽放更加幸福美好的港城芳华。

1200 多年前，唐代高僧鉴真六次东渡，从张家港黄泗浦出发最终成功，谱写一段文明传播壮丽史诗。如今，物质文明和精神文明协调并进的张家港勇立船头、高擎风帆。

（2023 年 10 月 31 日《新华每日电讯》，新华社记者刘亢、凌军辉、杨绍功、王恒志）

"人人都说江南好"，江南是诗人笔下最美的意象，是中国文化重要的符号。锦绣江南，苏州尤最。

从宋代碑刻《平江图》，到游戏中的江南百景图，从大数据梳理标签勾勒印象，到重归江南文化核心的规划蓝图……2500余年时空流转、岁月雕琢，留下一张张看似不同却又相通的"姑苏繁华图"，拓展了人们对诗意栖居的想象空间，成为"人间天堂"的现实版本。

白发苏州的历史文脉，不单在史料和博物馆里陈列着，更是以一种自然的、民间的方式，散布在古城的每个角落，"活"在苏州市民的日常里。以文寻迹，寻觅这座城市虽由人作、宛自天开，最江南的情调、最中国的气韵。

人文气韵

缩影平江，
在文化传承间穿针引线

2023 年 7 月 5 日下午至 6 日上午，习近平总书记在江苏省苏州市考察，来到平江历史文化街区，了解历史文化名城保护情况。

"上有天堂，下有苏杭。"古人这句赞叹，置顶苏州千年。南宋时，摹绘平江府即今日苏州城的《平江图》出世，图中所见"水陆并行，河街相邻"之格局延续至今。

一条平江路，半座姑苏城。平江路全长 1606 米，北接拙政园，南眺罗汉院双塔。平江历史文化街区有各级文保单位 20 处、控制保护建筑 45 处，被称为"没有围墙的江南文化博物馆"。

"青砖伴瓦漆，白马踏新泥……"藏身平江河畔的琵琶语评弹艺术馆，慕名而来的年轻人络绎不绝，只为听一曲吴语《声声慢》。不仅评弹，昆曲、苏绣、汉服，在平江路随处可见。

一架绣绷、一缕丝线、一枚钢针，走进苏州平江路一间小店里，一袭旗袍的苏绣代表性传承人卢建英正在埋首锦缎上手指翻飞，仿佛要将满头青丝也绣进作品里。

　　卢建英身后，一幅乱针绣的《猫》栩栩如生。"这是和我母亲一起完成的，她把苏绣教给我，我也要传给我的女儿。"她说。

　　作为中国四大名绣之一，苏绣拥有 2000 多年历史，是国家级非物

苏州平江历史文化街区

质文化遗产，已成为世界辨识中国的鲜明文化艺术符号。

卢建英家中几代都做苏绣。8 岁随祖母学针法，13 岁跟母亲学绣猫，15 岁受邀到苏州刺绣博物馆参与集体创作……从事刺绣 30 多年，她的一双巧手几乎没有停歇。

"人有一股精神，绣出的东西才能有精神。"摘下眼镜，卢建英的眼里闪着光。每天工作 10 个小时，她的脑子如高速马达运转 —— 多细

卢建英在位于苏州平江路上的工作室内刺绣。

的线、铺陈几层、什么颜色、何种针法……

精工细作的苏绣作为中华优秀传统文化的组成部分，是江南文化绵延传承的生动载体。卢建英这样的匠人前赴后继，让文化载体愈发生动。

由平江路西行 20 多公里，太湖之畔的镇湖街道是全国最大的苏绣生产和销售中心，集聚 8000 多名绣娘。太湖与姑苏古城水陆交汇，让苏绣浸润源远流长的江南水韵，更借助水运流布全国、惊艳世界。

卢建英专工难度较高的仿古画绣，已有上百件作品被美术馆收藏。从绣品到艺术品，丝线经过她的创造成为艺术珍品。许多人误以为仿古画绣只是模仿复制。卢建英的每一幅绣品却要经历三次创作：品析古画，手工描图，劈丝缀线。

小店外的平江路熙熙攘攘，落地窗的玻璃映进斑斓色彩，飞针走线的卢建英心静如水。读出古人的心境志趣，勾出人与物的神态精妙，反复揣摩古画运笔用意再下针，卢建英的绣品往往让人眼前一亮——锦缎之上，光彩夺目、质感丝滑，古画借助苏绣重焕新生。

不时有年轻人走进卢建英的工作室，可能是同行、学生，也可能只是游客。在卢建英眼中，苏绣并非曲高和寡，而是越来越受关注。平江路的人气为苏绣带来流量，促进了传统技艺与市场的互动。

女儿从小就学习素描，大学毕业于设计相关专业，卢建英觉得苏绣

传给下一代能够得到新发展。因为只有每个流程都精益求精，才能赋予苏绣极致的文化质感。更多年轻人喜欢苏绣、学习苏绣，将让这项非遗像平江河水一样静谧流淌、生生不息。

在苏州，越来越多青年手工艺人走上非遗传承之路。每年上千万元的非遗保护资金重点支持后继人才培养，一批青年传承人成立个人工作室；多部门联动举办"技艺由新"青年手工艺人才选拔赛，为构建人才梯队提供支撑。

一针一线，一沉一浮。卢建英手眼不停，创作不止。力求让苏绣继续如当年一样引领时尚——"苏人以为雅者，则四方随而雅之"。"创造美，才更有审美的评价权。我们努力传承技艺，让传统文化再现荣光。"卢建英说。

平江，意为大江大河的水流"至此渐平"，"平江顺水"塑造了苏州温文尔雅的特质。

岁月流转，江河不息。平江路的格局、格调千年不变，而今更在活化保护传承中焕发出新的活力。

漫步平江路，眼中不仅一步一景、温婉宜人的烟火水岸，还有各类丰富多彩、青春活力的艺文空间。近年来，苏州积极开展古城活化利用新探索，将故居旧第转型为文化酒店、企业总部、展示中心，让历史上声名赫赫的古宅古建有了新的"打开方式"。潘祖荫故居修复后，成为平江路上的"网红酒店"。

平江路上部分小区，曾因房屋老旧、设施老化，居民生活不便。街道开展"微更新"，疏通管道、更新外立面、整治周边街巷环境。住了几十年的老街坊看到巷口种回儿时的树种，感动得泪眼婆娑。

在古树的绿荫下泛舟，在沿河的窗棂前听曲品茶，在幽深的老街巷里体验斑斓时光，平江路充沛的文化张力吸引着天南地北的人们，来此"打卡"体验江南之美。

平江路南段，一家书店明亮的玻璃透出温暖灯光。书店一面题为"寄给未来"的墙上，格子里放满了明信片，许多人在这里写下寄往未来的信。

（2023 年 7 月 6 日"新华全媒+"，新华社记者刘元、张展鹏、杨绍功）

穿越阊门，
江南气韵千年不减

　　"人人都说江南好"，江南是诗人笔下最美的意象，是中国文化重要的符号。锦绣江南，苏州为最。

　　从宋代碑刻《平江图》，到游戏中的江南百景图，从大数据梳理标签勾勒印象，到重归江南文化核心的规划蓝图……2500余年时空流转、岁月雕琢，留下一张张看似不同却又相通的"姑苏繁华图"，拓展了人们对诗意栖居的想象空间，成为"人间天堂"的现实版本。

　　生活即审美，文化即生活。

　　白发苏州的历史文脉，不单在史料和博物馆里陈列着，更是以一种自然的、民间的方式，散布在古城的每个角落，"活"在苏州市民的日常里。这座城因此有了最江南的情调、最中国的气韵。

一座活着的记忆宫殿

　　许多城市急于翻新，少了一份个性的旧，却新得如出一辙，姑苏跨越千年不失本色。

　　一座城市的地标，往往代表着这座城市的气质。

　　苏州的中心在哪里？从制高点来看，在金鸡湖畔。高450米的九龙仓苏州国际金融中心与高301.8米的东方之门隔湖相望，开启了苏州高楼迭起、日新月异的现代空间。但如果将时间尺度拉长到2500年，这座城市的核心仍在阊门。

　　公元前514年，伍子胥受吴王阖闾之命筑城，开设水陆城门各8座，其中阊门巍峨雄伟，成为苏州的重要标志。春秋时期，它是吴国西破强楚而成就霸业的政治象征；汉魏六朝直至盛唐，它是城市地标和东南大都会的象征；到了明清，阊门一跃成为曹雪芹笔下"最是红尘中一二等富贵风流之地"……

　　至今，行走在阊门一带，就能从吴越春秋，穿越到明清，再到民国现代。千年历史交融于此，一石一瓦，都留下时间细密的针脚。

苏州阊门。

苏州城门很有特点，著名园林专家陈从周就说过"北看长城，南看盘门"；苏州人对城门也很有感情，东方之门因外形酷似"大秋裤"曾引发了巨大争议，但仅分析设计理念，这座双塔连体的"门"形建筑不失为一种致敬，同时寓意了要开启一扇让世界了解苏州、了解中国、了解东方的新大门。

对"门"的感情，折射出苏州对待历史的态度；理解这座城市，则不能错过《平江图》。

一般游人很容易匆匆略过南门附近的苏州文庙。苏州是中国古代科举史上功名最盛、成绩最优的城市，范仲淹在此首创苏州府学，"庙学合一"的办学方式开全国文庙风气之先，苏州也成了"状元之乡"。

对于建筑规划学研究者来说，苏州文庙还有另一层意义，珍藏其中的四块宋代碑刻中有一块《平江图》碑，地理学家陈正祥在《中国地图学史》中称这是我国现存最古老、最完整的都市地图，是中国城市地图的祖本。

碑面描绘了阊门、盘门、葑门、娄门、齐门 5 个城门；20 多条河流、300 多座桥梁；茶场、盐仓、酒库、米行、丝行、果子行、金银行、药市、绣坊、石匠铺、乐鼓铺等跃然图中……

对比现在的姑苏城，不仅"水陆并行，河街相邻"的双棋盘格局完好，重要历史古迹和文化遗迹大多保留下来，许多街、巷、桥、坊的名

称沿用至今。

"不看《平江图》，不识苏州城。"苏州市委常委、姑苏区区委书记黄爱军说。据统计，苏州古城核心区 14.2 平方公里中约 80% 的面积是世界遗产区，其中有各级文物点 2000 多个。苏州既是国务院首批命名的 24 个中国历史文化名城之一，也是由住建部确认的全国唯一一个国家历史文化名城保护区。

追溯中国城建史，让人遗憾之处不少。近代以来东西方文明的碰撞，中国人的心灵饱受煎熬，从自认技不如人，到自认文化落后，人不如人。这也在中国社会内部形成巨大的投影——求富自强，总是伴随着对祖宅的摧毁，共同记忆的灭失。

"在中国，传统文化、古城古建遭遇的是现代化和西方化的双重冲击。"南京大学政府管理学院副教授姚远说。

所幸，地处中国经济最发达的长三角，日知日新的苏州却保留下了古城，为中国人留下了一座活着的记忆宫殿。

"不能理解为幸运、幸存。苏州古城之所以能在现代化经济建设大潮中得到全面保护，源于苏州人的文化自觉，也与古城保护始终在规划和法制化轨道上运行分不开。"姑苏区区长徐刚在苏州任职已有多年，他指向窗外那条中张家巷河，水清，岸明。

2005 年，为了恢复古城水网系统，姑苏区政府决定复挖河道，但

上图为 1994 年绘制的苏州工业园区手绘规划图；中图为 2007 年的苏州工业园区；
下图为 2023 年 7 月 4 日的苏州工业园区。（苏州工业园区供图）

这项工程直到 2020 年夏天才实现全线通水。"钉子户出尔反尔，施工方案反复调整，但规划如法，几任区委区政府不能放弃，一任接着一任耗时 15 年，终于啃下了这块 607 米的'硬骨头'。"

在苏州展览馆，徐刚的观点得到佐证。

记者在展厅里偶然发现了苏州工业园区最早的一张规划图。此图事无巨细、无所不包，从地下管网、道路交通到水、电、气等都做了详细规划，据说 25 年前耗资 3000 万元。

尽管动工初期，迟迟看不到土地上高楼大厦拔地而起，外界多次质疑"园区开发建设太慢"，但园区的决策者和建设者坚持先规划、后建设，先地下、后地上，稳扎稳打。

从 1994 年 5 月 12 日，园区打下开发建设的第一根桩，到日后鳞次栉比的摩天大楼，今天我们所看到的苏州工业园区与这张总规划蓝图基本一致。

"当我们再回头去看《平江图》的时候，内心有一种自豪感。时代日新月异，许多城市急于翻新，少了一份个性的旧，却新得如出一辙。姑苏跨越千年不失本色，实现了与时俱进。"苏州市自然资源和规划局党组成员、总规划师徐克明说。

江南就在苏式生活中

很少有哪座城市像苏州这样，模糊了时间、空间与次元，把日子过成了一种审美。

在没有相机的 18 世纪，清代画家徐扬耗时数十年绘制了一幅长12.25 米《姑苏繁华图》，将太湖至虎丘近百里的村街市井繁盛图景描绘得细致入微。

粗略计算，全幅画有各色人物 1.2 万余人，数百个场景，巨细靡遗记录下商贾辐辏，百货骈阗，以及无数鲜活的市井烟火。

今年下半年，以《姑苏繁华图》《清明上河图》等古画场景打底，以二次元水墨画形式呈现的"江南百景图"手游火了。游戏中，玩家可以化身吴门画派代表人物文徵明，从莳花植木到筑房造屋，亲手营建属于自己的江南。

由此，山塘街上的七只狸猫石像也迎来了一波玩家打卡。南京的小于参加了一场线上"集狸大作战"，循着游戏中"苏州府"的地图来到山塘街，在限定时间内找到美仁、通贵、文星、彩云、白公、海涌、

苏州阊门夜景。

分水之后，她一边通过微博、微信上传照片分享集齐狸猫的乐趣，一边通知群友"大惊喜！山塘街的古戏台边刚刚新开了一家狸猫主题邮局"。

入夜，山塘街迎来了另一群打卡者。近几年，各类园林版实景演出不断推陈出新，最新的一场是玉涵堂里的《寻梦山塘》。演出融合昆曲、评弹、江南小调等多种形式，趁着"姑苏八点半"主题活动，很快跻身美团和大众点评等口碑类 App 的榜单前列。

"置身园林实景，入戏快出戏难，感觉就像生活在画里。"一位慕名而来的外地游客告诉记者，接下来，他准备再去坐次游船，体会一次古人趁着月清风朗，听戏、赏景的夜生活。

"过去的商人忙碌了一天，约个朋友到山塘街上的同乡会馆里，叫上两碗荣阳楼的焖肉面，听上一折婉转的水磨昆曲，厌气也就散尽了。假使有什么好的商机，就去山塘河上包一艘花船，赏景、品飨、会谈，搞不好一单生意就搞定了。"文旅从业者徐程刚介绍，现在游人不仅可以体验游船，画中描绘的不少场景还是"活的"，都可以亲身体验。

出画入画，《姑苏繁华图》描摹的苏式生活，至今仍拥有着跨时空甚至跨次元的魅力，吸引了无数人来苏州寻找理想生活的现实模样。

有人推荐《浮生六记》。苏州人沈复笔下的故事，记述了他与妻子陈芸虽然贫苦艰辛却不失美好浪漫的生活。2018 年，这部剧改编成园林昆曲版，"布衣暖，菜饭饱，一室雍雍，优游泉石，真成烟火神仙。"这种不被物质条件束缚，依然怡然自得活出真趣的生活观契合了当下的审美和价值观，也因此获得了年轻人的喜爱。

"现在的人们羡慕陈芸，是因为即便布衣菜饭，人生无奈，却仍然

过成红尘中第一等的美好生活。"《浮生六记》制作人萧雁说，其实苏式生活的真谛不单是物质讲究，更是内心的舒缓与放达。

有人推崇不时不食。"说复杂了，好像是在装；说简单了，又不对味。"苏州公务员李红说，她常常建议来者去逛逛苏州的菜市场，或者干脆就去面馆里吃上一碗面。春天有三虾面，夏天有枫镇大肉面，秋天有秃黄油拌面，冬天有冻鸡面。一碗面的背后，藏着苏州人对朝夕光阴的珍视，对生命的热爱，愿意花时间和精力投入其中、享受其中的人生态度。

如果时间宽裕，又有闲情，苏式生活还有"进阶版"可以体验。春天到了，是逛园子的好时节，泡上一杯碧螺春，在艺圃流连整个午后；初夏，钻进十全街寻一碗地道的三虾面，再到苏州博物馆看展，与文人雅客来一场神交；金秋来临，觅一处古戏台、温一壶黄酒、品一只肥蟹、听一段昆曲水磨腔、会一会久违的票友……

苏式生活为何至今令人向往？在苏州大学教授、博士生导师方世南看来，关键在于"鲜活"二字。很少有哪座城市像苏州这样，模糊了时间、空间与次元，超越了一方水土与现实面貌，把日子过成了一种审美。当人们反复追问什么是"江南"时，江南并不在别处，就在苏式生活之中。虽由人作，宛自天开。

从"吴侬软语"
到南腔北调

　　苏州不断寻找世界上的先进经验，马上学、认真学，还结合自身实际创造性学。

　　作为 GDP 逼近 2 万亿的最强地级市，苏州每天都在高速运转，各类数据信息同样也在高速流转。

　　苏州市公安局情报指挥中心大厅内有一块巨大的电子屏幕，汇集了整座城市的人流、物流、车流，24 小时动态更新着城市"脉动"：实有人口超过 1500 万，流动人口 846 万；出租房 156 万户，租住人员 456 万，占全省四分之一；2019 年快递数量 17.3 亿件，位列全国第八；全市机动车保有量 440 万，居全国第四……

　　"本地人口与外来人口比例倒挂，且每年在递增，尤其是昆山，外来人口已经是本地人口的 1.7 倍。"苏州公安局人口管理支队新市民事务中心副主任钱飞介绍。

　　从古至今，苏州文化的崛起离不开外来人口。城是楚国人伍子胥建的，沧浪亭是四川人苏舜钦建的，始建于清代道光七年的"五百名贤

祠"记载了为苏州作出贡献的五百多位名人，其中外地的就有一百多位，约占五分之一。

社科专家叶南客说，如果搜索"起锚地"，最先跳出来的网页就是郑和下西洋起锚地位于今苏州太仓。可见，海纳百川、兼收并蓄、开放包容是吴文化的鲜明个性，也是苏州城市精神的重要内涵。

许小猛是新苏州人之一，他既是一位在苏州打工超过 10 年的外来务工者，也是"长三角打工者艺术团"的团长。"我在很多城市打过工，上海、广州，但只有在苏州，只要我在场，他们就会用普通话交谈。"许小猛说，"这是一种骨子里的包容。这可能是很多人来到苏州，最终选择留下的重要原因之一。"

一半是会说吴语的本地人，一半是"新苏州人"，这座城市语言早已从当初单一的"吴侬软语"演变成夹杂南腔北调的普通话占主体。

据了解，苏州从 2011 年开始全面实施居住证制度，为新苏州人提供同城待遇。2016 年起又实施了流动人口积分管理制度，以更加公平、公开、有序的方式，让流动人口享受到户籍准入、子女入学和子女参加苏州城乡居民医疗保险等相关福利待遇，力争在"新苏州人"的心中留下第二故乡的幸福烙印。

海量数据瞬息万变，除了揭示趋势更彰显速度。很多新苏州人融入这座城市的方式，是跟着数据"跑起来"。

"机会只有一杯咖啡的时间。"在虹桥机场商务区的咖啡厅里，提前得知了客商负责人行程的昆山花桥招商人员小孙刚刚赶到。"我打开了'开放创新合作热力图'，告诉客商苏州昆山就在这里。用一杯咖啡的时间，让客商多一个选择，换来一个年产值3亿的项目落户的可能性。"

今年1月3日，苏州开放再出发大会向全球首发中、英、日文版《苏州开放创新合作热力图》，包括106条投资考察线路、230个可用招商载体、718条投资合作项目需求……生动、全面推介苏州营商环境、投资政策，为全球资本选择苏州、投资苏州定制"一揽子"攻略。

"不到一个小时就能解决问题。"枫桥街道专职网格员吴兰芳在一次例行巡查中，发现她所服务的小区存在垃圾桶无相应分类标识、机动车乱停乱放现象。她把这些信息上报到枫桥街道的集成指挥平台，几秒钟后，指挥调度中心工作人员作出回应，将信息转交给街道综合行政执法局。仅过半个小时，网格员向集成指挥平台传来照片，显示相关问题已经得到解决。

近年来，枫桥街道发挥网格化治理机制优势，通过"住枫桥"App、"富民政策雷达"等信息管理系统，以大数据为支撑，以社区第三级网格为载体，实现线上、线下功能高度融合。

"做一件清一件，环境和氛围不允许慢。"苏州市委组织部干部一处处长邹国祥说。记者在苏州调研时也发现，一个干部手头同时做几

件事是常态。一次市委组织部召开座谈会，两个年轻同志提出要先讲，因为上午还要搞策划；一个老同志发完言一看表已过 11 点，拎起包就往杭州赶，午饭就在路上解决。

苏州大学政治与公共管理学院副院长黄建洪教授过去在武汉、上海、美国等地工作学习，最终入职苏州大学，选择生活在苏州。他说："一是交通便利、经济发达，二是文化基因好，三是这里的人有一种争第一、创唯一的气质，多做少说，先做后说。每一点都很吸引我。"

大数据好用、管用的背后，离不开既有着学霸基因，又总想要"把不可能变为可能"的新苏州精神。

历史上，泰伯奔吴、衣冠南渡，吴文化吸收中原文化改造自身；近代以来，冯桂芬、王韬等苏州人提出"中体西用"；改革开放后，苏州学习新加坡，借鉴海内外一切先进经验。

"满招损，谦受益，苏州一直睁大眼睛，不断寻找世界上的先进经验，马上学、认真学，还结合自身实际创造性学，最后往往徒弟变师傅。"姑苏区委副书记王俊说。

苏州市委常委、宣传部长金洁说，从范仲淹"先天下之忧而忧，后天下之乐而乐"、顾炎武"天下兴亡，匹夫有责"，到改革开放后形成的"三大法宝"，历史给苏州留下的不仅是园林文化、精致文化，更是一种追求卓越、胸怀天下的文化，这也是苏州之所以成为苏州的"传家宝"。

重塑"江南文化"核心地位

苏州正全面融入"一带一路"、长江经济带、长三角一体化发展的"大江大海"时代。

在我国西南的一些省份，至今在方言里还留着一个词"苏气"。人们把穿戴漂亮、脱俗、有气派叫作"苏气"，后来也会误写为"舒气"或"书气"。

"苏气"从何而来？民国时期当地县志解释称："从前外来服饰之物，苏州为美。故土语通称人物文雅、脱俗曰'苏气'，曰'苏派'。"明清时期还有一个词叫"苏意"，有文献记载为"苏人以为雅者，则雅之；苏人以为俗者，则俗之"。

历史上的苏州善于并敢于为天下之先，由此延伸而来的苏样、苏式、苏作等，无一不是时尚潮流的代名词。故宫博物院研究发现，馆藏186万件文物中有三到四成都是苏式的、苏造的。

眼下，苏州再一次迎来了时代的机遇。2019年12月，《长江三角洲区域一体化发展规划纲要》出台，作为长三角地区共同的文化标识、

苏州平江历史文化街区。

共有的精神家园，"江南文化"被赋予了融合长三角城市群的功能意义。

上海交通大学城市科学研究院院长刘士林说，这个 IP 内涵丰富，意义重大。"以江南文化为战略资源构建长三角文化价值认同机制，引领长三角城市群转变发展方式，是新时代赋予江南文化的重大战略使命。"

历史上，苏州曾经从多维度诠释着江南的巅峰状态：鱼米之乡、丝织中心、苏式美学……既寓意着小桥流水式的自然景观，也寓意着经济与文化上的双重繁荣，还有种种诗意栖居的美好生活。

有著名学者认为，即使六朝都城在南京、南宋首都在杭州，也没有撼动过苏州在江南地区经济文化上的优势地位。在江南文化体系中，苏州应该摈弃保守心态，拥有"C 位"自信。

2019 年年底以来，苏州加快了对江南文化的研究、整理和传播，举办首届江南文化艺术节，举办江南运河文化论坛，出版江南文化书籍，在重续江南文脉的维度上，苏州要重新找回"超越地域的中心城市"的地位。

"能级，是经济的，也是文化的。"苏州市市长李亚平表示，长三角一体化发展上升为国家战略，苏州重塑"江南文化"核心地位正当时。我们要挖掘城市文化遗产的核心价值，整合散落在各个部门和民间的优质资源，以文兴城，提高苏州在全球新一轮竞合中的核心竞争力。

善弈者，谋势。在大格局中找准自身优势，在精进优势中提升发展格局，新时代的苏州再出发。

10月中旬，《苏州历史文化名城保护专项规划（2035）》公示稿出炉。在这幅规划图上，直观地显示着古城的核心地位。这份规划还鲜明地提出了一个目标：强化苏州"江南文化"核心地位，建设世界遗产典范城市。

11月初，苏州再次提出要建设大运河文化带中"最精彩的一段"，并强调要以"活保护"续文脉、强生态。江苏省委常委、市委书记许昆林说，长三角一体化、长江经济带发展等重大国家战略的实施，使得大运河"连线织网，融汇交流"的作用日益凸显。苏州要挖掘好运河文化，进一步挖掘、充实和展示水韵江南文化精髓。

当苏州一次次重提江南，宣言找回"江南文化"核心地位时，其实是要找回属于自己的"精神家园"，重建文化高地的辉煌，背后是一种从文化自觉、文化自信走向文化自强的路径规划。

规划是城市建设的蓝图，回望历史，更能读懂一座城市的远见。

改革开放40年以来，苏州先后编制了1986年版、1996年版、2011年版三版国土空间规划，科学、有效地引领城市发展，从"东城西市"到"一体两翼"，从"五区组团"到新老苏州交相辉映的现代版图，在为古城减负松绑的同时，拉开了城市框架，迎来了一次次

"蓄能升级"的契机。

"几乎是每十年一个节点，以规划引领苏州成长轨迹。既为国际化城市打开了发展的空间，更避免了很多城市在逼仄的老城中发展破坏历史的问题。苏州也因此形成独一无二的城市'双面绣'风格，较好地取得了古城保护和新城发展的平衡。"苏州市自然资源和规划局党组成员、总规划师徐克明说。

如今，从宋代《平江图》细描精摹的河街相邻，到国土空间规划（2035）勾勒的大城蓝图，苏州正迈过"运河时代""太湖时代"，全面融入"一带一路"、长江经济带、长三角一体化发展的"大江大海"时代。

"两个一百年"交汇之际，一幅新时代的姑苏繁华图，正式起笔！

（2020 年 11 月 9 日《新华每日电讯》，新华社记者刘亢、蒋芳）

白发姑苏，
2500 年古城的人文经济嬗变

一座姑苏城，半部江南诗。作为全国唯一国家历史文化名城保护区，位于姑苏区的古城是苏州根脉所在。致力"产城人文"深度融合，苏州以城市更新让"住在古城"成为情怀，以产业蝶变让"业在古城"彰显价值，以倾力为民让"人在古城"尽享温情。

固本开新，守护姑苏城

春秋时期，伍子胥"相土尝水，象天法地"建造阖闾大城。历经千年，这座城仍然保持"水陆并行，河街相邻"的双棋盘格局和"小桥流水，古迹名园"的独特风貌。

《平江图》刻画了宋代平江城的平面轮廓和街巷布局。如今，从高空俯瞰，苏州古城布局与图中基本相符。2500多年城址未变，世所罕见，这让苏州古城享誉中外。

行走于古城，稍开阔的地方抬头可见70多米高的北寺塔。古城保护，功在锲而不舍；文脉绵延，要在固本开新。2014年起，苏州逐步构建数字化保护体系，目前已完成以古城为核心的420平方公里实景三维模型，让《平江图》加速数字孪生。登录"苏周到"App的"数字古城"，即可深度体验高度还原的园林景观。

2020年，"古城细胞解剖工程"展开，54个街坊、14.2平方公里内的房屋、古井、古树、桥梁等每一个"细胞"，得到全面、深入的画像。每一处无名院落都有"身份证"，解剖式普查为古城保护更新提供

游客在周庄灯光装饰的步道上游览。

科学依据。 苏州规划设计研究院股份有限公司历史文化名城研究中心
主任沈佶平说，这是保护街坊历史文化、形态肌理的重要举措。

古建活化，焕发新生机

　　春风吹皱池水，荡漾假山楼阁。古城十梓街上，顾廷龙故居焕然一新，5月已有企业入驻。从破败古宅到企业总部，顾廷龙故居是古城古建活化保护利用的缩影。

　　古城寸土寸金，空间布局受限，建设难以"施展拳脚"，但人文资源富集。苏州针对空间形态设计产业业态，将古城的文化资源优势转化成产业优势、市场优势，加快形成"保护更新老城，开发建设新城，新城反哺老城"的良性循环。

　　传承文化，也迭代产业。苏州推动古城"文化＋科技＋产业＋旅游"深度融合发展，打造数字创意和高技术服务产业创新集群。目前，古城已有文化创意产业园18家，入驻企业近千家。十年来，已有数十处古建获得修缮，并成为传统文化展示场馆、企业经营场所、高端酒店等。

　　500多年前翰墨飘香的桃花庵，60年前机器轰鸣的丝织厂，如今已变身蓬勃发展的桃花坞文化创意产业园；原先生活条件差、安全隐患大的中张家巷29号，经修缮租给一家企业用于办公，头一年就实现税

在苏州双塔市集，每家店铺的招牌上都印有古时起源于苏州的商业算法 ——"苏州码子"。

收 1.2 亿元……

在保护中发展，在发展中保护。"享受到'拎包入驻'古宅的最高礼遇，也肩负着保护与发展的责任。"来到大石头巷 24 号秦宅，入驻企业百易晟生态（苏州）有限公司总经理王雅正与同事敲定软装细节。秦宅是一处五进建筑群，交付时已完成整体保护修缮，经过简单布置，将成为企业金融业务总部。

有人气，才能保持古宅的活力。近期，苏州将发布"古城保护更新伙伴计划平台"，率先将古城内国企持有且可活化利用的古建老宅在线发布，以公开招租、公开转让、合作开发等形式进行开发利用，让社会各界参与到古建老宅的保护和利用中。

古城新生，
显现年轻态

"苏州都挺好，小船儿在歌声中轻轻地摇……"大儒巷38号古昭庆寺门口，街头艺人的弹唱，吸引年轻游客驻足。保留传统水乡建筑特色的十全街，装点潮流元素，成为时尚打卡地。

土生土长的苏州"90后"蔡惠贤，挖掘年轻人喜好，打造实景体验剧《声入姑苏·平江》。年轻创业者聚集，各类文化创意产业在古街巷里蓬勃生长。

"城市在保护好文化资源的前提下，要积极拥抱年轻一代。"中国文物学会会长单霁翔说，二十世纪八九十年代，苏州以20年的努力把古城"保起来"；进入新世纪，苏州古城又实现"美起来"；再通过20年努力，使古城"活起来"，那是非常了不起的。

当年，余秋雨曾感慨"白发苏州"。如今，古城小巷蜿蜒掩映的门庭中，无论走出的是长髯老者还是时髦青年，都不会令人惊奇。人们对于古城的向往和情思绵绵不绝。苏州大学东吴智库执行院长段进军认为，亦老亦新的张力有望成为古城新生的基础。

苏州文旅姑苏小院·东花里。

白发姑苏，2500 年古城的人文经济嬗变

"一起逛菜场，从青葱岁月到白发苍苍"，走进古城双塔市集，各种文案如商品一样琳琅满目。有文艺范儿也有烟火气，古城生活透着新鲜感。对于住在古城的老街坊们来说，"城区即景区，旅游即生活"正在成为现实。

姑苏区有关部门负责人表示，创意产业加速引入，吸引了越来越多创业青年，正迅速改变古城的人口结构，让古城更显年轻态。姑苏区正加速推进历史文化保护传承、古城保护更新、产业培育、载体建设、城市面貌提升等 9 个三年系列行动计划，让"苏式生活"更加令人向往。

（2023 年 5 月 29 日"新华全媒＋"，新华社记者杨绍功、朱筱）

昆曲 600 年，
最美在今朝

不少昆山人的一天，是从一碗奥灶面开始。长达 6 个小时文火煨制，分为红汤、白汤，芳香浓郁；面条细软、爽滑、筋道；浇头为佐面的菜肴，种类之丰富，几乎就是苏帮菜的菜谱。

昆山人常说："吃面靠汤，唱戏靠腔。"他们的一天，常在一段昆曲中结束，唱腔悠远婉转，文辞典雅藻丽，舞蹈飘逸出尘。与意大利歌剧、德国古典音乐同被视为人间"雅乐"的昆曲，在它的家乡被赋予更多生活气息。

百年历史的奥灶面和"百戏之祖"昆曲，浸润在平常生活中，折射出昆山对"保源""续根"的态度：昆曲进学校、进企业；古镇"修旧如旧"，尽量保留传统民俗的原生态；设立"顾炎武纪念日"，用"天

苏州市艺术学校的青年教师王悦丽（左）与学生走出校园小园林。

下兴亡，匹夫有责"来涵养市民素质、塑造城市精神……昆山以"沉
浸式"的态度和方式，梳理钩沉历史脉络，把文化传承作为城市发展的
"根""魂"，努力让历史文化保得住、留得下、传得开。

昆曲姓"昆"

　　漫步昆山，随时随地能感受这座城市对昆曲的钟爱：饭店、书店、学校、办公楼，甚至公交站台的显示屏上，入眼入耳的都是华丽的头饰戏服和缱绻的唱腔；阳澄湖畔，融合声光电的音乐喷泉，巨幅水幕中展演的是昆曲的水袖红妆。

　　"昆曲姓昆，是昆山特有的文化记忆和城市名片，也是昆山人的一种生活方式。"被誉为"昆曲王子"的张军说。作为改革开放同龄人，他从12岁开始学习昆曲，见证了古老艺术从门庭冷落到备受关注的历程。

　　1993年投资250万元修建"昆曲博物馆"；2012年投资逾10亿元建成文化艺术中心，内设"昆曲剧场"；2015年成立当代昆剧院，填补没有专业表演团体的空白。"载体越来越完善，演出越来越活跃，人才培养越来越合理，昆曲发展的土壤日渐丰厚。"国家级非物质文化遗产传承人、昆曲专家毛伟志评价道。

　　眼波潋滟、身段婀娜、水袖翻飞，石牌中心小学孩子们的表演博得

千灯镇中心小学"小昆班"的学生程梓珊和杨霄晨在古戏台边观摩昆曲表演。

围观者阵阵掌声。他们的师傅、苏州昆剧院副院长俞玖林说，每到开学季，学校是否开设小学生昆曲研习班，成了不少家长的择校标准之一，"昆曲六百年，最美在今朝。"

昆山出台了昆曲五年规划，更大手笔是承办文化和旅游部艺术司、江苏省文化和旅游厅主办的百戏盛典，计划用 3 年时间，集中展演我国现存的全部 348 个戏曲剧种，被称为"中国戏曲史上最完整的剧种大展示、大检阅"。

2019 年百戏盛典近日落幕。80 岁的蔡志雄和 76 岁的周美君从成都自费赶来昆山，看完全部 38 天演出，最后一场老夫妻双双泪目："对高龄者而言，有些剧种看一眼少一眼，感谢昆山创造了此生最后一次亲历百戏朝宗的机会。"

对昆曲多年不变的热爱与付出，潜移默化间也让昆山的文化氛围更加浓厚，茶余饭后，公园、社区、广场，总能撞上不期而至的"市民舞台""欢乐文明百村行"等群众性文娱活动。

石板青青，老街悠悠。家住千灯古镇的老伯曹阿三最喜欢的事就是饭后泡上一杯茶，坐在淞南书场的木凳上听一段苏州评弹。"有茶有戏，日子就像菜里撒了盐巴，有滋有味。"他说。

"活态"传承
最江南的风韵

锦溪古镇位于昆山西南处，有两千多年历史，因景得其名："夹岸桃李纷披，晨霞夕辉，尽洒江面，满溪跃金，灿烂若锦带。"著名记者冯英子称它"淡妆浓抹总相宜"，刘海粟更赞其"江南之最"。

承载了文人对江南美好想象的锦溪，房子都很古老，临水而建。古镇入口处是一座长52米的十眼长桥，当地导游顾琛瑾介绍说，老镇有36座桥，这么多年古镇格局基本没有改变，住的也大多是原住民。

"让古镇更像古镇，修旧如旧。"近年来，锦溪重修了文昌阁等建筑，并建设环湖生态廊道，用一种鲜活的方式来保存对传统文化的记忆——全镇56支群众文艺队伍，表演舞龙灯、摇快船、民间山歌等，让人观看时找寻到以往纯真的快乐。

看得见明净湖泊，望得到万亩良田，听得见乡音软语，吃得到乡土口味，记得起儿时故乡。昆山的古镇保护坚持"活态"传承，在这里既能体会时间痕迹的厚重，也能感受古镇有机更新的活力。

周庄始建于北宋，因画家陈逸飞的画作《故乡的回忆——双桥》

周庄景色。

引起世人瞩目，"中国第一水乡"由此走向世界。盛名之下，项目、资金、游客奔涌而至，如何留住古镇的静谧气质和古朴民风？

昆山市副市长、周庄镇党委书记张峰介绍说，早在 1986 年昆山便制定《水乡古镇周庄总体及保护规划》，此后所有次级规划均恪守原材料、原结构、原环境、原工艺原则，确保古镇保护不因领导更迭而受影响。

历经 900 多年风雨的周庄，如今依旧河巷阡陌，商街井然。评弹声、摇橹声、船歌声，声声入耳；青团子、富安糕、万三蹄，美味扑鼻。

祁浜村党总支书记吴洪生说，最萧条时全村仅有 100 多个常住人口，大部分是老人和孩子。为激活农村活力、重续乡土文脉，2016 年起，村委会和周庄旅游股份有限公司共同打造"香村祁庄"品牌，涵盖民宿、荷塘月色湿地公园等，让原住村民和游客都能体验到"稻香、花香、果香、酒香、菜香"。

"文化是昆山的灵魂。"昆山市委书记杜小刚说，我们努力梳理历史记忆、古镇符号、水乡元素，把留住城市的"根""魂"作为城市工作的重要内容，让源远流长的江南风韵在昆山更加栩栩如生。

成风化人从
"有景"到"有境"

柯军，昆山人，曾获中国戏剧最高奖"梅花奖""文华奖"，但出演原创昆剧《顾炎武》仍让他倍感压力。

千灯镇中心小学的"小昆班"的学生程梓珊（右）和杨霄晨（左）在表演昆曲折子戏《牡丹亭·游园》。

"在我个人演艺生涯中是最重要的一出戏。"他说，顾炎武的分量很重，"天下兴亡，匹夫有责"激励了无数文人志士。后世尊称顾炎武为"亭林先生"，在昆山的小区、学校、广场、马路、大桥上，"亭林元素"随处可见。

"保存文脉活化历史，关键是要让历史文化景观成为提升市民境界的重要平台。"昆山市委常委、宣传部部长许玉连说，昆山孕育出顾炎武等先贤，要努力用好这些人文积淀，提升市民素养。

近年来，昆山力求把顾炎武精神融入城市日常，进学校、进社区、进企业，使其不断发扬光大。从 2014 年起开设的"日知讲坛"，其名取自顾炎武的《日知录》，每月一讲，延伸到区镇、街道、村（社区），让更多基层群众汲取人文精神滋养。2015 年 10 月，"顾炎武思想课程基地"在昆山市一中揭牌，弘扬顾炎武的爱国主义精神、社会责任感、道德人格风范和脚踏实地的学风。

2018 年 6 月 5 日，昆山市人大常委会通过了设立"昆山市顾炎武日"的决定，要求探索顾炎武精神的创造性发展。"唯有让精神生长、让文化发育，才会有朝气蓬勃的城市形象，才会有奋发有为的城市气质。"昆山顾炎武研究会会长陈建林说。

（2019 年 9 月 23 日《瞭望》，新华社记者刘元、张展鹏、刘巍巍、陆华东）

丝竹清音，
留住小桥流水"好声音"

    漫步姑苏古城，人们常在小街深巷里与弦索叮咚不期而遇。驻足聆听，吴侬软语，一唱三叹，如小桥流水般百转千回。这便是被称为"江南曲艺之花"的苏州评弹。

    作为国家级非物质文化遗产，苏州评弹文化绵延两个多世纪。近年来，苏州评弹面临方言流失、观众年龄结构老化等挑战，却仍努力在创新中坚守，丝竹清音袅袅不绝。

"到了苏州听评弹"

2022年年初，青年评弹演员袁佳颖在抖音、B站等平台发布了自己录制的"苏州话小课堂"系列短视频，意外走红。袁佳颖说："没想到第一条短视频就火了，仅抖音点击量就超过60万。"

这次"破圈"让苏州评弹守望者们意识到，方言的魅力仍在，苏州评弹依然生机无限。

一位苏州评弹演员表示，正宗吴语说唱的苏州评弹，对于想要体验和感受苏州本土文化的外地观众，以及想要追溯和回味本土传统文化的本地观众来说，是难得的原生艺术形式。"我们要善于运用现代传播手段培养听众。"

江苏省曲艺家协会主席、苏州评弹名家盛小云认为，随着传统文化的复兴，苏州评弹频频现身影视作品，"到了苏州听评弹"逐渐成为新时尚。"传统艺术要跟上时代步伐，才能带给观众耳目一新的感受。"

在创新评弹文化产品上，盛小云曾与摇滚乐队合作完成作品《重临

评弹演员在苏州平江历史文化街区进行表演。

西湖》，在音乐平台上一经推出，不到1周就获得上千万点击量。袁佳颖与西北民歌歌手共同演绎的新乐府《塞北江南》亮相央视2022年元宵戏曲晚会，广受好评。

"江南第一书码头"盛景再现

粉墙黛瓦、亭台水榭、丝弦声声……徜徉在苏州市相城区黄埭镇的苏州评弹公园，浓浓韵味令人陶醉，昔日"江南第一书码头"盛景仿佛近在眼前。

建成于 2022 年 6 月的苏州评弹公园，配建了苏州市区最大的两层评弹书场，拥有座位 200 个。开园当天，黄埭剧团的演员们在此上演评弹广场舞和弹词开篇《杜十娘》等节目。相城区副区长、黄埭镇党委书记顾敏介绍，该镇依托苏州评弹公园开展多种文艺活动、设立评弹主题博物馆，助力评弹文化绵延不息。

黄埭镇是历史上有名的书码头，素有"江南第一书码头"之称。当时评弹界有个说法——"说书跑码头，能过黄埭关，算是有本事。"

黄埭剧团前身是成立于 1951 年的黄埭居民剧团。2021 年 4 月，全新成立的黄埭剧团聚集了 70 余名文艺骨干，创作并演出评弹《顾九思》《清廉知县冯梦龙》，歌曲《同一个梦》《谢谢你》《原来是你》，小品《父亲的"爱"》等节目，当年即演出 50 多场。

游客在苏州平江历史文化街区乘船参观游玩。

据黄埭剧团负责人许铭华介绍，剧团成员并非专业评弹演员，他们凭着一腔热爱，利用业余时间，学评弹、练评弹、演评弹。"大家经历不同、职业不同、性格不同，但对评弹艺术的执着是相同的。"黄埭剧团一名成员说，"虽然是业余的，但也要高标准要求自己，不能让黄埭的评弹文化名片因我们而逊色。"

黄埭的坚守是苏州传承评弹文化的缩影。自2000年起，苏州每3年一届、定期举办中国苏州评弹艺术节。盛小云说，苏州仅村、社区内就分布着150多家书场，年演出场次稳定在五六千场。

今年8月23日，黄埭评弹博物馆开馆迎客，给评弹爱好者们提供了一个评弹视听体验新空间。目前，馆内藏有作者手稿、出版专著、唱片磁带、服装道具等8类630余件藏品，包括名家潘伯英所用百年竹衫、王少泉弹词《三笑》手抄本等一批珍贵藏品。

让更多年轻人
成为评弹"铁粉"

2006 年，苏州评弹入选第一批国家级非物质文化遗产新增项目名录。简介中写道：苏州评弹听众锐减，书场萎缩，艺人大量流失，生存发展面临危机，亟待抢救和扶持。

专业人才供应不足，制约着苏州评弹传承。苏州评弹学校每届仅招收 50—70 人，这些学生毕业后从事评弹演出的仅 10 人左右。多名苏州评弹青年演员告诉《半月谈》记者，评弹艺人工作条件艰苦，收入不稳定。在未成"响档"前，到乡村"跑码头"是家常便饭。

苏州评弹代表性传承人王鹰认为，以长篇为主是评弹发展了几百年的艺术规律，而现在有的苏州评弹演员只能唱几个小段。她坦言，现实条件摆在面前，演员要演出、要生存，而静下心来学习、记忆、领悟，则需要大量时间。

苏州评弹代表性传承人、国家一级演员金丽生表示，多年来在评选奖项时，苏州评弹以中短篇为主，演员的侧重也从长篇转移到中短篇，长此以往，长篇书目或将面临失传的风险。

苏州平江历史文化街区。

丝竹清音，留住小桥流水"好声音"

金丽生认为，作为地方曲艺，吴方言是评弹的土壤，如今方言流失，甚至一些本地年轻人都听不懂吴侬软语，对方言的认同和感情也大不如前，这是评弹式微的原因之一。

苏州评弹对年轻受众的吸引力下降，市场空间被挤压。《半月谈》记者走访苏州多个书场看到，听书者以50岁以上中老年人居多。年轻人往往听个新鲜，很难成为苏州评弹的"铁粉"。

当生活环境发生变化，即便再原生态的非遗，也要找到契合社会的发展路径，才能不被时代所淘汰。因此，提升创新力、打造精品书目势在必行。许铭华建议，推动苏州评弹书目创新，鼓励题材内容贴近当代生活，增强年轻人的代入感。可以创作一批具有苏州人文特色的节目，如"运河十景""水八仙"等，用苏州评弹唱响苏州的美景美食。

苏州评弹传承发展，需要辩证对待守正创新。常熟市曲艺家协会主席陶春敏认为，守正，不是墨守成规，而是遵循评弹艺术的特征和规律；创新，不是任性颠覆传统，而是对"旧"的突破和超越。

（2022年9月13日《半月谈》，新华社记者刘巍巍）

这一幅"双面绣"
值得细细品鉴

　　"苏州在传统与现代的结合上做得很好，不仅有历史文化传承，而且有高科技创新和高质量发展，代表未来的发展方向。"7月6日上午，在苏州平江历史文化街区考察时，习近平总书记的一番话发人深省。

　　一面是源远流长的历史，一面是日新月异的突破。在苏州乃至江苏，古典与现代、文化与科技、历史感与未来感的反差与张力、共生与融合，令人印象深刻而启发良多。

　　工业园区、企业、历史文化街区、科学实验室……从苏州到南京，习近平总书记在江苏的考察行程，蕴含着对经济与文化辩证关系的深邃思考，犹如苏绣至品"双面绣"——一面与另一面从不是相互排斥，而是相得益彰、相互成就。

苏州工业园区。

一

位于苏州古城东北隅的平江历史文化街区，是苏州迄今保存最典型、最完整的历史文化保护区，有着 2500 多年悠久历史。

小桥流水，粉墙黛瓦。昆曲、评弹、苏绣、缂丝等非遗聚集此地，呈现着姑苏人文的原汁原味。

近年来，遵循"修旧如旧，保存其真"的原则，平江历史文化街区在保留近 8000 户居民原生态生活方式的同时，完善街区建设和公共设施，大大改善了居民生活环境，实现了古城的保护性更新。

此次江苏之行，总书记专程来到平江历史文化街区，详细听取苏州古城保护及平江历史文化街区保护、修缮、利用情况汇报，步行察看古街风貌，观看苏绣制作，体验年画印刷，并饶有兴致地同大家一起观看苏州评弹表演。

观今宜鉴古，无古不成今。总书记的这一行程安排，不仅着眼于"古"，更着眼于"今"；不仅是在回顾过去，更是在展望未来。

二

上个月的文化传承发展座谈会上，总书记从五个方面深刻阐释了中华文明的突出特性，连续性、创新性排在前两位。在苏州，人们对此感受尤深。

一条平江路，半座姑苏城。在平江路南入口处，有一处碑亭展示着宋代《平江图》。摹绘平江府即今日苏州城的《平江图》，其中"水陆并行，河街相邻"之格局，跨越约 800 年延续至今，几无二致。

苏州、江苏，有以百年、千年为计的"不变"，也有创新发展的"巨变"。总书记此次考察的苏州工业园区，是近 30 年前在改革开放和现代化建设大潮中出现的新事物；此次工业园区所展示的科技创新成果，在近些年中如雨后春笋般涌现。

连续性，意味着"守正"；创新性，意味着"开拓"。连续性与创新性在江苏的融合，启示着人们：守正而不守旧，尊古而不复古；不惧新挑战，勇于接受新事物，一直是中华文明的气质，蕴含着发展进步的强劲动能。

姚惠芬在工作室刺绣。

沿着总书记的考察足迹，漫步平江路，我们感悟着文化如何润泽一方百姓，繁荣一方经济；深入苏州和江苏的科技创新企业，我们更能感受到，在加速演进的世界百年未有之大变局中推进高水平科技自立自强，承载着多么厚重的文明积淀、蕴藏着多么磅礴的精神力量。

三

　　文以载道，以文化人。一条条古街、一座座古城，不仅承载着丰厚的历史记忆，更传承着中华民族生生不息的精神特质。

　　"当高楼大厦在中国大地上遍地林立时，中华民族精神的大厦也应该巍然耸立。"习近平总书记曾对"物质文明和精神文明相协调的现代化"作出深刻阐述。此次江苏考察，总书记又指出："建设中华民族现代文明，是推进中国式现代化的必然要求，是社会主义精神文明建设的重要内容。"

　　中国式现代化始终以人民为中心，既促进物的全面丰富，也追求人的全面发展。

　　"昨天我看了工业园区，今天又看了传统文化街区，到处都是古迹、名胜、文化，生活在这里很有福气""中华优秀传统文化代代相传，表现出的韧性、耐心、定力，是中华民族精神的一部分""不仅要在物质形式上传承好，更要在心里传承好"……

　　总书记对在推进中国式现代化进程中建设中华民族现代文明提出殷切期望。

奇瑞捷豹路虎汽车有限公司常熟生产基地生产车间。

这一幅"双面绣"值得细细品鉴

游客在苏州山塘街休闲游玩。

　　中国式现代化赋予中华文明以现代力量，中华文明赋予中国式现代化以深厚底蕴。从这个意义上讲，保护好古街、守护好古城，推动中华优秀传统文化创造性转化、创新性发展，关乎经济社会发展乃至整个现代化建设全局。

（2023 年 7 月 8 日"新华全媒 +"，新华社记者杨依军、王恒志）

苏州就像一个充满书卷气的青年，外表看着文艺，露出身躯，又是型男。说话吴侬软语，内心执着好强；苏作精细入微，园林移步换景；读书要当状元，做事要争第一……

古典入骨又时尚至极，打开苏州这扇"东方之门"，世界顷刻惊叹"最中国"。透过"最江南"表象，一个"极致苏州"更令人尊敬、让人向往。

2023 年，以全国 0.09% 的土地创造全国约 2% 的 GDP，每小时创造 2.814 亿元 GDP，比肩"北上广深渝"；作为制造业重镇和现代产业集群高地，名列全国工业城市三甲、国家创新型城市创新能力前十强……这，是今日苏州的发展气势。

千百年来人文与经济的精巧调和、相得益彰，造就了"苏湖熟，天下足"的绵延发展传奇。如果说人文是城市的腔调，那么经济就是发展的基调。人文与经济协调共生，犹如腔调与基调的匹配融合，成就高质量发展的优美乐章。

发展气势

极致苏州

沿苏州东环高架极目远眺，东面是工业园区，摩天大楼林立，现代气息扑面；西面是唯一国家级历史文化名城保护区，河街并行交错，格局千年未改。

古典入骨又时尚至极，打开苏州这扇"东方之门"，世界顷刻惊叹"最中国"。

这就是苏州。每小时创造 2.3 亿元 GDP，比肩"北上广深渝"；产生状元超 50 位，院士超 110 位，冠绝全国；26 个世界遗产点，全国最多；26 所大学，23 所自筹自引……自我赋能，苏州不断挑战一个地级市的极限。

唯有极致，方能出彩。说话吴侬软语，内心执着好强；苏作精细入微，园林移步换景；读书要当状元，做事要争第一……

千灯镇中心小学"小昆班"的学生程梓珊（右一）和杨霄晨（右二）在古戏台边观摩昆曲表演。

透过"最江南""最苏式（舒适）"表象，一个"极致苏州"更令人尊敬、让人向往。

至柔与至刚

夜色如水，游人们跟随"丫鬟""小厮"走进千年园林，清丽婉约的歌声自河上飘来，一身月白长袍的书生站立船头玉树临风……200多年前的爱情故事穿越时空，触手可及，这是中国戏曲的极致表达。沧浪亭里的实景版昆曲《浮生六记》，两大世界遗产完美融合成沉浸式戏曲，惊艳世界。

温婉至极，这是苏州给外界的最深印象。37%水域面积、河湖纵横的江南水乡，孕育苏州人如水的性格。苏州人说的吴语被称为"软语"，因为吵架都轻声细语、绵软柔和；"百戏之祖"昆曲虽然很多人听不懂，但咿咿呀呀的"水磨腔"依然酥软化骨；就连苏州人面和秀气的脸型，也被当成江南温婉的象征……

温柔只是外表。苏州就像一个充满书卷气的青年，外表看着文艺，露出身躯，又是型男。今天的苏州，稳居全国工业城市三甲，规上工业总产值3.36万亿元，400多个世界500强投资项目星罗棋布，200多万个市场主体生机勃勃。

　　强壮肌肉并非一天练就。40 多年前，改革开放的春风拂过苏州大地，点燃了一个个不甘平凡的好强之心。

　　镇办轧花厂钳工沈文荣带领 23 名青工，克服"一无设备，二无图纸，三无人才"的窘境，办起小轧钢厂，日后位列世界 500 强的沙钢集团由此起步；裁缝高德康骑着"二八大杠"，以每小时 30 公里的速度狂奔向 100 公里外的上海，取到布料后连夜返回常熟乡下，用剪刀、缝纫机编织出日后畅销全球的波司登……

　　苏州 GDP 从 1978 年全国城市排名第 15 位上升至 2019 年第 6 位，

姚惠芬（中）在工作室指导绣工创作。

年均增速仅次于深圳、厦门两个经济特区，"不特而特，比特还特"，这个江南水乡崛起不靠运气，靠志气。

相比知名特产阳澄湖大闸蟹，苏州因敢于"第一个吃螃蟹"而更加闻名。全国第一个自办工业小区、第一个与国外合作开发的工业园区、第一个封关运作的出口加工区、第一个设在县级市的国家级高新区……"别人没干的，我们先干""别人先干的，我们干得更好"，从试点到示范，温婉苏州处处争第一、时时创唯一。

"血管里流的不是血，是汽油。"这句略带开玩笑的话，却是很多苏州干部的笃信。相城区委书记顾海东的车上随时备着全套洗漱用品和换洗衣物，"不是在谈项目，就是在跑项目的路上"；太仓市委书记沈觅把"办法总比困难多"挂在嘴边，坚信"穿上雨衣就是晴天，打开电灯就是白天"……

"白加黑""五加二""996"，在外界看来，苏州干部"不等不靠，却一直要"。坊间曾盛传"东北虎，西北狼，喝不过苏州小绵羊"。虽是戏言，也从侧面反映苏州人"不甘人下"的血性。

柔软和刚强，两种极致完美融合，苏州"总能把不可能变为可能"。今年前三季度，面对世界百年未有之大变局，外贸依存度超110%的苏州实现地区生产总值1.42万亿元，同比增长2.4%，稳中向好态势明显。

匠心与格局

40 年前，在中美两国高层支持下，以苏州网师园殿春簃为蓝本建造的"明轩"，落户纽约大都会艺术博物馆，开启中国园林出口海外先河，成为"乒乓外交"重要补充。时光流转，如今已有 50 多座苏州园林漂洋出海，向世界讲述精巧绝伦的中国技艺。

一部苏作闪光史，半部中国制造史。 从匠心独运的苏州古典园林到气势恢宏的北京皇家宫殿，香山帮匠人的精湛技艺，和昆曲、古琴、宋锦、缂丝等一起，垒筑起苏州"虽由人作，宛自天开"的世界非遗高峰。尤其明清以来，"苏州造""苏州样"全国仿效，"苏人以为雅者，则四方随而雅之"。

苏州尚巧求精体现在城市每个角落。传承技艺，可以把一根丝劈成 128 份，成就苏绣惊艳世人的巧夺天工；保护历史，规划详尽周全，每间房、每棵树，甚至每块砖都要仔细记录；制作美食，可以把绿豆芽掏空，嵌入鸡丝，烹饪出"不时不食"的人间美味……

苏州匠心不仅陈列在博物馆、融入人们日常生活，更成为精益求精

苏州拙政园。

的城市追求，支撑起拥有 3 家世界 500 强、16 万余家企业、覆盖 35 个工业大类的"世界工厂"。

从濒临倒闭的校办工厂，到全球最大的耐用儿童用品公司和国际标准制定者，拥有专利数量比前 5 家竞争对手总和还要多，匠心独运是好孩子集团保持领先的关键。虽然拥有全球最先进的检测实验室，但这家企业至今保留着一个模拟鹅卵石、沙坑、水坑等各类地形路况的试验场，每辆童车检测最低推行 200 公里，最高达 500 公里。"办法虽土，却很有用。"在董事长宋郑还看来，有些情况实验室检测不出来，人的手感也很难通过实验室模拟，必须实际走一走才能发现问题。

精工细作带来精益求精，"苏州制造"加快迈向"苏州智造"。截至目前，苏州累计培育 61 家科技型创业企业，科创板上市企业数量冲进全国三甲；高新技术企业 7052 家、万人有效发明专利 58.26 件，均居全国第五。

正如苏州园林虽小，但移步换景之间，透过花窗拱门，人与世界沟通相连；关键时刻，胸怀天下的苏州人从不缺放手一搏的勇气。世界 500 强沙钢集团掌门人沈文荣曾做过一次"豪赌"：押上全部家当从英国购买一条 75 吨超高功率螺纹钢生产线。上马这套当时代表国际先进水平、连国营大钢厂都望而却步的生产线，遭到众多行业权威反对。"假如这个电炉项目引进失败，就把它作为展览品，我去卖门票！"

决定一座城市高度的不只是高楼大厦，更有人们能触感的温度。今年 5 月 20 日，当很多人忙着传情秀爱之时，苏州却向全市数百万普通劳动者"深情表白"。畅通职称评价通道、推出政策性租赁房、体验"一周市长"……16 条首创举措彰显苏州关爱蓝领、尊重劳动的满满心意。

"努力把苏州建成劳动者就业创业首选！"这是一座城市对新时代匠心精神的最高礼遇。

通融与规矩

　　江南灵秀孕育苏州温婉，也赋予其"活泛"。**不墨守成规、懂得通融，是苏州总能"先人一步"的重要原因。**

　　站在位于城中心的昆山市政府门口，宾馆商厦、企业总部、文化广场鳞次栉比，很难想象 30 多年前，这里还是一片农田、坟地和水塘。闻名全国的"昆山之路"肇始于此。1984 年，当很多地级市因争取不到首批国家级开发区指标而懊恼时，这个年财政收入不足亿元的农业小县，却"异想天开"自办工业小区：没有指标就自己规划，没有钱就自己筹！如今，早已"转正"的昆山开发区聚集 2 万多家企业，成为企业最密集、单位面积投入产出比最高的地区之一，综合实力高居全国五强。

　　站在狮山桥头向西眺望，"发展是硬道理"的巨幅标语矗立多年，见证苏州一路走来的奋斗和辉煌。为了发展，没有政策可以"通融"，有了政策则要"规矩"。

　　第一次和苏州人打交道，很多人常有不适之感。政策是否允许、操作流程是否合规、效果如何认定、后续怎么保障……苏州人热情接

周庄景色。

待之余，往往要问清楚每一个细节，似乎少了一点北方人拍拍胸口"这事交给我"的爽快豪气。但接触多了，苏州人"说到做到""先做后说"的做事风格又让人觉得靠谱心安。

既讲规矩又懂通融，外地客商到苏州兴业，最大感受是舒心安心。"苏州是一个来了不想走、走了还想来的城市。"新加坡人、通富超威半导体总经理曾昭孔 2004 年来苏州工作，见证亲商政策持续出台，企业不断做大做强。他还积极参与改革创新，当选苏州荣誉市民，"苏州是第二家乡，就算哪天告老还乡，我也会怀念这里的人、这里的事、这里的美。"

不仅城市吸引世界来客，日益现代美好的农村也笑迎全国青年。

昆山锦溪镇计家墩村被稻田环绕，几条小河穿村而过，尽显江南水乡风光。随着乡村旅游兴起，不光本地人返乡，还吸引了天南地北的年轻人。记者随机走进一家民宿，前台 6 个年轻人中，4 个是外省打工者。"苏州对外地人很好，以前我们都在城里打工，现在农村机会也不少。"一个四川小伙子说。

规矩中讲灵活，方圆之间，尽显苏州人性格和智慧。这可能是苏州之所以能成为"最强地级市"的深层原因。

今天的金鸡湖畔，矗立着一座高 12 米、两个圆相叠扭转、中间有个方形窗户的雕塑。这个外圆内方、名为"圆融"的雕塑，已经成为这个现代化新城的象征，生动诠释苏州人融通四海的抱负。

通融成就过去，规矩赢得未来。面对日益激烈的全球城市竞合，苏州重塑城市法治精神，持续打造苏州"最舒心"的营商环境和创新生态，为城市永续发展注入新动力。

在苏州，"亲商安商富商"不是甜言蜜语式"口头告白"，而是几十年如一日"真心行动"。从过去"围墙内的事由企业办，围墙外的事由政府办"，到现在"实验室内的事人才来攻关，实验室外的事政府来操心"，苏州对照国际标准，加快打造营商环境升级版。目前，苏州吸引"国家级重大人才引进工程"人才 262 人，其中创业类 135 人，全国第一；境内上市企业 127 家，全国第五。

留白与充盈

对于一座城市的最初印象，很大程度源自空间和色彩。苏州拙政园内诸多庭院以白色墙体为背景，点缀少许竹子和石头，留下或多或少的空白；相隔不远的苏州博物馆新馆，选取白色为主色调，辅以适当黑与灰，好似中国画的白描。

留白不仅是苏州人对装点美好的一种理解，更是这座城市留给未来的品质空间。 常住人口超 1550 万人、市场主体超 200 万户的高密度工业大市苏州，遵照"全生命周期"理念，科学布局生产、生活、生态空间，不仅赢得抗击疫情和经济社会发展"双胜利"，也为"人间天堂"增添新的健康宜居之道。

增绿是最直观的留白。 在开发强度逼近极限背景下，苏州提出"人均公园绿地面积到 2035 年增至 15.5 平方米"。苏州市园林和绿化管理局副局长邵雷说，通过实施"百园工程"在古城见缝插绿，市民出行 350 米至 500 米即可享受"口袋公园"。

留白是为了"填充"高品质生活。 工业园区精心打造"10 分钟生

活圈",配钥匙、修钟表等"小确幸",步行 10 分钟左右都能实现。姑苏区对菜市场全面改造升级,让老百姓买菜就像逛超市。咖啡书店、手工音乐、"苏式"招牌……漫步改造后的双塔菜场,恍如走进一个蛮有情调的时尚商场,打卡游人络绎不绝。

向低效土地要空间,向存量土地要效益。 为破解土地约束和产业发展这对矛盾,2020 年年初苏州启动实施产业用地"双百"行动,划定 100 万亩工业和生产性研发用地保障线,5 年实现 100 平方公里工业用地更新,计划到 2024 年实现产业用地亩均税收提升 30% 以上。

游客在苏州平江历史文化街区休闲游玩。

极致苏州

　　留白是为了腾笼换鸟，重塑人与自然的关系。作为长江江苏段能够建深水港的 4 个区域之一，常熟铁黄沙自然条件得天独厚，当地政府原本计划建物流基地，前期已投入 16 亿元，2017 年果断调整方向，改建生态岛。去年 11 月，国家一级保护动物白头鹤在岛上出现，这是苏州历史上首次观测到这一珍稀物种。

　　距离铁黄沙 30 多公里的张家港市社会心理服务指导中心，心理咨询师、精神科医生等 300 余人组成心理关爱志愿服务队，通过社会心理科普馆、全民健心云平台等，把心理健康精准送到百姓身边。国家二级心理咨询师黄艳说，苏州将"人防、物防、技防"延伸到"心防"，帮助公众缓解焦虑紧张等不良情绪。

　　健康心理是健康城市的底色。从健身到健"心"，苏州这座老牌全国文明城市不断"自我进化"。尤其是新冠肺炎疫情突袭，让苏州重新审视城市空间，更加主动提升城市韧性。

　　城市发展，一日千里。当年姑苏城外的寒山寺，早已融在城内。但苏州没有"摊大饼""拆旧建新"，而是跳出古城发展新城。从改革开放之初"一体两翼"争雄，到如今十大板块竞艳，苏州科学统筹空间、规模、产业三大结构，在留白和充盈的对立统一中探索中国特色新型城市的永续发展。

固本与鼎新

苏州的柔美精致、时尚现代显而易见。只有近距离观察，才能透过多彩华丽的外表，发现苏州骨子里的坚守。

探访姑苏城，"水路并行双棋盘"城市格局历经千年风雨，依然保存完整，很多连名字都没改变。站在任意一个重要文化遗产点眺望，都能看到始建于三国东吴时期的北寺塔守护着明朗干净的天际线。中张家巷河，二十世纪五六十年代因道路拓宽被填埋，从 2005 年项目选址到 2020 年重新开河，耗时十五载，几任接力干，一条 607 米河道的重生，是苏州人赓续文脉的缩影。

固本不是临终关怀，鼎新方能拥抱未来。面对大家对"白发苏州"的担忧，苏州把老厂房、老建筑改造成创意空间，推动古城有机更新。动漫制作、共享音乐、线上培训……姑苏区人民路 200 号，老电子厂"化身"文创园，吸引近千名年轻人创业就业。类似数十个创意空间星罗棋布，时尚文创让千年古城重现"姑苏繁华"。

固本鼎新不仅是一种气度，更是一种速度。纺织起家，不断溯源进军聚酯新材料、石化等领域，构建从"一滴油"到"一根丝"全产业链——只用26年，恒力集团就从一个丝织小厂成长为世界500强第107位。"民企最大的优势是效率，一个电话能解决的绝不碰头聊，能够在现场解决的不去办公室，三句话能处理的绝不到会议室。"集团董事长陈建华这样形容"恒力速度"。

既有快节奏工作，也有慢节奏生活。老苏州的一天，从享受一碗面开始。苏式面种类繁多，尤以奥灶面出名：老汤熬煮百年，加入新鲜材料，味道历久弥新。三香路上的胥城大厦里，奥面馆和星巴克比邻而居，中间没有隔墙。老饕们吃完奥灶面，挪步三五米，即可享用咖啡。传统饮食和国际口味在这里相得益彰。

多元文化共生背后，是苏州不忘本来、吸收外来、面向未来的文化自信。"苏州历史文化厚重，但没有变成包袱。"83岁的吴文化学者潘君明认为，地处江尾海头、水运四通发达，苏州自古就有海纳百川的胸怀。"哪个地方有创新，苏州马上学、认真学，还结合自身实际创造性学，最后往往徒弟变师父。"

中国—新加坡苏州工业园区是这个"学霸"交出的"高分卷"。从城市规划、招商引资，到政府精简高效、法制化管理，再到社会保障、环境保护……26年来，工业园区系统全面学习新加坡，编制符合中国国情、体现改革方向、具有园区特色的上百项法规性"管理办法"，构

建一整套与国际接轨的经济社会运作机制。李光耀曾感慨："你们可以毕业了。"并为园区题词："青出于蓝"。

学习世界，启发中国。苏宿工业园、苏通科技产业园、苏滁现代产业园、新疆霍尔果斯口岸项目……苏州通过区域协同、对口支援大力发展"飞地经济"，再造一个个"新苏州"。血脉里的开放包容，骨

苏州工业园区夜景。

子里的拼搏进取。站在"两个一百年"奋斗目标的历史交汇点，极致苏州包容天下、固本鼎新，以先行者的奋斗书写全面建成小康社会的时代传奇后，又以探路者的自觉率先开启全面建设社会主义现代化国家新征程。

《何以苏州》　（2020 年 11 月 16 日《瞭望》，**新华社记者**刘亢、凌军辉）

厉精更始　苏州奋楫

发热诊疗站、环卫工驿站、就业小站……春节前后，江苏省苏州市核酸采样亭"变身记"屡上热搜。苏州率先包机到境外招商抢订单也引发热议，网友评论："没有机场，但苏州先飞了"。

"你永远可以相信苏州"，这句网友点赞被写进苏州今年的政府工作报告。如何匹配"永远"？"敢为、敢闯、敢干、敢首创"，就是苏州答案！

踏上新征程，苏州将永葆"探路者"姿态在中国式现代化建设上作出引领示范，把"敢"的精神体现在勇担新使命的政治担当上，把"敢"的劲头集中到破解发展难题、提升发展质效、开辟发展新局上，把"敢"的成果体现到满足人民对美好生活的向往上。

春山在望，苏州可期。

苏州北寺塔。

干部敢为
打造城市新格局

春节后首个工作日，苏州召开推进"敢为、敢闯、敢干、敢首创"动员会暨作风建设大会，号召全市上下以"挑大梁"的自觉，更好扛起新使命，续写城市新荣光。

干部是干事创业的主心骨。"谋事讲政治、干事有激情、做事高标准、处事能坚韧、遇事敢担当、成事守规矩。"江苏省委常委、苏州市委书记曹路宝在会上催促各级干部带头急起来、忙起来、跑起来；把牢正确方向，做到敢为"有底气"，提升能力本领，做到敢为"有胆气"，发扬斗争精神，做到敢为"有锐气"。

敢为善为，一直是苏州的鲜明标识。"把不可能变成可能，把可能做到极致""穿上雨衣就是晴天，打开电灯就是白天""逆境时拼死干，顺境时拼命干"……苏州的干部时时争第一、处处创唯一，以全国0.09%的土地，创造了全国2%的GDP。

敢为，成就了今天的苏州，也为明天的苏州廓清方向。开启新征程，苏州正着力思考破解三大问题：如何强化苏州制造这个根基和支撑，怎样释放苏州创新这个最大潜能，如何重塑苏州开放这个重大优势，进而全面增强城市竞争力、发展力、持续力。

谋大事者，首重格局。苏州经济总量紧追"北上广深渝"，已将打造现代化经济体系作为提升城市能级的"支点"。连续两年，苏州聚焦数字经济时代产业创新集群，推动科技自立自强，加快高端化攀升、智能化升级、服务化转型、绿色化发展，提升产业链韧性和安全水平，服务构建新发展格局。

工人在威尔斯新材料（太仓）有限公司生产车间内进行加工作业。

拥有规上工业总产值 4.36 万亿元的庞大"体格",破解"卡脖子"迫在眉睫。顶住复杂的外部环境和疫情冲击等挑战后,苏州再攀高峰——

C9 是中国首个顶尖高校联盟,包括北大、清华等 9 个成员已全部在苏州实现重要布局。除土地资源、科研政策等支持外,苏州充分利用自身产业优势,为高校搭建与企业紧密合作的桥梁;

作为材料科学领域一个重量级平台,苏州实验室将有效贯通原始创新、集成创新、开放创新,深度融合创新链、产业链、人才链;

围绕重点产业立项建设 13 家创新联合体,苏州已取得部分成果。亨通光电牵头的海洋信息技术创新联合体,现已突破超低损耗海纤产业化关键技术,顺利完成进口替代。

苏州抱负,永不止步。除了加速构建具有全球竞争力的现代产业体系外,苏州还对标现代国际都市,谋划城市功能拓展、形态完善,参照最高标准"打造最优营商环境,巩固最佳比较优势"。"苏式速度""苏式服务""苏式拼劲"等网友评价拼图般描绘出苏州干部敢为的"群像"。

金鸡湖畔,苏州地标"东方之门"如时光之门,西边是"人家尽枕河"的千年姑苏城,东边是高楼迭起的苏州工业园区。"敢为天下先"的苏州人,正奋力打开另一扇"东方之门"——从数代人造就的传统制造业大市迈向创新活力迸发的全球现代产业高地。

地方敢闯
塑造城市新气质

所辖板块龙争虎斗、"霸榜"全国各种排名，在数十年打拼中，苏州涵养出张家港精神、昆山之路、园区经验这样的"精神地标"。无论是"敢于争先""敢闯敢试"还是"唯实唯干""创新创优"等，均落脚于一个"闯"字。

"闯"让苏州实现农转工、内转外、量转质三大跨越，成为全面建成小康社会的先行者。如今，开启中国式现代化新征程，更需要苏州大胆探索。

今年，苏州市委一号文件率先发布《推进"敢为、敢闯、敢干、敢首创"在中国式现代化建设上作出引领示范的意见》，吹响集结号，鼓励各地"创造性开展工作"，在先行先试中树立标准标杆。

山塘街玉涵堂变身为苏州生肖邮票博物馆、运河文化展示馆，展示传统非遗文化和昆曲技艺；曹沧洲祠由老字号雷允上接手，再续中医药文化魅力和仁医精神；潘祖荫故居修复，古宅化身倡导现代阅读生活方式的"探花书房"……

在全国首个国家历史文化名城保护区苏州姑苏区，当地持续推进古城整体保护、有机更新和活化利用，最大限度保护好街巷肌理、片区风貌，通过不断实践，寻找古城保护与经济发展、民生保障的最佳平衡点。

在吴江区，长三角生态绿色一体化发展示范区揭牌以来，当地与上海青浦、浙江嘉善聚焦生态保护、互联互通、产业创新、公共服务，累计推出制度创新成果112项，38项面向全国复制推广。

游客在苏州博物馆内参观游玩。

"曲水善湾"项目，是示范区打造的乡村振兴"样板间"。生产、生活、生态协调推进，农田被培育成现代化气质的网红打卡地。"抬头仰望星空，俯身寄情山水"，长三角游客纷至沓来。

相城区设区时间短、经济体量小，近年来该区锁定数字经济、新材料、车联网等产业，特别在数字经济赛道上"闯"出新天地：作为全国首批应用试点地区，相城已累计建成 28 大类、129 小类数字人民币创新应用场景，实现 30 个场景全国首创。

"拉长长板，贡献长板"，苏州市委市政府提出的这一新要求，恰如生活在江村的社会学家费孝通所言："各美其美，美美与共。"

加快市域一体化发展，实现空间缝合、资源整合和发展聚合，才能打开存量增长空间。苏州加快太湖新城、太湖科学城等重点区域规划建设。其中，太湖新城定位"科创圈带重要节点，数字经济发展核心承载区，城市高端功能区"，助推苏州迈向"大城时代"。

既有最江南的温婉气韵，又有最中国的城市脉动，苏州常被喻为"双面绣"。"闯"为底色，巧思加实干，九个区（市）及苏州工业园区共"绣"中国式现代化之苏州图景。

企业敢干
激发城市新动能

湖荡密布、沃野平展，盛泽面貌与众多江南小镇并无二致，但坐拥恒力、盛虹两家世界 500 强。差不多同处"而立之年"的"双子星"持续闪耀：

储能被看作碳中和未来的核心竞争力，盛虹投资 306 亿元建设储能电池超级工厂和新能源电池研究院；恒力化纤 40 万吨高性能特种工业丝智能化项目试生产，全部达产后将是全球最大工业丝生产基地。

目前，江苏三家世界 500 强企业都在苏州。走进沙钢集团超薄带车间，回转台画着圆弧转向浇铸位，随着铸轧智能化设备行云流水的动作，火红的钢水瞬间变成 0.8 毫米厚度的薄带，全程仅需 30 秒。沙钢将继续加快信息化、智能化进程，使人均产钢量跻身世界领先水平。

"等不起"的使命感、"坐不住"的危机感、"慢不得"的紧迫感，记者调研发现，苏州众多企业干劲十足，敢投资、敢创新，力争把疫情耽搁的时间和进度抢回来。

苏州"55 条新政"拿出"真金白银"扶持企业——2023 年，安排市级科技创新、打造先进制造业基地等专项资金 24 亿元，支持创新型企业培育、产业核心技术攻关、智能化改造和数字化转型等；对产业创新集群工业企业当年设备投入 2000 万元以上的项目，按项目设备投资额给予 6%—15% 的奖励。

"在苏州，一年 365 天每天都是'企业家日'。企业每天 24 小时都能享受到不打烊、不打折的精心服务！"苏州"四敢"动员会发出如此表白。

对标国际一流营商环境，苏州的政策导向令民企与外企紧密啮合、

苏州工业园区。

"双轮驱动"。截至 2022 年年底,苏州外资企业近 1.8 万家、累计实际使用外资超 1500 亿美元。

今年以来,苏州迎来多个跨国投资大项目。太古可口可乐昆山项目总投资 20 亿元,是其迄今在华最大的单笔投资。博世新能源汽车核心部件及自动驾驶研发制造基地、中日智能智造华东产业化基地等项目也纷纷落户。

多位外企负责人表示,作为中国外向型经济重镇,苏州与外资向来相互成就,即便面临前所未有的困难考验,"外资看好"始终没有改变。

"引进来"与"走出去"同步。众多苏州企业放眼海外,在国际赛场拼搏开拓。"看着世界地图做企业,沿着'一带一路'走出去",亨通集团已创建 12 家海外产业基地及 40 多家营销技术服务公司,业务覆盖 100 多个国家和地区,全球光纤网络市场占有率超 15%。

有"中国第一斜塔"之称的虎丘塔巍然屹立,当前苏州第一高楼国金中心高耸云霄 450 米,两处登顶,可览古风今韵。一如当下的苏州企业敢于固本鼎新,努力登往各自领域"制高点"。

群众敢首创
展现城市新气象

集聚 620 余家企业、培育信达生物等 20 家上市公司，昵称"B 村"的苏州生物医药产业园（BioBAY）声名在外，但蔡轩创业时此处还是"菜地和工地"。

16 年间，她的便利店面积翻了两番，开出多家分店。她在这里目睹了无数个创业故事，"喝杯咖啡完成一场面试，一场争论就诞生出一家公司。"

在蔡轩和众多"B 村"人眼中，苏州称得上"创业天堂"。

打造"劳动者就业创业首选城市"，苏州孜孜以求，每年完善出台相关政策。2023 年，苏州计划建成 100 个"家门口的人社服务站"，提供就业援助、创业扶持、职业指导、权益维护等一揽子服务。"十四五"时期以来，苏州扶持自主创业近 6.6 万人，引领大学生创业 5508 人，创业带动就业 18.9 万人。

在苏州的大街小巷，能看到一间间风格各异、洋溢青春气息的"人才驿站"，通常建在产业园区、人才市场等求职旺地附近，面向有短期

苏州城市景色。

需求的求职人员提供免费住宿。根据引才现实需要，本科及以上学历求职青年从毕业前一年到毕业后两年内都可申请入住。

此心安处是吾乡，一批批年轻人找到归属感。徐维贵19岁技工学校毕业进入富士康集团鸿准精密模具（昆山）有限公司，通过勤学苦练，在江苏省首届技能状元大赛脱颖而出，成立"技能大师工作室"。他把工作经验编成教材，培养了500多名技术人员。

万物生长，生机勃勃。苏州着力为各类人才提供良好的发展环境、搭建施展才华的舞台。

"你只需要一个背包，其他'包'在苏州身上！"去年苏州国际精英创业周期间，这句话被刷屏。举办至今，创业周已累计吸引3万多名高端人才前来对接。目前，苏州市人才总量达363万人，高层次人才达37万人。

有一种幸福叫生活在苏州，有一种希望叫创业在苏州，有一种惬意叫休闲在苏州。今年春节，拙政园人潮涌动，夜游项目"拙政问雅"更是一票难求。行走园中，缕缕暗香浮动，朵朵红梅在遒劲的枝条上悄然绽放，用整个寒冬的积蓄，去芬芳这个崭新的春天。

《敢为"苏"州》

（2023年2月20日《瞭望》，新华社记者刘亢、张展鹏、朱程）

昆山脉动

　　每年秋风起时，大闸蟹上市，以阳澄湖的名气最大。生长于湖边的昆山人，敢于"第一个吃螃蟹"：国内率先自费创办开发区、引进江苏第一家外商独资企业、设立全国首个封关运作的出口加工区……

　　从农业小县跃升为全国县域经济领头羊，源于永不停息的改革创新精神和拥抱时代大潮的开阔胸襟。昆山坚守实体经济，持续推动产业向中高端攀升，培育先进制造业体系，已形成两个千亿级和七个百亿级产业集群。

　　昆山的发展被视为中国特色社会主义建设的生动实践。作为江苏确定的社会主义现代化建设试点地区之一，率先全面建成小康社会后，又率先开启社会主义现代化建设新征程。

　　二元结构国家的现代化都从工业化和城市化起步。中国中小城市

昆山城市景色。

科学发展指数研究成果显示，昆山已连续 3 年囊括新型城镇化质量、投资潜力两项第一。创造占全国 2% 进出口总额比重的昆山，提供了外向型经济崛起样本，更探索出工业化、城市化快速推进背景下，产业与城市的良性互动、共生共融之道。

　　昆山"农转工"转折点发生在 1984 年，利用国家沿海开发开放战略机遇，自费兴办"工业小区"。昆山开发区 4 年集聚 30 多家企业，升格为国家级开发区后，又紧抓上海浦东开发开放等机遇，形成以开发区为龙头，带动乡镇工业小区发展的开放格局，外资逐渐成为经济增长的主要动力。

　　时隔多年，台商宗绪惠仍清晰记得初来昆山的情景：马路两边全是农田，晚八点后就无处吃饭……宗绪惠 2017 年当选为昆山台协会第十三届会长，企业会员 1487 家。他笑言，当年很多台商都是被"半路拦截"到昆山的。

　　"刚开始根本不知道昆山这个地方，只是到上海、苏州路过这里，休息一下、上个洗手间，结果受到热情邀请。"宗绪惠说。当时那么穷的一个县，却展现出非凡的抱负和气魄，把临近上海的地理优势和重商、亲商的政府服务发挥到极致。

　　2000 年是昆山发展史上又一个里程碑。电子信息产品出口格外需要高效快捷的海关通关服务，昆山率先建立封关运作的出口加工区，大幅提高通关效率，促使台湾地区笔记本电脑代工企业纷纷进驻，包括仁宝系、资通系和富士康系。

昆山开发区管委会原主任宣炳龙记得，为了出口加工区他跑了80多趟北京，辛苦但很值得，昆山生产的笔记本电脑和智能手机随后占据全球大半市场份额。做大规模的同时，昆山前瞻性培育产业集群，快速形成以电子信息、精密制造为主导的产业集聚，如今电子信息、装备制造产业已双双成长为"千亿级"。

与很多地区一样，昆山也曾利用人力成本低等优势，吸引产业链低端的加工、装配及制造等环节。为推进产业迭代升级，昆山积极引进外部研发机构、企业研发中心，并与国内一流的高校和科研机构合作。其中，以龙腾光电为核心的新型光电产业链的形成和投产，标志着转型升级的实质性突破。

产业升级过程中，最重要的是因地制宜、甄选适合当地的高端产业。昆山锁定光电、半导体、小核酸及生物医药、智能制造四大产业，2018年四大产业产值达2023亿元，同比增长18%。

龙腾光电有限公司副总经理蔡志承称赞昆山政府"有独到之处"，先做全面的园区规划，后引进相关企业，"产业链招商"优势明显。以龙腾为例，园区上中下游各类企业齐全，形成"原材料—面板—模

阳澄湖畔景色。

组—整机"的完整产业链，让采购成本大幅下降。

产业是城市的骨骼，没有产业的城市站不直、走不远。昆山"以产兴城"道路上，民企和外企齐头并进。特别进入 21 世纪后，大力实施民营经济赶超战略，支持民营企业自主创新，2007 年从事外向配套的民营企业突破 1500 家，至 2018 年，昆山 664.5 亿元的总税收中，民企纳税额达 375 亿元。

诚泰电气股份有限公司董事长盛玉林认为，外界评价昆山时，有时会说代工企业的技术含量低，事实并非完全如此，其中一些企业具备了较强的竞争力。比如诚泰 70% 的部件是自己制造，在全球拥有 180 多个专利。

长期关注昆山发展的南京大学教授张二震认为，开放条件下中国产业结构转型包括两层含义，一是推进工业化进程，实现新产业"从无到有"。二是产业价值链攀升，在"微笑曲线"两端发力，获取更多的国际分工利益。昆山一直率先探索，其发展是中国特色社会主义道路的生动实践。

提高"含绿量"
探路低碳发展

在新中国成立 70 周年之际，昆山迎来了撤县设市 30 周年，县域经济领跑者站上了新的起点。作为党的十九大后江苏首个报送省政府审批的地方城市总体规划，《昆山市城市总体规划（2017—2035）》被寄予引领高质量发展、为全省示范的厚望。规划最突出的一点，是坚持"减量发展"理念，明确了建设用地和能耗排放"减量"、空间效益"增值"，坚决守住生态环保底线。

多年高速发展后，"昆山之路"遭遇了严重的发展瓶颈：土地开发强度越过 30% 的国际警戒线，远超住房和城乡建设部规定的人均建设用地上限；林木覆盖率仅为 18.63%。

昆山市市长周旭东说，按照"减量发展"要求，要在高端产业上做"加法"，在落后产能上做"减法"，加快推动新旧动能接续转换，推动产业结构转型，让经济发展加快从"量的积累"向"质的跃升"转变。

低端落后产业界定、实施企业技改提升工程、健全绿色考核机制，从 2016 年 12 月开始，昆山已全面启动推进"去产能"。针对化工、电

工人在昆山好孩子集团生产线上忙碌。

镀、喷涂等重点行业，量身定制了鼓励企业自行淘汰落后产能的奖励补助政策。电镀产线，自行拆除；化工生产，自行关停；喷涂作业，自行取消；集尘车间，自行升级……在昆山开发区，数十家企业主动淘汰落后产能或老旧工艺。

今年一季度，昆山市整治"散乱污"企业490家，其中关停取缔229家，整治提升261家；淘汰落后产能企业69家，但地区生产总值和一般公共预算收入分别同比增长了7.4%和10.6%，原因在于利用淘汰出来的空间去招新产业、培育新动能。

昆山原鑫源燃煤热电厂原址经过改造升级，打造成射频半导体产业创新基地。经测算，每年可减少煤炭消费 26 万吨、二氧化硫排放 265 吨、粉尘排放 40 吨，预计未来产值超 100 亿元，成为传统工业开发区向科创园区转型的典型案例。

2018 年昆山高新技术产值、新兴产业产值占规模以上工业总产值比重分别为 48.8% 和 47.9%，比上一年度各提高 2.4 和 1.6 个百分点。工信部第四批绿色制造名单中，昆山 5 家企业入选国家级"绿色工厂"。与产业迭代升级同步，昆山新型城镇化的"含绿量"也在显著提升：

按《昆山市城市总体规划（2017—2035）》要求，保持 330 万规划人口规模不变，并将其作为人口容量上限，规划期末建设用地规模从 433 平方公里缩减至 406 平方公里以内。全市保持水面率 16% 不减少，森林覆盖率提高到 26% 以上。

与很多园区一样，昆山开发区在发展初期，也经历过规划不足、无序发展，缺少相关生活配套，与城市隔离，产生环境污染等问题。随着循环经济和绿色发展理念日渐深入人心，昆山设立花桥国际商务城和高新区时，一开始就注重研究产业发展不同阶段的实际需求，提前布局城市功能配套设施，营造生态绿色的城市氛围。

《中国中小城市绿皮书》2018 年首次推出绿色发展指数，昆山名列第一。继续当好县域经济高质量发展先行军的同时，昆山正把绿色发展理念融入生产生活之中，推动经济发展与生态改善良性互动。

全球视野下谋
"全新一跃"

1984 年昆山起步时，市委市政府曾赴深圳学习，为创办工业小区"取经"；去年，昆山党政百人代表团再次南下，观摩学习产业创新、产城融合的做法。

比照深圳，因改革而立、开放而兴的昆山，率先提出要打造有国际影响力的"国家一流产业科创中心"。

"从国外科创城市发展历程看，城市竞争实力归根结底源自创新能力。"昆山市委书记杜小刚说，依托成熟的制造业基础，抢抓技术变革机遇，深入推进转型升级，从要素驱动转向创新驱动，正是新时代下昆山谋求的新作为。

创办昆山杜克大学体现出昆山的全球视野。2013 年获教育部批准正式设立以来，相继建立 11 个国际科创平台，包括全球健康研究中心、大数据研究中心等，获国内国际科研项目 49 个。以计算图像技术研究中心为例，推出了全球首款亿级像素手机摄像模块产品。

实施"祖冲之自主可控产业技术攻关计划"，被视为昆山利用全球科教资源、深度融入世界经济的又一创新之举。攻关计划启动仪式上，昆山面向全球高校院所、科研机构、行业组织等，发布千项企业技术需

市民在改造后的昆山市金龙市场购物。

在星巴克中国咖啡创新产业园开园仪式现场，工作人员制作咖啡。

求，115 家企业累计出资 16.8 亿元，征集解决方案，意在攻克"卡脖子"技术难关，打造国际领先水平的技术项目，真正迈向产业链高端。

进一步推进高水平开放，发展更高层次的开放型经济，是昆山打造"国家一流产业科创中心"的必由之路。截至 2018 年年底，昆山累计引进和形成省级跨国公司地区总部和功能性机构 36 家，占江苏总数的 16%。

引进并留住国内国际高端企业，城市功能完不完善、配套到不到位、生活便不便利是一个关键因素。昆山以往先发展产业，由此吸引人，随之扩大城市规模；如今重构三者关系，先想方设法营造好的城市环境，吸引高端人才，进而促进高端产业发展。

在昆山高新区，多个现代化的标志性建筑拔地而起。这里借鉴了国际经验，由过去单一的"经济体"向"科技新城"转型。智谷小镇作为核心区，计划用最小的空间资源达到生产力的最优化布局，在创新集成与功能扩散之间、在城市化与乡村振兴之间、在生产生活与生态生机之间找到平衡点。

从1个人到350人、从零客户到合作伙伴遍天下、从全年订单133万元到单月订单3000万元以上……自2012年回国来到智谷小镇创办通信技术公司，袁涛的事业不断"裂变"。"智谷小镇很多方面已接近国际先进水平，包括生态理念、创新环境、生活配套等。"他说。

智谷小镇是昆山产城融合的一个缩影。从"以产兴城"到"产转城升，产城共荣"，昆山着力建一流城市、聚一流人才、育一流产业，站在新时代发展坐标系上，拥抱全球开放大平台。

"放眼世界，推动昆山'全新一跃'，打造'昆山之路'的全新起点。"杜小刚说，要拿出当年自办开发区的精神和魄力，积极探索创建国家一流产业科创中心之路。

（2019年9月23日《瞭望》，新华社记者刘亢、张展鹏、刘巍巍、陆华东）

领跑全国　园区实力

　　5日下午至6日上午，习近平总书记在江苏省苏州市考察，来到苏州工业园区展示中心，了解高科技园区建设和发展情况。

　　吸引100多家世界500强企业，集聚2400多家国家级高新技术企业，培育科创板上市公司17家……2022年苏州工业园区完成地区生产总值3515亿元，在商务部国家级经开区综合发展水平考评中实现"七连冠"。

苏州工业园区夜景。

十年再造一个新苏州

1994 年，苏州工业园区经国务院批准设立，是中国和新加坡两国政府间的重要合作项目。如今，曾经的郊外水田鱼塘变身"产城人"一体的现代化园区，累计创造 1.46 万亿美元的进出口总值、1.03 万亿元的税收。

从城市规划、政府精简高效，到社会保障、环境保护……园区在全面对外开放的同时，精心编制符合中国国情、体现改革方向、具有自主特色的上百项法规性"管理办法"，与国际接轨的经济社会运作机制沿用至今。园区展览馆内，一张出自当年总规划师之手的手绘图和今天金鸡湖畔的实景惊人相似，犹如梦想照进现实。

无事不扰，有求必应，既讲规矩又懂圆融，外地客商到苏州工业园区兴业，最大感受是舒心安心。新加坡人、通富微电副总裁曾昭孔2004 年来园区工作，见证亲商政策持续出台，企业不断做大做强。他说："苏州是第二家乡，就算哪天告老还乡，我也会怀念这里的人、这里的事、这里的美。"

苏州金鸡湖。

　　成立 10 年时，苏州工业园区主要经济指标达到苏州 1993 年的水平，相当于再造了一个新苏州。

敢于"第一个吃螃蟹"

苏州工业园区拥有阳澄湖三分之一水域，因敢于"第一个吃螃蟹"而闻名。

"货站直提"实现时间成本、经济成本双降；"审管执信"闭环管理，提高企业办事效率……尽管不临江靠海，制度创新让园区能够"通江达海"。

2019年获批中国（江苏）自由贸易试验区苏州片区以来，国家部委先后赋予园区130项先行先试政策，苏州片区12项创新成果在全国推广。

2022年，园区全社会研发投入占GDP比重增长到5.01%，生物医药、纳米技术应用、人工智能三大新兴产业产值超过3600亿元，增速保持在20%左右。

拥抱世界

用古典园林的精巧，布局现代产业体系；以双面刺绣的绝活，实现中外交融——开放创新的苏州工业园区，吸引世界的目光。

今年3月底，博世投资的新能源汽车核心部件及自动驾驶研发制造基地启动建设；4月中旬，空中客车正式启用位于园区的中国研发中心……

全球企业纷纷"抢滩"，让这个改革开放"试验田"日益成为外资集聚"高产田"。

金鸡湖畔，苏州地标"东方之门"高耸入云。永远争第一、创唯一的苏州工业园区，奋力推开连接世界的"开放之门"，竞逐全球产业高地。

（2023年7月6日"新华全媒+"，新华社记者刘亢、凌军辉、杨丁淼）

探路先行的守变之道

——在产业变局中构筑"苏州高地"

寒山寺的钟声悠扬千年，钟声里的苏州青春依然。GDP 从 1978 年

全国第 15 位上升至 2019 年第 6 位，比肩"北上广深渝"，领跑全国地

苏州寒山寺及周边景色

级市，千年古城焕发生机有何奥秘？

产业是城市之基。乡镇企业异军突起，外向型经济蓬勃兴起，创新型经济风生水起……改革开放 40 多年来，苏州稳居中国城市制造业三甲，成为拥有 3 家世界 500 强、16 万家工业企业、覆盖 35 个工业大类的"世界工厂"。

针对"一哄而上"演变成"千城一面"，再到"一地鸡毛"的产业困局，苏州识变求变、守中开新，在全球产业大变局中垒筑"苏州高地"。

在坚守中精进：
从"一滴油"到"一根丝"

以一个主业为起点，以技术研发和资源整合为"利器"，沿着产业链不断布局升级。

"镇上居民稠广，土俗淳朴，俱以蚕桑为业。男勤女谨，络纬机杼之声通宵彻夜。"明末冯梦龙《醒世恒言》中古镇盛泽的繁荣延续至今。500年前，盛泽以"水乡成一市，罗绮走中原"蜚声于世；如今，这个地处江苏省最南端的小镇走出两家世界500强企业，引人侧目。

1992年，27岁的苏州吴江盛泽镇青年缪汉根，接手不足百人的村办砂洗厂，这便是今年新晋世界500强盛虹集团的前身。

28年来，从印染起家的盛虹集团，一步一个脚印，不断上拓下延，从进军特殊纤维，再到更上游的石化、炼化，直至构建出一条新型高端纺织的完整产业链，成长为一家以石化、纺织、能源为主业的创新型高科技产业集团。

缪汉根并非盛泽镇上的唯一传奇。实现"一滴油"到"一根丝"全产业链运营，比缪汉根小几岁的陈建华和恒力集团还要早一些。创业20多年来，分别从印染厂和织造厂起步而"殊途同归"的这两位同乡，更为一致的是对实体经济的坚守和经久不息的精进。

吴江化纤织造厂老厂前照壁上，"团结拼搏，艰苦奋斗"8 个大字至今激励着恒力集团员工，这是陈建华 1994 年办厂时就定下来的企业信条。

近些年，为打破国外对 PX 和 PTA 两种原料的垄断，恒力集团响应国家全面振兴东北老工业基地的战略部署，在大连长兴岛建起全球产能最大的 PTA 生产基地和石化炼化一体化项目，完成了全产业链业务体系构筑。2017 年，恒力集团首入世界 500 强榜单时列 268 位，今年排名提升到 107 位。

"一根丝"上的精进同样令人惊叹。走进盛虹集团超细纤维生产车间，技术负责人向记者介绍了这样一个细节：通过技术攻坚，盛虹集团将拉伸变形丝做到了国际公认极限细度的一半以下。细度突破背后，是企业对技术进步的孜孜以求。正是依靠过硬的技术能力和极致追求，盛虹集团开创了由民营企业牵头创建国家制造业创新中心的先河。

依水而生的城市，涵养了苏州人"上善若水"的秉性。以一个主业为起点，以技术研发和资源整合为"利器"，沿着产业链不断布局升级，展现了苏州企业家扎根实业、精益求精的境界和追求。

1983 年，费孝通先生首次提出"苏南模式"，以此命名苏南许多乡镇的工业化之路。

二十世纪八十年代起，利用对外开放契机，苏州乡镇企业以年均

30% 的产值增速，创造了占工业产值三分之二的辉煌成绩。1992 年公布的全国工业产值超百亿县（市）中，江苏共有 9 个，苏州占了 6 个。

二十世纪九十年代初，苏州掀起了以招商引资为主要手段的开放型经济发展高潮，以不到全国 0.1% 的土地，实现了全国 10% 的进出口额和实际利用外资，出口额连续十年位居全国第三位。近年来，苏州走上了创新驱动发展的道路，从高速发展阶段步入高质量发展阶段。

时代在变，视野要变，但不变的是苏州人骨子里的那份坚守和精进。

"未来沙钢优特产品的比重将上升到 60%—70%，还要做到劳动生产率最高，人均产钢量要进入全国乃至世界第一方阵。"沙钢集团董事局主席沈文荣定下了这样的目标：做精做强，以产品结构优化更好服务中国市场、服务世界经济。今年，沙钢已连续 12 年跻身世界 500 强。

改革开放以来，苏州始终把制造业作为"强市之基"，大力推动"苏州制造"走在国内前列，成为我国产业体系最为完备的城市之一，规模以上工业总产值连续多年位居全国前三位。

不仅总量规模大，苏州也具备了中国制造业优势的典型特征。比如，形成了以电子信息产业、装备制造业等为主，冶金、纺织、化工等为补充的产业发展体系；形成了新型显示、高端装备、软件和集成电路等 10 个千亿级制造业集群；形成了新一代信息技术、生物医药、纳米技术应用、人工智能四大先导产业。

在传承中开新：
宋锦"复活"与光纤"出海"

正是靠这种矢志争第一、创唯一的实干精神，苏州实现"农转公""内转外""量转质"三大跨越。

苏州古城北隅，北塔报恩寺旁的苏州丝绸博物馆是我国第一座丝绸专题博物馆。这里记载着丝绸之府的辉煌历史，也见证了苏州的传承和开新。

博物馆创始人是宋锦织造技艺国家级传承人钱小萍。起源于12世纪的苏州宋锦，与南京云锦、成都蜀锦合称中国三大名锦。近代以来，受现代工业、多年战乱等冲击，传统宋锦一度衰落，制作技艺几乎失传。钱小萍带领科研小组呕心沥血数十年，终于成功复制出宋锦。

2012年，鼎盛丝绸有限公司董事长吴建华从报纸上看到钱小萍呼吁保护宋锦的文章，决心复苏宋锦工艺，冒着失败风险改造数码大提花剑杆机。几个月后，宋锦第一次从轰鸣的织造机上获得新生：过去靠手工每人每天只能织几厘米，现在日均可织25米。

"复活"的宋锦以全新姿态惊艳世界。2014年APEC领导人非正式

苏州工业园区夜景。

会议欢迎晚宴上，与会领导人及配偶所穿的"新中装"，让宋锦强势回归公众视野。将千年工艺与现代需求结合，吴建华创立"上久楷"宋锦品牌，还推出箱包、家纺、围巾等产品，让宋锦从阳春白雪进入了寻常百姓家。

传承技艺，也传承精神；创新技术，也开创新局。

二十世纪八十年代初，从濒临倒闭的乡镇企业起步，崔根良带领亨通集团转战电缆光缆行业，一路高歌猛进。到 1995 年，通信电缆产销量跃居全国第一，光缆跻身国内前 5 名。2003 年亨通光电上市，崔根良又提出自己生产光纤，而当时光纤的技术、市场与价格都控制在外国企业手中。

细如发丝的光纤，凝聚了诸多尖端技术，要想突破，难上加难。通过购买国外光纤拉丝设备，在消化吸收基础上，技术团队夜以继日改造装备、更换材料、调整参数，经过近两年攻坚终达世界先进水平。

此后，走上自主创新之路的亨通捷报频传：攻克国内空白的光纤预制棒技术，开发具有颠覆性技术的新一代绿色光棒，超高速、超大容量、超低损耗特种光纤入围国家"工业强基工程"，成为大国重器……

"看着世界地图做企业，沿着'一带一路'走出去。"2013 年，亨通集团响亮提出口号，大踏步走向世界。目前，已创建 10 家海外产业基地，70% 布局在"一带一路"沿线，业务覆盖 140 多个国家和地区。

苏州工业园区金鸡湖畔景色。

近年来，亨通陆续承担数十个全球海洋通信工程。

　　光纤"出海"见证亨通固本开新的抱负。"必须以创新驱动发展，必须参与全球竞争，才能在未来走得更稳、走得更远。"崔根良说。

　　形势在变，格局要变，但不变的是苏州人传承与开新的担当使命。

　　驻足金鸡湖畔，苏州新地标"东方之门"如同一扇时光之门。西边是"人家尽枕河"的千年姑苏城；东边是高楼迭起的苏州工业园区。

　　金鸡湖水面7.4平方公里，26年前还在养殖鱼虾。中国和新加坡在周边278平方公里的土地上合作创办的苏州工业园区，成为我国改革开放的试验田和示范区，打造了国际合作的成功典范。

探路先行的守变之道

20 年多来，苏州工业园区在产业、科技、金融、治理等领域大胆探索，创造了诸多全国"唯一"和全国"第一"，形成了"借鉴、创新、圆融、共赢"为基本内涵的园区经验，近年包揽了商务部国家级经开区考核评价"四连冠"。

与金鸡湖连通的独墅湖，在苏州已成为科教新城的代名词。湖畔的科教区，有中科院纳米所、哈佛大学韦茨创新中心等众多国内外科研机构和西交利物浦等院校聚集，一大批新兴企业如雨后春笋。截至目前，苏州高新技术企业超过 7000 家，科创板上市企业数量仅次于京沪，达到 18 家。

苏州的阳澄湖大闸蟹闻名遐迩，苏州人敢闯敢干、首吃"螃蟹"的精神一以贯之。

改革开放以来，这里先后创办全国第一个自办工业小区、第一个与国外合作开发的工业园区、第一个封关运作的出口加工区……在一系列"第一"的基础上，又承担了 45 项国家级改革试点的先行先试。

"苏州过后无艇搭。"正是靠这种矢志争第一、创唯一的实干精神，苏州实现"农转公""内转外""量转质"三大跨越，书写经济社会发展最浓墨重彩的华章。

苏州自然资源匮乏，如今以全国 0.09% 的土地，创造了全国 2.1% 的地区生产总值、2.4% 的税收和 7.7% 的进出口总额。

擅谋划有预见：
两个"万亿产业"备受瞩目

"就像种树一样，超前谋划、梯度布局、注重培育，保持耐心、持续推进"。

在苏州工业园区，行色匆匆的生物医药领域探索者，喜欢将他们办公的地方称为"B村"。这一称呼，来自生物医药产业园的英文名BioBAY。

2011年，47岁的海归博士俞德超来到"B村"，开始他的第N次创业，信达生物由此诞生。此前，他和团队成功研发出世界级治疗鼻咽癌的新药，这次他盯上了PD1。这是治疗癌症的一类新靶向药，通过激发人体免疫系统识别"查杀"肿瘤细胞。

2019年，信达PD1新药上市，并成为第一款进入国家医保目录的该类新药，当年公司实现销售额10亿元。如今，信达生物已成为中国拥有单抗药品上市数量最多的制药企业，同时也是全球历史上唯一创办9年即有4个单抗产品上市的药企。

"与传统生产型企业不同，研发型生物医药企业主要依靠创新驱动，

苏州工业园区。

一旦取得关键技术突破，往往是爆发式增长。"苏州市生物医药产业创新中心主任虞吉强说。

百济神州把国产抗癌新药卖到美国市场，再鼎医药研发出本土首款卵巢癌创新药，豪森药业研发的新药为慢性髓性白血病患者提供新选择……由长期蛰伏到一朝蜕变，苏州一批初创型生物医药企业正步入"收获期"。

观察一个城市的经济，绕不开其主导产业。在苏州，有两个"万亿产业"备受瞩目。

一个是电子信息产业。30 年前，苏州踏准了信息技术革命的浪潮，

把电子信息产业打造成第一支柱产业，2018 年产值突破万亿元大关，占全市规上工业总产值的 30.9%。时至今日，电子信息产业仍在释放深度发展的红利。

另一个便是瞄准万亿级培育发展的生物医药产业。今年，苏州把生物医药确定为"一号产业"，响亮提出倾力打造世界级产业地标，到 2030 年力争集聚生物医药企业超万家，产业规模突破万亿元，支撑苏州未来 10 年、20 年乃至更长时期的可持续发展。

超前谋划，源于深刻的忧患意识和素来秉承的超前布局。

早在 10 多年前，苏州就意识到，依托国际代工模式发展起来的工业尽管总量很大，但对本地经济贡献度和长期拉动有限。如某品牌鼠标在国际上的售价约 40 美元 / 个，但作为最大生产制造基地的苏州只能获得 3 美元 / 个的利润。在此背景下，需求刚性、利润高、市场巨大且不受行业周期影响的生物医药，成为苏州工业经济结构优化的重点产业之一。

"就像种树一样，超前谋划、梯度布局、注重培育，保持耐心、持续推进。"苏州大学教授方世南这样评价苏州的产业布局和转型升级。

超前谋划，更基于对科技、产业发展规律的洞悉和良好的产业生态。14 年前"B 村"刚成立时，约 100 公里外的上海张江高科技园区已发展十几年，有大量国内外顶级药企入驻。因此，苏州从一开始就选择了差异化路线，瞄准生物高科技初创公司或刚起步的公司，专注孵化创新创业企业。

2008 年，在美国求学工作了近 20 年的童友之回国创业，次年创立开拓药业，在苏州工业园区逐步发展壮大。

谈起当时的情景，童友之仍不胜感慨："海归创业者回国，最担心的启动资金问题、融资问题、住房问题苏州都给解决，让我们能静下心来做科研。"

今年 5 月，开拓药业正式在香港联合交易所主板挂牌上市。如今，苏州的各类公共服务平台已覆盖孵化、加速、成长等企业生命全周期。

苏州生物医药产业从零起步 14 年的发展成效，反映了当地谋划产业的预见能力。从开始布局到 2019 年年底，苏州生物医药产业年增长超过 20%。11 月 3 日的 2020 中国生物技术创新大会上，在科技部中国生物技术发展中心《2020 中国生物医药产业园区竞争力评价及分析报告》中，苏州工业园区蝉联产业竞争力第一。

有人这样形容这里的发展态势：如一锅正处于沸腾临界点的水，锅底开始冒出一个个小水泡，过一段时间便会咕嘟咕嘟地沸腾起来。

生物医药产业锁定万亿级目标外，人工智能、纳米、集成电路……苏州正在精心培育这些新兴产业，每一个都是关系未来的重量级选手。苏州电子信息产业也在优化结构，重点发展新一代信息技术产业。

识变局求破局：
"苏州码子"踏"云"而上

苏州累计获得国家级制造业与互联网融合发展试点示范项目8个，在全国大中城市中排名第四。

姑苏区的新"网红打卡地"双塔市集热闹异常，LOGO也很特别——包含了一种叫作"苏州码子"的符号。

这一诞生于南宋时期的早期民间"商业数字"，脱胎于中国文化历史上的算筹，曾被广泛运用于老百姓的生活，是阿拉伯数字在我国广泛使用前的一种简便、快捷的记录数码，也是唯一还在被使用的算筹系统。

"苏州码子"可以说是古代生产性服务业的一种雏形。这段生动的史实表明，生产性服务业诞生于制造业、服务于制造业，离生产最近的地方往往最能催生发达的生产性服务业。苏州拥有16万家工业企业、覆盖35个工业大类、涉及489个小类，正是这样的地方。

随着第四次工业革命的孕育兴起，全球产业格局正在发生深刻变化。突如其来的新冠疫情，进一步加速了产业分工的重构和产业形态的迭代，一大批新产业、新业态蓬勃发展，竞争更是空前激烈。

1989 年，柯达公司把 IT 部门卖给了 IBM，开创了巨型公司 IT 部门外包的先河。后来，IBM 的外包业务从 0 增长至现在的 200 亿美元规模，成为全球最大的外包公司，体现出生产性服务业的专业化、外包化，已成为重要趋势。美、德等发达国家的再工业化发展战略均把生产性服务业作为制造业发展的支撑力量。

赋能制造业突破"天花板"，苏州今年提出打造"生产性服务业标杆城市"，高规格系统布局生产性服务业，发布系列政策举措，重点扶持研发设计、供应链管理、检验检测认证服务等九大生产性服务业企业。

作为生产性服务业的一部分，工业互联网让人类组织物质资料生产的方式发生颠覆性转变，苏州鲜明喊出"工业互联网看苏州"，并致力争创国家级"5G + 工业互联网"融合应用先导区。

这是苏州的第一个踏"云"而上。目前，苏州累计获得国家级制造业与互联网融合发展试点示范项目 8 个，在全国大中城市中排名第四。苏州承建的工业互联网平台创新体验中心为 7 家国家级中心之一。

第二个踏"云"而上是产业链全球合作云对接。产业链安全稳定是提升经济抗风险能力的关键。5 月，苏州在全国率先开展产业链云对接，围绕生物医药、智能装备等 5 条千亿级产业链，发布"产业链全球合作对接图"，催生近 4000 亿元投资项目和合作订单。

"这是以产业链协同合作对冲全球产业变局的新举措。"苏州市工信局

局长蔡剑峰表示，苏州针对产业链薄弱环节招引关键企业，重点支持龙头企业横向联合、纵向整合上下游，目标是让产业链一通到底，强而有力。

筑链延链，更需创新破局、开放赋能。在苏州工业园区，规划总投资 200 亿元的材料科学"姑苏实验室"于年中挂牌，力求突破一批前沿战略技术，向"卡脖子"说不。当地还持续吸引海外研发机构、跨国公司等设立全球或区域性研发中心，并推出三年滚动支持千家创新型企业等政策。

开放，成就了今天的苏州，决定着苏州的未来。面对全球产业链

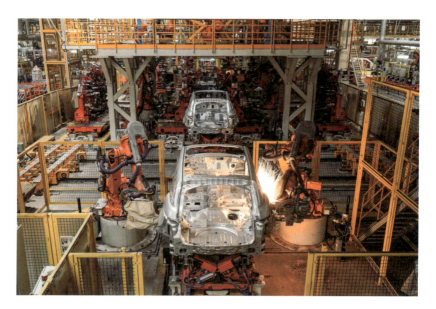

奇瑞捷豹路虎汽车有限公司常熟生产基地。

探路先行的守变之道
——在产业变局中构筑"苏州高地"

重构大变局，今年一开年，拥有 1.7 万家外资企业的苏州提出"开放再出发"，陆续发布多张"开放创新合作热力图"，"产业链全球合作对接图"正是其延续。

通过"苏州开放创新合作热力图"，世界 500 强日本三菱重工集团了解到"中日协同创新之路投资考察线路"，最终将三菱重工中日能源科技创新中心落户苏州相城区。

据苏州商务局统计，2020 年 1 月至 8 月，苏州实际利用外资增幅达 127.3%，创改革开放以来新高。

江苏省委常委、苏州市委书记许昆林表示，苏州要始终保持"自强不息"的劲头，始终扛起"探路先行"的责任，在率先形成新发展格局、勇当科技和产业创新开路先锋、加快打造改革开放新高地等方面探索更多经验。

站在"两个一百年"奋斗目标的历史交汇点，踏"云"而上的苏州，正在更高"坐标系"中谋划未来，以"等不起"的使命感、"坐不住"的危机感、"慢不得"的紧迫感，在世界产业变局中构筑"苏州高地"。

（2020 年 11 月 9 日《新华每日电讯》，新华社记者刘亢、陈刚）

数字赋能　产业重塑

苏州城区。

小寒不寒，心向暖阳。

苏州5日举行"新年第一会"，宣布2021年预计完成地区生产总值2.2万亿元，规上工业总产值历史性跨越4万亿元大关。

作为小康宏图起笔之处、现代化宏图勾画之地，苏州谋求为全国全省发展大局作出更大贡献，鲜明提出"培育壮大数字经济时代产业创新集群"。

苏州将加快形成具有国际竞争力和全球影响力的创新集群，推动产业经济向创新经济跃升、产业大市向创新强市迈进，全力打造"创新集群引领产业转型升级"示范城市。

增创"苏州制造"新优势

苏州每年谋划全局重点工作的首个会议，都引人注目。

2020 年提出"开放再出发"，2021 年聚焦"智能化改造和数字化转型"，今年主题锁定"数字经济时代产业创新集群发展"，连续三年着力点都是产业、落脚点都在发展。

"十四五"开局，苏州多项数据创历史新高：一般公共预算收入2510 亿元，约占江苏省 1/4；进出口总额突破 3800 亿美元，约占全省1/2；地区生产总值约占全省 1/5。

制造为"核"。多位参会人士对记者说，苏州各项成绩背后核心支撑在于制造业。

截至目前，苏州拥有 16 万家工业企业，涵盖 35 个工业大类、167个工业中类和 491 个工业小类，是国内工业体系最完备的城市之一。

坚守实业的基因刻在苏州企业家的骨子里。东渡纺织集团深耕纺织服装行业超过 60 年，如今依然忙于改造提升服装生产线。董事长徐卫民笑称，这些年错失很多挣钱机会，但毫不遗憾，因为初心就是"做好纺织"。

通润机电集团自 1968 年试制千斤顶，打拼半个多世纪后，商用千斤顶、汽车千斤顶等多项产品的产销量世界第一。"转型不等于盲目转行。我这辈子想尽办法做好一件小事，就做一滴水，一滴滴水汇成苏州制造业的江河大海。"集团董事长顾雄斌说。

从乡镇经济活跃，到外向型经济崛起，再到新世纪开放型创新经济转型，苏州坚守制造业的主线始终清晰。

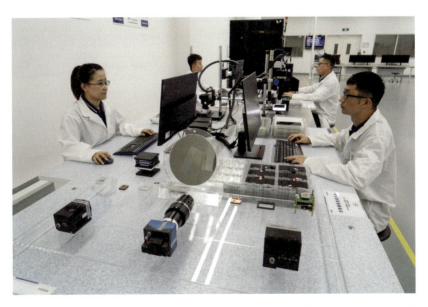

在位于苏州工业园区的苏州华兴源创科技股份有限公司，工作人员在研发实验室内工作。

久久为功，必有回报。位于苏州吴江区的盛泽镇，走出了两家世界 500 强企业恒力集团与盛虹集团，印证了保持"恒心定力"终可见"盛世长虹"。

当前，百年变局和世纪疫情交织叠加，工业强弱成为重塑区域竞争格局的关键变量，制造业愈发受到重视。这一背景下，苏州规上工业总产值越过 4 万亿元更显难能可贵。

"4 万亿"在国内乃至全球都处领先地位，但苏州不满足于此，更多审视不足，思考如何"从大到强""从强到优"。

碧螺春是苏州名茶。每年炒茶时，大火把铁锅烧到近三百摄氏度，师傅用手不停地将茶叶捞起、翻炒、抖落，然后慢慢加火减火，让它成形、干燥，整个过程持续约 40 分钟。

"三分靠原料，七分靠炒工。"炒茶对技艺的坚守、对火候分寸的把握，与苏州做大做强制造业恰有共通之处。

借力数字经济
抢占"新赛道"

迈上"4万亿"台阶，下一步如何走？苏州锚定"数字产业化""产业数字化"主线，借力数字经济系统性重塑制造业。

《苏州市推进数字经济和数字化发展三年行动计划》提出，到2023年全市数字经济核心产业增加值达到6000亿元，年均增长率达16%以上。

截至2021年年底，苏州已有6000多家工业企业推进实施了8000多个"智改数转"项目，获评江苏省工业互联网发展示范平台23个，后续将完成全市1.2万家规上工业企业智能化改造和数字化转型"全覆盖"。

江苏省委常委、苏州市委书记曹路宝说，如果说2500年历史的古老苏州特质是江南文化、40多年改革开放是开放的态度，走进新时代就是创新的精神。发展数字经济是新一轮科技革命和产业变革大势所趋，也是推动苏州高质量发展的重要途径。

数字经济既是新赛道，更是主赛道。

苏州未来电器股份有限公司可制造上万种功能附件，强大的定制化生产能力正是得益于数字化保障。企业投入近亿元提升智能化水平，

苏州工业园区。

引入工业互联网破解产供销协同难题。如今按照客户订单需求的发货入库及时率上升 15%，全员劳动生产率提高 25%。

在昆山纬创一厂，笔记本智能组装生产线上配备智能检测系统，能够实时监测笔记本组装过程：显示绿色代表零件组装过关，红色说明需要返工。以往人工检测需要 45 秒，现在机器检测只需要 15 秒。

中国赛迪研究院发布《长三角城市数字经济发展水平评估评价白皮书（2021 年）》，评价苏州数字经济发展指数位列全国地级市首位，在长三角城市群"一核多星"总体格局中也位居前列。

赛迪数字经济研究中心负责人认为，苏州智能制造体系已经初步形成，通过以点带面促进智能技术在制造业企业的广泛集成应用，推进全市数字经济发展。

打造"万物生长"的创新系统

虽然在数字经济取得一定先发优势，苏州人仍清醒看到差距。在数字经济核心产业增加值方面，苏州与深圳、杭州等城市相比仍存在较大差距，在线新经济的头部平台还不多。

创新集群建设是补齐数字经济短板的重要举措，能够把产业长板拉得更长、把规模做得更大、把竞争力提得更优、与本地经济结合得更紧，真正实现"搬不走、压不垮、拆不散"。

产业集群被认为是获取区域竞争优势的有效途径，创新集群则被视为产业集群的高级形式，是创新资源和产业要素的有机协同性配置。

苏州具备打造创新集群的规模优势。目前已形成先进材料、电子信息、装备制造三个万亿级产业。随着全球生物医药高端资源要素在苏州加速集聚，生物医药产业也逐渐成为"地标产业"，现有企业超4100家、年产值达3000亿元。

"十四五"时期，苏州将动态投入超1000亿元专项资金，用以支持数字经济时代产业创新集群发展。

　　华辰精密装备（昆山）股份有限公司是国内数控轧辊磨床领域的领军企业，以其为龙头，集聚了 80 多家生产企业及关联企业，形成智能装备产业集群，年产值超 120 亿元，成为苏州产业创新集群发展的一个缩影。

　　"聚焦产业创新集群发展，是苏州未来的伟大事业，苏州企业责无旁贷。"亨通集团董事局主席崔根良说，亨通已连接上下游产业链企业 1489 家，形成了具有世界影响力的全球光纤通信、海洋通信智能制造先进模式和产业创新集群。

奇瑞捷豹路虎汽车有限公司常熟生产基地。

数字赋能　产业重塑

推动创新集群发展，苏州诚意十足：对首次入选世界 500 强的企业给予 3000 万元奖励，首次入选中国 500 强奖励 1000 万元；对重大创新团队最高给予 1 亿元项目资助，个人最高可获 5000 万元支持；对新建的国家级科研机构和国家重大技术攻关项目，最高可按市、区（县级市）两级财政 1∶1 配套予以支持，上不封顶。

创新集群里除了企业，更突出的是拥有新型研发机构、高校、金融机构等，以多元化架构保障创新能力不断产生。材料科学姑苏实验室内，科研人员聚焦电子信息材料、生命健康材料和能源环境材料等领域，积极开展应用基础研究；苏州大学的两院院士带领约 300 位战略科学家、领军人才和青年才俊，开展协同攻关和集成创新；东吴证券的金融人士努力畅通融资渠道，撬动社会资本为科创注入金融活水。

"创新集群是催生产业创新的生态系统，就像热带雨林。"曹路宝说，市场主体就像大大小小的植物，在政府统筹协调下，各类园区提供土壤，金融提供水分，政策就像阳光，舆论就像空气，形成一个"生命共同体"，相互作用、协同发力，汇聚成高质量发展的不竭动力和城市的鲜明标识。

（2022 年 1 月 6 日《新华每日电讯》，新华社记者张展鹏、刘巍巍）

内外双修　锻造韧性

　　改革开放之初，苏州人把一台笔记本电脑拆开，对照上千个主要零部件"缺什么补什么"，一环环拉长链条，高峰时生产全球一半以上笔记本电脑。依靠融入全球产业链，苏州成为中国城市工业前三强。

　　浪打船头人。全球产业链加速重构，外贸依存度超110%的"世界工厂"苏州将如何答题？

　　木桶能装多少水，直立时取决于短板，倾斜时取决于长板。今年以来，苏州强筋骨、塑生态、拓外延，拉长补短、内外兼修，提升产业韧性活力，构建"双循环"新发展格局蹄疾步稳。前三季度，苏州GDP达1.42万亿元，逆势增长2.4%，稳中有进；4月以来工业投资累计增速超25%，进中向好。

强健筋骨 "链"接全球

    像两只手在云朵上紧握，又像两块零部件严丝合缝地嵌套连接——苏州产业链全球合作云对接活动上，造型独特的 LOGO 意味深长，折射苏州"链"接全球的眼界和智慧。

    今年 5 月，苏州在全国率先开展产业链云对接，围绕生物医药、智能装备等 5 条千亿级产业链，发布"产业链全球合作对接图"，催生近 4000 亿元投资项目和合作订单。"这是以产业链协同合作对冲全球产业变局的新举措。"苏州市工信局局长蔡剑峰表示，针对产业链薄弱环节招引关键企业，重点支持龙头企业横向联合、纵向整合上下游，让产业链一通到底，强而有力。

    筑链延链更需创新破局、开放赋能。今年一开年，拥有 1.7 万家外资企业的苏州提出"开放再出发"，陆续发布多张"开放创新合作热力图"，更加注重产业规律和产业链联系，增强集聚度、互补性和竞争力。据苏州市商务局统计，1 月至 8 月，苏州实际利用外资增幅达 127.3%，创改革开放以来新高。

工人在位于太仓市高新区的亿迈齿轮（太仓）有限公司生产车间内进行加工作业。

全球竞合新格局下，价值更高的黏性供应链成为争夺焦点。 苏州主攻战略性新兴产业集群，不断增强供应链黏性。

"我们专注研发生产分子诊断、细胞培养、细胞免疫治疗等耗材，这些材料以往主要靠进口，国产替代势在必行。"赛普生物负责人周力波说，苦练内功两年多，企业掌握了生物材料表面改性等多项核心技术，月出货量近千万元人民币。

从零出发，由弱到强，苏州生物医药产业近年连续保持 20% 以上

全球"灯塔工厂"联合利华和路雪生产基地。

的高速增长，今年更是举全市之力打造世界级产业地标"中国药谷"，力争十年内集聚企业过万家、产业规模破万亿元。

如今的苏州，正在形成高端装备、新型显示等 10 个千亿级先进制造业集群，高新技术企业超过 7000 家。

优化营商　重塑生态

苏州百拓生物技术服务有限公司内，几十台高端实验仪器忙碌运转。这一公共服务平台每年提供技术服务数万次，加速初创企业研发进程。"苏州生物医药产业发展壮大，源自优质营商环境'小火慢炖'。"信达生物创始人俞德超说。

产业链竞争归根结底是营商环境的竞争。用汽车4S店一样公开透明、标准可靠的"至高服务"，在畅通产业双循环中锻造最重要"筹码"，苏州今年向全球郑重发布"苏州最舒心"营商服务品牌和"4S"国际版营商服务品牌。

为新兴产业知识产权申请提供快速通道；办事"一网通办""只进一扇门"；"产业定制地"让企业"拎包入驻"……《优化营商环境创新行动2020》提出，苏州将在法治诚信、智慧政务、资源配置等方面更进一步，实现投资放心、发展安心、干事顺心、创业开心、生活舒心。

对标世界一流，紧扣企业需求，良好营商环境催生健康产业生态。

工作人员在江苏太仓港海通汽车码头堆场作业。

6月中旬，华为苏州人工智能产业创新中心首度亮相。在同一栋研发大楼里，此前不久，微软赋能加速计划苏州人工智能创新中心刚刚举办首场线下活动。

与头部企业加强合作、赋能产业发展，是苏州优化产业生态的重要举措。苏州工业园区科技发展有限公司战略部总经理郑钧说，这里的国家级联盟、龙头公司、平台机构和创投等，营造共生共赢生态圈。

从最前端的研发到最末端的产业化，苏州各类公共服务平台覆盖孵化、加速、成长等全生命周期，持续向企业输送能量。"从培育小树苗起步，到抢占全球竞争制高点，听上去有点天方夜谭，却是苏州努力的方向。"苏州市发改委高技术产业处处长徐鸣涛说。

一座城市的实力与劳动者的素质息息相关。10月底，苏州隆重表彰"最美劳动者"，一线职工、外来务工人员分别占63.22%和56.64%，1万名劳动者获得荣誉奖章、培训补贴、流动人口积分等激励。

"以更好的城市精神让劳动者最能融入，以最优的公共服务让劳动者最被关爱，以最强的政策支撑让劳动者最能成长。"苏州市委常委、副市长洪宗明表示，将全力优化就业创业环境，加快集聚培育高素质产业工人队伍，厚植发展强支撑。

多维赋能　拓展空间

生产性服务业是赋能制造业的利器。顺应产业秩序、组织、形态重构的大势，拥有 16 万多家工业企业的苏州，高规格布局生产性服务业，以求突破制造业天花板。

苏州提出打造"生产性服务业标杆城市"，重点扶持研发设计、供应链管理、检验检测认证服务等九大生产性服务业企业。今年前三季度，苏州高技术服务业投资同比增长 2.6%，其中科技成果转化服务、信息服务大幅增长 94.2% 和 36.3%。苏州立下新目标，"十四五"期间生产性服务业重点领域增加值年均增长 12% 左右，到 2025 年达万亿元。

以上海为龙头发挥协同增强效应，正是苏州在长三角一体化国家战略中的自我定位，生产性服务业是破题关键。挂牌于苏州工业园区的长三角境外投资促进中心，正在推进长三角企业在"一带一路"沿线投资布局、引进技术，助力建设优势产业集群。相城区正在建设的长三角国际研发社区，计划用 5—10 年集聚 10 万高层次研发人才，辐射服

全球"灯塔工厂"联合利华和路雪生产基地蛋筒全自动输送系统。

务长三角。

　　"从过去上海有什么、苏州要什么，转为上海要什么、苏州做什么。"苏州市委副秘书长俞愉说，苏州正在打造上海科研成果转化的"最佳试验场"、资源要素溢出的"优质承接地"、高端制造的"最佳协同区"。

　　作为制造强市、开放大市，苏州是构建"双循环"新发展格局中的

苏州金鸡湖。

重要枢纽节点。借助国际产能合作，助推产业链变革转型，苏州累计境外投资项目已超过 2000 个。

"经济全球化嬗变中，国内循环与国际循环相辅相成、相互嵌套。"苏州市委常委、常务副市长王翔表示，苏州要打好产业基础高级化、产业链现代化攻坚战，努力打造产业链双循环创新示范城市。

产业是城市之基。地处江尾海头，苏州正努力把长三角一体化、长江经济带、"一带一路"等重大机遇叠加效应转化为高质量发展红利，持续增强产业链稳定性、安全性和竞争力，在全球产业重构变局中构筑"苏州高地"。

（2020 年 11 月 16 日《瞭望》，新华社记者刘亢、陈刚）

资本活水　灌溉实业

苏州城区。

三十而立，不破不立。1993 年至今，脱胎于苏州证券的东吴证券，从总资产规模不足 5000 万元、仅限于本地发展的小型地方券商起步，通过 30 年改革发展、开放图强，成长为业务拓展至海外市场的区域性头部券商，乘时代之风，渐变、稳健、持续前进，破茧高飞。

蛰 伏

　　"做有'根'的证券公司"是东吴证券股份有限公司党委书记、董事长范力对公司战略定位的形象说法。在他看来，"根"是强调有其发源，只有扎根脚下这块土地，公司才能接地气、稳底气、注生气，在资本市场中站稳脚跟。

　　东吴证券前身是苏州证券，2002年正式更名为东吴证券。"我们是当时全国少数几家地市级券商之一，处于行业最低一级。"东吴证券昆山分公司总经理陈正晖是成立之初入职的老员工，他回忆在2000年之前，公司上下、大小工作会上，大家交流只说苏州方言，一是因为本地员工多，二是当时公司只有本地业务。

　　2003年前后的苏州，在全国经济排名中还是"中等生"，但其工业经济总量和效益不断增大，工业对当地经济的贡献份额提升至56.5%，尤其在电子信息、生物医药、新材料等高新技术领域持续发力。

　　当时的资本市场处于开疆拓土的蛮荒时代，由于种种原因，一批明星券商先后破产，一些则拼死走出困境，动荡之中的资本市场自此迎来综合治理改革。

陈正晖说，东吴证券起步早，但当时资历浅、抵抗力也弱，一度风雨飘摇，上市前差点被收购、兼并。

"最难的那几年，之前门庭若市的大厅只有零星几个散户，好在挺过来了。"在陈正晖看来，正是基于这轮改革才奠定了如今资本市场的发展基础与格局。

"这一轮行业风险处置与综合治理，带来了证券业格局和生态的转折性变化，夯实了证券业持续健康和高质量发展的基础并逐步探索出了分类监管、合规监管以及客户资产安全等有机融合的机构监管体系。"东吴证券合规总监兼首席风险官李齐兵坦言，东吴证券在发展中也曾出现过困难与曲折，但公司本身以及公司主要岗位工作人员、高级管理人员从未因为任何违规违法行为被处罚过，更没有出现过重大合规问题。

截至目前，东吴证券连续八年被证监会"分类评价"评为A类A级。李齐兵说，东吴证券是一家国有企业，也是一家持牌金融机构，公司上下努力将合规"融入血液，装入心头，深入骨髓"。在他看来，企业只有合规经营才能持续稳定发展，打造"百年老店"。

潮水退后，真正的价值会浮出水面。"我们需要审视自己的基本盘。我们的未来，不取决于长得多快，而取决于根有多深。"范力说。

既生于斯、长于斯，则安于斯、深"根"于斯。与多数券商外延

游客在苏州工业园区金鸡湖畔拍照留念。

式并购扩张不同,东吴证券向"内"求索、向"下"深耕、差异化竞争,以苏州作为"根据地",融入长三角发展,服务中小微企业,在别人"看不上"的地方快速成长,在别人跑马圈地之时修炼内功。

上市之后的八年间,东吴证券先后完成四次再融资,累计募资近230亿元。对比上市初的净资产,相当于再造了"三个"东吴证券,其综合实力排名步步高升。

孕 育

东吴证券的发展并非一路坦途，有过转型中的迷茫阵痛、打道回府的失意，也有后发制人的弯道超越。伴随中国资本市场的发展，其每一步转型、跨越都是一次脱胎换骨、跃入新的成长阶梯的机会。

"苏州紧邻的国际金融中心上海，乃券商必争之地。"范力说，早在2002年他们就尝试在上海设立业务总部，希望以此为基础，更好拓展长三角地区乃至海外业务，但从2004年开始，证券行业经历综合治理期，公司果断选择了战略性撤回。"我们当时无论是资本、人才还是业务等方面和上海都有差距，强行留下，并不明智。"

在范力看来，力所不及之时，先"放一放"；待到力所能及之时，再"冲一冲"。对于在上海的布局，范力认为还是要"守正待时"，时机成熟之时，再战不迟。

"去上海发展不是为了'挣面子'。"高海明是东吴证券副总裁，也是成立之初入职的员工，见证了公司的成长。他认为"发展不确定性越大，越要立足根据地、扎根基层、做深做透"。当其他券商纷纷在省

会城市、直辖市建立分公司之时，东吴证券反其道行之 —— 将分支机构渗透到县（市）里、乡里。

"我们就是要深入苏州的毛细血管，把它们打通。"高海明说，苏州已今非昔比，有的县经济实力比得上一个小省。有了深耕本土的积淀，才能孕育出先发优势。"相隔十多年，我们再赴上海，在上海黄浦江畔核心区域建设标志性的业务总部大楼。"高海明说，这一次东吴证券也今非昔比了。

从 2002 年到 2020 年，东吴证券以慢打快、稳中求进，以苏州本土发展为支点，先后在苏州以外的江苏其他地区，以及北京、上海、浙江、广东等地布局，在新加坡、中国香港设立子公司，构建起跨境金融服务版图，并在收购中投证券（香港）后实现全牌照经营，成为融通长三角与香港金融合作的纽带。

所谓"欲速，则不达；见小利，则大事不成"。"成长是一个过程。任何事不通过艰苦劳动，实抓实干，自然是'则不达'的。"东吴证券总裁助理、中小企业融资总部总经理方苏说，"欲速"的前提是符合客观规律与发展现实，搞好综合平衡。公司一直强调要算"经济大账"，既为一域争光，更为全局添彩。

方苏说，在券商中，东吴证券是较早设立中小企业投资银行服务部门，也是最早将其设立为一级事业部的证券公司之一。2017 年至 2019

年，全国中小企业股份转让系统（简称"新三板"）发展遇到阻力，不少券商把"中小企业部"撤裁并转，东吴证券是一直专注于中小企业发展的少数几家之一。

"正是这段时间的积累，我们收获了服务企业的人才、吸引到了好的项目，为后来在北交所打开局面起到关键性作用。"方苏说，从"新三板"到北交所，有近三成的企业曾经在"新三板"挂牌过，而经其服务过的项目几乎是"零流失"。

"我们客观评估过，苏州的企业数量较多，总体规模在全国领先，企业从小到大的发展都需要专业的、贴身的管家式服务。"方苏认为服务企业的过程是价值发现的过程，更是与企业的一场双向奔赴，"我们与中小企业一样，发轫于'微小'之时，共荣共生、相伴成长，这份情义不一般。"

"东吴证券见证了我们公司的成长，我们也是东吴证券投行业务发展的见证者。"迈为股份董事、董事会秘书、财务总监刘琼对双方近十年合作感慨万千，"基于这份信任与情义，迈为从IPO申报到两次再融资都放心地交给了东吴。下一个十年，期待我们双方再创辉煌。"

刘琼说，苏州的企业都透着一股韧性，在"慢"的时候积蓄力量、静待时机，在"快"的时候毫不犹豫、有的放矢。

破　茧

踏着改革开放浪潮，苏州凭借其制造业规模大、配套能力强、创新资源聚合等优势推动经济发展，从"中等生"跃升为"排头兵""模范生"，而随着科创板启动与注册制全面落地，资本与实体经济、科技之间搭建起更加坚实的桥梁——苏州，乘势而上。

截至 7 月 31 日，苏州科创板上市企业达到 51 家。作为地级市，苏州科创板上市企业数量仅次于上海和北京，位居全国第三。苏州，成为全国第 5 个迈入 A 股上市公司总数超过 200 家的城市。

当下，苏州证券市场"二四六"格局已然形成：经济总量占全国的2%，上市企业数量占全国的 4%，近三年新增的上市企业数量，占全国新上市企业逾 6%。

此外，在地方政府推动下，沪深交易所、北交所、全国股转系统等均在苏州设立了服务基地。

用江苏省委常委、苏州市委书记曹路宝的话说，党的十八大以来，苏州企业上市进入快车道，新增上市公司数量连创新高，成为苏州勇立潮头、勇创大业的一支精兵劲旅，生动诠释了苏州的发展热度、创新高度。

设立科创板并实行注册制，标志着中国资本市场改革进入了新阶段，对于创新基因雄厚的苏州亦是重大历史机遇。从"新三板""科创板"挂牌，到北交所上市，东吴证券输送的企业数量近 550 家，持续助力产业、企业拥抱资本市场"振翅高翔"。

截至今年 6 月底，东吴证券保荐承销 IPO 项目 8 单，排名行业第 9 位，保荐北交所上市企业 4 家，位居行业前三，企业债和公司债承销规模和承销单数上升至行业第 8 位，均创历史新高。

范力说，温室里长不出参天大树，开放和竞争才会让券商变得更强大。注册制下，券商需要从研究、投资、投行、财富管理等多条线为市场提供足够的支撑，以形成业务联动，打造产业链的一体化，实现对企业服务的升级，让更多科技成果从实验室走向市场。

在前不久召开的东吴证券 30 周年高质量发展大会上，范力以其自身形象定制的 AI 数字虚拟人在大会现场亮相。范力当场宣布，与同花顺联合成立 AI 研究院，共同探索人工智能在金融领域的应用。

在更早之前 2020 年，东吴证券与顶点软件历时 5 年合作研发推出新一代核心交易系统 A5。该系统是证券行业首个全内存、全业务集中交易系统，它的诞生打破了 20 年来券商核心交易系统对国外商业数据库、特定商业硬件平台的依赖。

而在服务实体经济领域，东吴证券累计创造三十多个"首单"，包括先后发行全国首批创新创业债券、首批创新创业可转换债券等，服务发行全国首批、江苏首单公募REITs，双创债数量连续多年行业第一。

东吴证券副总裁姚眺是公司财务以及固定收益业务的负责人，她坦言在业务发展中"喜欢做好孩子"，业务发展越好，就越想好，如此螺旋式上升，持续进入发展的正向循环。"一旦合规风险事项少、市场及监管部门评价好，我们就能更加心无旁骛地提高专业，精进业务。"

姚眺说，他们是要争当"好孩子"而不是"明星"。东吴证券的发展理念一直是"稳"字当头，步子小但扎实，一步一个脚印、踏踏实实，每天都有提升、有进步，行稳致远，而不是"放个卫星"出风头，拿下项目后面管理及服务却跟不上，难以持久。

与时代同行，与市场共振。"我们要积极为行业探路，勇当先行者。"范力对中国资本市场未来发展充满信心。在他看来，中国经济正在从高速增长阶段转向高质量发展阶段，原有主要靠间接融资推动的模式难以为继，未来30年直接融资必将发挥更大作用。

"发展不是线性的，是渐进性的，需要不断打破过去的理念，不破不立，先破后立，有破有立。"范力说。

2014年从老董事长手上接过"接力棒"后，范力对于公司"待人忠，办事诚，以德兴业"的发展理念一以贯之。"进入新时代，我把最

工人在位于太仓市高新区的帝希洁具系统（苏州）有限公司生产车间内进行加工作业。

后4个字调整为'共享共赢'，这更符合大势所趋，人心所向。"范力说，资本市场发展与家国命运紧密相连，东吴证券从来都是把自身发展融入国家战略之中、地方经济发展之中、百姓对美好生活向往之中，以此作为安身立命之根本。

"执大象，天下往。"梳理东吴证券三十年发展脉络，放眼更广阔的未来，可以看出：把握时代呈现的精神与趋势，方能稳住发展之舵，破浪前行。唯有历经蛰伏、孕育、破茧过程之后，方能厚积薄发，蜕变成蝶。

（2023年8月21日《瞭望》，新华社记者潘晔）

城市腔调与发展基调

　　一碗苏式汤面，浇头数以百计，精工细作汇聚万千风味；一曲吴语《声声慢》轻柔婉转，引得青年男女排起长龙，只为一饱耳福；一方园林浓缩天下山水，白天熙熙攘攘、碧叶红花，夜晚清净优雅依旧光影斑斓……这，是2500多岁的不老古城苏州的城市腔调。

　　以全国0.09%的土地创造全国约2%的GDP，作为制造业重镇和现代产业集群高地，名列国家创新型城市创新能力前十强……这，是改革开放前沿城市苏州的发展基调。

　　苏州等城市，恰如苏作"双面绣"：一城双面，面面精彩。千百年来人文与经济的精巧调和、相得益彰，造就了"苏湖熟，天下足"的绵延发展传奇。如果说人文是城市的腔调，那么经济就是发展的基调。人文与经济协调共生，犹如腔调与基调的匹配融合，是成就优美乐章的

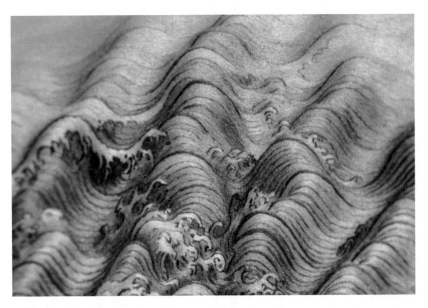

苏绣作品《水图》局部。

核心所在。

　　城市腔调与发展基调相辅相成，城市文化腔调塑造着经济发展基调。苏杭为代表的江南地区，长期活跃的经济促成了持续的文化繁荣，长久的文化积淀潜移默化奠定了地方发展的风格特质。精致、创新、内涵等文化特质，也是苏州等地经济发展的一贯坚持和内在追求。文化影响人的创造，将腔调注入，融成独特的物质和精神发展成果。

　　城市的文化腔调越是醇厚鲜明，城市高质量发展的基调就能更加深厚持久。小桥流水、丝绸刺绣、戏曲弹唱，丰富的文化元素在苏杭等江南城市汇聚，既塑造了千年文脉遗存、城市精神，更衍生出丝绸纺织等经济业态。历史证明，独特的文化中心更容易成为特色的产业聚落，

坚韧的城市精神助推创业者深耕产业促成经济繁荣。城市也随之不断

提升功能和品质，实现经济社会更高质量的发展。

苏州金鸡湖。

探寻城市腔调与发展基调的内在关联，促成人文与经济的融合发展，正成为推进中国式现代化的现实需要。当前，高质量发展是我国经济发展的鲜明主题，实现经济质的有效提升，最重要的变量之一是人文因素。从农业的"耕读传家""崇文重教"、工业的"重工重商""精致精细"，到新时代新发展理念下的高质量发展要求，无不根植于深切的人文关怀和深厚的人文底蕴，成为引领时代潮流和社会发展的旗帜。

　　强化城市的腔调，稳住发展的基调，我们的城市就能激活人文基因，实现经济社会的高质量发展。以深沉的腔调赋能发展，让发展的基调独特而可持续，能让城市创生强大的生产力和竞争力，形成持续的吸引力和凝聚力。

（新华社南京 2023 年 6 月 2 日电，新华社记者杨绍功、朱筱）

共识、共为、共享

——人文经济相融共生的苏州启示

　　"上有天堂，下有苏杭。"被置顶千年的苏州犹如苏绣至品"双面绣"：一面人文鼎盛，一面经济繁荣。人文与经济交融共生、相得益彰成就了今天的苏州。岁月更迭流转，不变的是苏州一直住在国人心中，承载着大家对美好的想象。面向所有人、为了所有人、成就所有人，苏州厉精更始，奋楫笃行。

　　历史文化是源，城市发展为流，唯有源远方能流长。在苏州，温润江南水乡汇入火热发展洪流，南方的灵动与北方的厚重交融，汲古润今、与古为新，为"最强地级市"注入源源不断的文化动力。

　　经济是城市的体格，人文是城市的灵魂。唯美姑苏与富庶苏州双向奔赴，融汇成生生不息的城市脉动。文化自信是一个国家、一个民族发展中最基本、最深沉、最持久的力量。从苏工之美、苏菜之精，

苏州城区。

到园林之秀、昆曲之雅……人文和经济"两条腿"走路,让苏州一路走向世人向往的典范之城。

文化自信的共识,生发以文化城的共为。"复活"几近失传的宋锦技艺,打造"中国宋锦文化园",企业家主动弘扬中华优秀传统文化;"守艺"非遗桃花坞木版年画,创新为鲜活的苏州符号,古典有了当代表达。在苏州,以文化城不仅是党委政府的行政之力,更成为全社会的共同行动。千年古城苏州,从对历史文脉的勾陈梳理中唤醒文化自

苏州城区。

觉，从对壮阔时代的深入体察中坚定文化自信，在踔厉奋发勇毅前行中走向文化自强。

合力共为，人文与经济双措并举。苏州努力开掘历史文化潜力，不断丰富经济发展内涵，将人文优势转化为城市动能：以经济活动"活化"千年文脉，推动中华优秀传统文化创造性转化、创新性发展；为经济产品赋予人文价值，助力供给侧结构性改革，活跃经济，升级消费；打造人文与经济交融共生平台，推动产业变革、城市更新。

勠力同心，重塑新时代城市精神。开放包容，"老苏州""新苏州"齐心合力，打开服务全国、竞逐全球的格局；精工细作，"把一根丝劈成128股"的极致追求，彰显坚守实业、"智造世界"的雄心；用好"张家港精神""昆山之路""园区经验"这"三大法宝"，以"干部敢为"示范带动"地方敢闯，企业敢干，群众敢首创"，淬炼出时时争第一、处处创唯一的城市品格。

人文与经济相融共生，为的是成果全民共享、实现人的全面发展。在苏州，既要物质富足也要精神富有，共建共治共享的人民城市初见雏形。文化供给日益丰富，自建交响乐团、民族管弦乐团、芭蕾舞团，提供对标世界一流水准的文化大餐；高质量发展促进高品质生活，公共服务迈向更高水平"民生七有"，推窗能见绿，转角遇到美；物质文明与精神文明协调并进，全国文明城市"满堂红"，文明成为举手投足间的风景。

人民城市人民建，人民城市为人民。走进苏州，水韵灵动的城市风貌、吴风悠扬的城市氛围、经济勃发的城市活力、雅致惬意的城市生活……新时代《姑苏繁华图》正徐徐绘就。

坚持像营造苏州园林一样精雕细琢一座城市。苏州以文脉凝聚共识、以共识激发共为、以共为实现共享，努力实现人文与经济互促共进，全力探索物质文明与精神文明协调发展的中国式现代化苏州新实践。

凝聚共识，以文化城；合力共为，城以文兴；全民共享，人为标尺。这是姑苏"双面绣"璀璨千载、开启未来的密码。

（新华社南京 2023 年 5 月 31 日电，新华社记者刘亢、陈刚、杨绍功）

700 多年前，意大利人马可·波罗发现的"东方威尼斯"苏州，如今成为国外游客的打卡胜地。不单美景让人流连，苏州还聚集了中国大陆近十分之一的外资企业，连续 9 年入选"外籍人才眼中最具吸引力的中国十大城市"。

　　开放的苏州，是中国走向世界舞台的缩影。从中国新加坡首度合作的苏州工业园，到牛津、哈佛顶尖高校落户江南水乡；从明轩在美国大都会博物馆完美落成，到加拿大逸园开门迎客……一座城市精彩演绎了自觉学习世界、自信融入世界、自强增益世界的开放之道。

　　开放如何赋能一座城市？走进苏州，探寻这座东方水城描绘开放的绚丽画卷。

开放气度

开放苏州
拥抱世界

时间为经，伍子胥建阖闾大城，岁月流转千年；空间作纬，长江奔腾而过，大运河纵贯其间，时空坐标锁定有着"中国最强地级市"之称的苏州。这样的时空经纬，织出了苏州的"双面绣"。

一面是"骨子里的中国"。若不是空间独特，北方文化不会随着运河开凿浸润深厚的吴文化，甚至自然界植物——白皮松不再向南，芭蕉不可更北，方在此处交汇出苏州园林独有的韵味；也正是时间陈酿，才有古时"衣被天下"的一根蚕丝绣中国，到如今幻化出光纤、化纤两根"智造之丝"蜚誉全球。

另一面是"潮流上的世界"。13世纪的意大利旅行家马可·波罗就把"水道纵横，桥梁众多"的苏州比作"东方威尼斯"；如今汇聚116个国家和地区超过1320亿美元投资，超过2万外国人在此工作生活，

两名工作人员正在整理"国礼"的宋锦礼品。

高度开放的苏州还要"再出发"。

　　古城东南隅的"网师园",是苏州园林"以少胜多"的典范,被誉为"小园极则",一如这座城市。苏州园林善于"框景",不妨就以网师园为框,体味苏州。

学习世界：
启发中国的"种子"

1994 年，网师园集虚斋。

自上一年年底起，中新双方已在此谈判近 10 次。

集虚斋内的二层小楼民间俗称"小姐楼"，两国代表会晤和商议的是苏州工业园区合作事宜。成本收益、原则底线……双方唇枪舌剑，思想的火花在这里碰撞，争执和礼让在闺阁中调和。

谈判的选址折射出苏州人的心景与情商。彼时中新两国在城市建设发展和规划治理水平上实在相差较远，但置身网师园，是泱泱大国的文化自信。吵累了，就在小姐楼听一曲评弹，或在园中漫步，心景变了，往往取得意想不到的进展。

经过多轮谈判，1994 年 2 月，两国政府在北京正式签署协议，苏州工业园区成为中新"深层次合作试验场"——既是中国了解世界的窗口，也是世界启发中国的"种子"。

这颗"种子"，其实早已埋下。

中新两国不以山海为远。1978 年 11 月，邓小平对新加坡进行了具有里程碑意义的访问，和新加坡总理李光耀建立起长期的友谊。同年 12 月，中共十一届三中全会召开，开启了改革开放的历史征程，也拉开了中新合作发展的序幕。

1992 年的春天，邓小平南巡途中，多次提到新加坡，谈到了学习与借鉴；1993 年，李光耀来到苏州考察，决定在此打造另一个"新加坡城"。

这颗"种子"，已是参天大树。

从苏州古城沿金鸡湖湖滨大道一路向东，古朴的宅院、园林被抛在身后，城市的天际线陡然增高，小桥流水的古典江南风情，变成车水马龙的现代城市风貌，恍若转眼千年。

曾经郊外的水塘创造着惊人的财富：平均每天创造国内生产总值 7.5 亿元，累计为中国创造超 1 万亿美元的进出口总值、8000 多亿元的税收……

26 年前，当这片低洼水田里，发出了第一声打桩机的巨响，苏州人以为政府要开始盖楼了，但随后的两年里却没有看到一栋建筑。其实，看似平静的地面，地下机器轰鸣，"九通一平"的基础设施建设高标准推进。

"地下管廊犹如城市的血管和心脏，决定一座城市健康与否，"原苏州工业园区党工委副书记潘云官告诉记者，"先规划，后建设；先地下，

后地上"，新加坡政府将规划及管理城市的经验倾囊相授，时间越久越
见妙用。

记者在园区规划展览馆看到一张 20 多年前的手绘图，承载着园区
人对于未来的美好憧憬。今天站在东方之门对岸隔湖相望，当年的手
绘图竟与眼前景象几乎一致，犹如梦想照进现实。

除了规划先行，政府的"亲商"理念也被充分借鉴：企业不应是被
管理，而是被服务。潘云官回忆，本世纪初园区大量产品要出口，通
关却要 3 天，企业抱怨影响竞争力，"没有条件创造条件也要上，最终

一名工人正在改造的现代织机前巡查宋锦面料生产情况。

向国务院申请批准综合保税区试点，把上海通关功能延伸到园区，3 个小时就能通关。"

苏州工业园区起步相比中国首批园区晚了十几年，然而如今在国家级经开区综合考评中"四连冠"，生物医药产业竞争力在中国高新区中名列第一，牛津、哈佛等顶尖科研机构先后落户。

这棵"大树"，又在开枝散叶。

将中新合作的成功经验分享出去，是双方一直以来的希望。

2006 年起，苏州工业园区探索多种合作机制和模式，形成了一批将园区经验和中新合作模式推广的"飞地经济"样板，缅甸、印度尼西亚、阿布扎比和白俄罗斯的产业园区相继开园，12 个境内外合作园区快速发展。

从借鉴经验，到"不特有特，比特更特"的试验田，近年来，中国和新加坡经贸领域的合作进一步加强，中新文化交流官方渠道与民间渠道并举；两国教育合作、互惠培训项目更是不胜枚举。

2019 年 9 月，中国（江苏）自由贸易试验区苏州片区挂牌成立，成为中新合作的新平台。"园区既是中新合作的'探路者'，未来也一定拥有更广阔的前景。"苏州工业园区党工委书记吴庆文说。

增益世界：
开放苏州"再出发"

2020 年，网师园中部水池。

网师园管理处主任吴琛瑜走在园中，游客问她，网师园的"网"是什么意思？一个小朋友抢答："互联网的网。"

"非常对！"吴琛瑜毫不犹豫地肯定了这个答案。

面对记者的不解，吴琛瑜说，为了纪念明轩 40 周年，筹备了一场中美线上联动的艺术展"网明春移"，虽因疫情取消，但这里的"网"既是网师园又是互联网，"解读园林一定要强调当下性、时代性和开放性。"

"世界文明历史揭示了一个规律：任何一种文明都要与时偕行，不断吸纳时代精华。"对时代性和开放性的追求，融入了苏州的城市气质。

2020 年年初，苏州召开"开放再出发大会"，向全球首发中、英、日文版《苏州开放创新合作热力图》，生动、全面推介营商环境、投资政策和投资信息空间布局，为全球资本定制"一揽子"投资攻略。据统计，今年苏州实际利用外资涨幅翻倍，创改革开放以来的新高。

网师园景色。

对外谋求开放，对内修炼内功。从顾炎武"天下兴亡，匹夫有责"，到改革开放后形成的"三大法宝"，苏州人在每个时代都追求定义新的可能。

"日出万绸，衣被天下。"清末民初的吴江区盛泽镇已是远近闻名的绸都。然而直到二十世纪末，当时全球每年2400万吨的市场，中国只贡献540万吨，且全部为市场中低端产品，高端纺丝完全依赖进口。

100多年后，"古绸都"走出两位"新巨人"，短短30年内，盛泽孕育出盛虹、恒力两家世界500强企业。它们的发展轨迹相似：都从乡镇企业起步，在纺织端不断聚合资源往产业链上游攀登，最终形成一条从纺织、化纤到石化、炼化的新型高端纺织产业链，构建起从"一滴油"到"一根丝"的产业航母。

苏州宋锦，色泽华丽，图案精致，质地坚柔。

　　不只是化纤，另一根"智造之丝"同样不同凡响。亨通集团已构筑形成光纤光缆全产业链，是全球最大光纤光棒制造基地，中国四分之一的光纤刻着亨通制造。随着亨通不断在光纤通信领域打破国外技术垄断，光纤价格已从最初的超过 1000 元 / 芯公里，降至目前最低不足 20 元 / 芯公里。

　　从无到有，从有到优，从优到特，苏州并非一蹴而就——很多地区基础条件并不好，例如昆山，从排名最末的"小六子"，白手起家的

"昆山之路"不断延伸拓展，如今已在中国百强县头名"霸榜"15年。

对于其他发展中国家而言，苏州发展的经验能否复制和推广？近年来，昆山市持续与"一带一路"相关国家加强交流合作，把40年来开发建设的成功经验引入当地建设中。

从2015年起，"昆山之路"的缔造者之一宣炳龙退而不休，多次往返埃塞俄比亚当地工业园规划落地、运营管理和招商引资提供指导。

2016年，江苏省发改委与埃塞俄比亚国家投资委签订合作备忘录，支持昆山开发区向埃塞俄比亚输出管理经验。此后多年，宣炳龙和专家组一起，先后四次"请进来"、四次"走出去"，手把手传送经验，为埃塞俄比亚培训了150名园区管理人才。

"解无解之解，答无问之答"，为中国填补空白，为世界探索未知，苏州之所以能够将经验输出，内生动力源自自身机制创新。

今年6月试运行以来的"长三角地区对接东盟货物贸易平台"（简称"昆盟通"），实现进出口货物490票、货值2.02亿美元。该平台以昆山综合保税区为依托，专门打造对接东盟南向物流通道；叠加海陆空及公路铁路多式联运等方式，辐射长三角，以区域整合实现规模效应。

这一旨在助力长三角企业贸易成长，积极融入双循环的平台日前已正式上线。昆山市委书记吴新明说，"昆盟通"将提升产业链、供应链稳定性和国际竞争力，增强抵御风险挑战的能力和水平。

融入世界：
中国元素绽放海外

1977 年，网师园殿春簃。

方闻站在庭院之中，"明澹舒朗"的感觉令他觉得不虚此行。

美国大都会艺术博物馆派出考察团，中国古代艺术史专家方闻作为艺术顾问随团出访，先后考察了福建、浙江、北京等地的古建筑，此次考察中国各地古建筑内的陈设，是要为一批明代黄花梨家具寻得最佳的衬托环境。方闻认定，殿春簃就是他心中想要的样子。

1978 年春，美方以大都会艺术博物馆的名义致信中国国家文物局，请求帮助建园。如今张慰人已从苏州园林设计院院长岗位上退休多年，时年 34 岁的他接到任务时，发现这个庭院建设极为特殊：不是建在地上，而是二层楼板上。"既要体现中国文化神韵，还要将建筑揉进特有的空间。"张慰人建议，采取"一勺代水，一拳代石"的手法，实现"咫尺之内再造乾坤"。当年底，中美正式签约，项目命名为"明轩"。

历经实样工程建设、构建远渡重洋，1980 年年初，明轩正式在大都会博物馆内实施安装。在工匠的巧手下，线条细腻的花窗、吴王靠悄然而出，韵味非凡的飞檐翘角逐渐生姿，一座优雅、精美的明式风格园林在 5 个月的时间内于纽约落成。

时光更迭流转，明轩的参观者络绎不绝，在西方最负盛名的博物馆向世人展示"最中国"的瑰丽艺术。

苏州与世界的同频共振，不仅是经贸往来，更有文化交流。作为一个民族的血脉认同、思想归宿和价值依托，文化能否走出去，就看有没有吸引力，能不能得到其他文化体系的认同。

"苏州古典园林经过几十乃至上百年的雕琢和调整，才能让视觉空间里的景观比例、尺度如此和谐，这种人与自然和谐共生的境界超越时

苏州拙政园天泉亭。

空，也超越了东西方文化界限。"网师园管理处主任吴琛瑜说。

明轩的一角，至今立着两块英文碑记，其中一块写道："大都会艺术博物馆衷心感谢中国苏州园林局的能工巧匠，他们以高超的技术，构成了本园不可缺少的部分。"

大都会艺术博物馆亚洲馆馆长何慕文认为明轩"规模不大，但影响极为深远"。明轩的成功开启了苏州园林艺术出口海外、走向世界的先河。

40年来，已有40座苏式园林先后落户全球30个国家和地区，美国的兰苏园、寄兴园，加拿大的逸园，新加坡的蕴秀园，马耳他的静园……西方园林"整理自然，井井有条"，中国园林讲究"模拟自然，宛若天成"，浓缩中国文化精华的园林艺术绽放全球。

2020年10月9日，位于美国洛杉矶亨廷顿植物园的"流芳园"正式开门迎客，这座"海外拙政园"2019年年底完成了扩建工程，建九园十八景，由苏州园林集团派出香山工匠一砖一瓦"原味"打造，是苏州园林最大的海外项目。

一个有意思的细节是，主厅堂前的地雕惯例向内，流芳园却选择向外。"过去向内是朝向园主人，现在要面向游客，新时代的苏州园林不再是为少数人服务，而是要满足大众的欣赏需求。"苏州园林设计院设计总监沈思娴说。

从虎丘与比萨斜塔的遥相互动，到宋锦闪耀米兰时装周，再到昆曲青春版《牡丹亭》海外巡演时的座无虚席，苏州的江南文韵一次次印证着中国元素的魅力。

苏州是继北京、上海之后，唯一同时拥有交响乐团、民族管弦乐团、芭蕾舞团的城市。2007年，李莹从美国回国后，就一直探索在西方芭蕾中融入中国内涵，从2015年第一次出访波兰演出，如今已经走过了13个国家。

"中式芭蕾"一定要有中国味道，为了融合东方韵味、西方音乐和现代舞元素，在苏芭版的《罗密欧与朱丽叶》中，没有了神父，取而代之的是一棵古树见证两个家族的恩怨；没有阳台，两人的山盟海誓都是对着一轮圆月，在全剧高潮时皎洁的月亮变得鲜红，借鉴了传统"血月"意向……

类似的编排，在海外出人意料地大获成功。"这是一场充满奇幻色彩的演出。"原创芭蕾舞剧《唐寅》海外首演后，拉脱维亚专业芭蕾舞协会主席丽塔·贝里斯在留言簿上写道。

今日之苏州，站在"两个一百年"奋斗目标的历史交汇点，面对世界百年未有之大变局，从学习世界、融入世界，未来之苏州，必将更好地增益世界、赋能世界。

有人说，在网师园里，走过一扇门宇，就能看到三种截然不同的美景。一如我们透过苏州，看见中国与世界的交融。

（2020年11月27日《参考消息》，新华社记者刘元、杨丁淼、何磊静）

外资高地　缘何崛起

　　600多年前，明代航海家郑和在苏州起锚，七下西洋，开辟了中国对外开放史上崭新的一页；600年后的今天，放眼全球，苏州依然是中国外向型经济最活跃的地区之一。

　　向来有着"开放"基因的苏州，仍在孜孜以求地打造国内外企业投资首选地。在新冠疫情与复杂的国际环境叠加影响下，苏州通过"开放创新合作热力图"等措施，今年实际利用外资涨幅翻倍，创改革开放以来的新高。

　　苏州缘何筑起外资高地？通过其与德国、日本和美国的合作，可以一见端倪，看苏州如何诠释"大家一起发展才是真的发展"。

同心同德的秘诀

回望 1993 年，斯坦姆博士感叹于自己直觉的准确。那年秋天，当他来到太仓的时候，看到柳河沿岸的一片水杉林，"终于找到了回家的感觉"。

斯坦姆博士来自江苏省的友好省份德国巴登符滕堡州，是一家弹簧制造企业的传承者，在他的家乡有大片的黑森林。那一年，他在这个宛若自己家乡的中国江南小城，"试探"着投下了 50 万马克，创建了克恩－里伯斯（太仓）有限公司，自此拉开了太仓中德合作的序幕。

处于江海交汇处的太仓，是古代的皇家粮仓。然而在今天许多太仓人眼中，这个与上海仅一步之遥的小城，在德国的知名度或许比在中国更高。

当年斯坦姆博士撒下的那颗种子，已结出"中德合作"的累累硕果。企业集聚不断加速，德企数量从 1 到 100 历经 14 年，而到 200 家只跨越 5 年，当前落户德企已累计逾 350 家，年工业产值超 500 亿元。

工人在亿迈齿轮（太仓）有限公司生产车间内进行加工作业。

克恩－里伯斯（太仓）公司也从只有不到 10 个人的小作坊，发展成为销售破 10 亿元、纳税超 1 亿元的"隐形冠军"，其生产的安全带弹簧占世界份额的 70%。

1998 年，斯坦姆博士的女儿来到太仓公司实习了三个月也爱上了这里，随后鼓动丈夫来太仓投资。"我 30 岁的时候一心想去美国发展，女儿 30 岁的时候却一心往中国跑。"斯坦姆博士说，这就是两代人的"区别"。

这样的"区别"缘何而来？"无事不扰，有求必应"，这简单的八个字是太仓高新区管委会主任李刚眼中与德国人打交道的秘诀，而太仓与德国相得益彰的内在共性，双方携手共进的岁月里不断打磨的"软环境"，成就了中国"德企之乡"。

气质相通，才能心手相连。巴伐利亚中德友好协会经常协助中国城市组织友好交流活动，但大多提前两周才通知，常常措手不及，活动质量也可想而知。"太仓人做事非常德国化，很有计划性，他们会提前5个月就确定活动的细节。"该协会执行主席施改革（Stephan Geiger）说——这是他在南京留学时老师起的名字，他非常喜欢。

太仓中德创新园。

　　德式风情，令人流连忘返。自 2006 年开始，太仓每年都举办德国啤酒节。啤酒节上，既有原汁原味的德国啤酒，还有浓郁德国风情的文娱表演。"申德勒加油站"的招牌在具有德国风情的商业街区上颇为显眼，名为"加油站"，实际是一家西餐厅餐厅，外脆里嫩的德式猪肘、小麦香醇的黑啤，还有种类繁多、鲜香味美的香肠，德国人在这里就能品尝到地道的家乡风味。51 岁的德国人欧文开了一家传统德式面包烘焙工坊，"面包之于德国人就像米饭之于中国人，希望更多太仓人喜欢上德式面包。"不仅有面包和啤酒，太仓中德友好幼儿园等生活配套设施愈发完备，越来越多的德国人将太仓当作"第二故乡"，超过 1000 名德国人常年在此工作生活。

　　人才培育，植入"德国基因"。2001 年，太仓率先引入德国"双元制"教育模式，学生既从职业学校学习知识，又深入企业进行实训，九大培训中心已输出 1 万多名高素质技能人才。2017 年，国内首创中德合作太仓双元制本科开班，开启了中德"双元制"教育"2.0 时代"。

　　企业孵化，入驻"德国之家"。2016 年，全球第八家德国中心，也是继北京、上海后在中国的第三家德国中心在太仓正式投入运营，为德国企业进入中国开展投资合作、科技创新架起全新桥梁。德国中心既是德国中小企业探索中国市场的平台，也是中小企业的孵化器，能为企业提供市场分析、财务管理、法律咨询等全方位的服务，企业能充分享

江苏太仓港码头。

受到专业团队的支持，逐步发展壮大。

在太仓规模最大的德企舍弗勒集团，正式投产中国市场上首款实现量产的两挡电驱动桥，并开工建设电驱动及航空部件新基地项目，让企业发展与太仓产业升级目标同频共振、同向发力。

半数以上德企在太仓开展本土化研发创新，通快等多家德资企业已将中国区总部或研发中心等功能型总部放在太仓，近 50 家德企在太仓申请专利。"我们坚持全球化和多边主义，也坚定看好中国市场。"通快中国财务总监杨光立说。

与日俱增的温度

提到苏州印象，尼得科（苏州）有限公司总经理加藤明利脱口而出一个字"优"。他解释说，"优"在日语里既有"优秀"之意，也有"温柔"内涵。

受优秀吸引，被温柔相待，苏州散发的气质如磁场一般让日籍友人不断涌来，不仅打造出日资高地，更实现了拴心留人。

加藤明利信心满满，苏州公司作为日本电产集团车载事业部的研发中心之一，去年12月刚在苏州高新区成立，但已定下目标：成为全球第一的驱动电机研发中心。因为持续看好中国新能源车市场和优秀人才资源，公司计划明年开展二期投资，工程师规模要从目前90余人提至约230人。

日资高地非一蹴而就。1994年，苏州日本电波工业有限公司落户苏州高新区，成为当地首家外商独资企业。"从20多年变化来看，我们最初看中的是劳动力，现在看好的是购买力，看来看去还是中国。"公司董事长藤原信光说，企业深耕通信技术和汽车电子领域，去年开始打造在华地区生产总部，对未来发展充满期待。

数据显示，苏州去年对日贸易总额超 293 亿美元，日企在苏实际运营企业 1600 多家，仅在苏州高新区，就集聚着近 600 家大小日企。

今年 4 月，国家发改委批准在苏州相城区设立中日（苏州）地方发展合作示范区，目前 38.5 平方公里的中心区已全面启动建设。产业合作如火如荼，相城区借势全力打造日资集聚新高地，今年以来签约日资项目约 40 个、总投资额超 30 亿美元，更立下"未来 3 年，每年落户100 个日资项目"的目标。

中日合作正从资本、制造向文化、商品等要素纵深发展，11 月 16日，中日地方文化艺术交流活动在相城举办。日本传统歌舞伎剧的著名编剧及导演宫本亚门发来祝福视频，寄语中日两国珍重各自的文化和传统曲艺，用艺术跨越国界，团结一致。

苏日交好更在于久久为功。1981 年，苏州与日本大阪府池田市结为好友城市，双方发起的寒山寺新年听钟声活动至今从未间断。苏州正筹措新建一座中日友好天文台，存放池田市当年赠送的苏州首台天文望远镜，而苏州回赠的园林建筑"齐芳亭"也在日本流传着友城情缘。

"从交流历史来看，日本朋友很细致，期待信赖关系，一旦他们信任你了，就会义无反顾坚定下去。"长期在苏州高新区从事招商工作的朱惠芳说，为了让企业感受到高新区的服务温度，今年国内疫情得到控

制后，他们主动组织包机接回日本企业高管，及时解决员工到岗难问题，助力企业顺利复工复产。

"通过这次包机，我们充分感受到了政府对日企的信任和期待，也更加坚定了我们扎根的底气和投资的信心。"苏州松下半导体有限公司总经理志贺康纪感慨地说。

念念不忘，必有回响。今年上半年，苏州高新区日资企业实际到账外资同步增长390%。

"也多亏这次包机，我才能赶上学校第二学期的住宿学习。"江苏省

太仓博泽汽车部件有限公司工作人员在生产线上作业。

内唯一一所日本人学校 —— 苏州日本人学校的校长虻川康士表示，政府的贴心服务让学校的教学课程安排管理得以顺利开展。

助力日本人学校建设只是苏州温情服务的一个缩影。苏州还专门设立了"日料一条街"、日语服务诊疗所、日系百货商店等设施配套，希望能解决日籍友人的后顾之忧，让他们安心在此谋发展。

江苏富士通通信技术有限公司董事总经理殿冈靖典一直喜欢前往苏州高新区的淮海街品尝家乡味道。"'日料一条街'能让日本人一解'乡愁'。"殿冈靖典说，虽然才来苏州 1 年半时间，却已经完全适应了这里的生活。加藤明利也表示，在日本用惯的牙膏苏州能买到，日本的香肠、海鲜等食材苏州也应有尽有。

"我们日本商人交流，说之前被派驻到过全球很多地方，看来看去，还是'优'苏州最适合居住。"加藤明利说。

两全其美的交融

今年 3 月，星巴克中国"咖啡创新产业园"落户苏州昆山，一期投资 1.3 亿美元。这个集咖啡烘焙、智能化仓储物流于一体的产业园是星巴克在美国本土外最大的一项生产性投资。

"美式"飘香，离不开苏州"手作人"的默默耕耘。"为服务好星巴克项目，我们提出'即检即放，一检 N 放，抽检立放'便利化监管方案，上半年已为多家咖啡产业链企业办理一般纳税人资格试点。"昆山海关相关负责人说。

数据显示，去年，苏州对美国贸易总额达 530.96 亿美元，占对外贸易比重第一位。目前，超 1100 家实际运营的美资企业集聚苏城。

今年 7 月，在苏州高新区浒墅关经开区的城际路上，美国商超巨头开市客（Costco）在中国大陆打造的第二家门店敲下了开工建设第一桩。根据方案，这个投资约 1.8 亿美元的项目将给苏州高新区带来一座 5 万多平方米的会员制仓储式超市。

"过去这么大项目，走完流程到开工得需要一年半载，如今仅用 96

天就拿到施工许可证，108 天后正式开工。"施工现场相关负责人表示，这多亏了当地政府尽心尽力为项目保驾护航。

　　既善待合作，也追求融合，这是拥抱开放的苏州姿态。走进昆山智谷小镇，几幢色彩明艳的西式建筑映入眼帘，这便是中美合作开办的昆山杜克大学。去年 8 月，昆山杜克大学二期校园开建，总面积超 15 万平方米，中央景观将吸收美式校园与中式校园建筑之长，体现中西交融之美。

在星巴克中国咖啡创新产业园开园仪式现场，来宾在交流。

一同动工的昆山杜克花园参照美国杜克大学内莎拉·杜克花园风格，并借鉴苏州古典园林的设计理念，不仅有望成为昆山新的地标式城市花园，还跨越两国距离，为两所相隔千里的大学构建起更紧密的情感纽带。

"己心妩媚，则世间妩媚。"透过园林的花窗，能一窥对美交流的苏式情怀。

今年10月，美国洛杉矶亨廷顿图书馆内的流芳园扩建完成后对外开放。这座海外规模最大、最完整的苏州园林占地72亩，历时近14年陆续建设最终完工。

拥有亭台楼阁、小桥流水、楹联抱柱，流芳园按春夏秋冬四季，建设九园十八景，被称为拙政园的"姊妹园"。据参与该园扩建的苏州工匠冯留荣介绍，园林建设本身就体现求同存异，互相包容。"从花沿滴水到法规申报，中美双方设计、施工团队反复协调沟通，在文化差异之下达成最大程度共识。"

苏式魅力，漂洋过海又引人入胜。早在40年前，以苏州网师园"殿春簃"为蓝本建造的"明轩"在美国纽约大都会博物馆落成，成为首个出口海外的中国园林。到如今，已有50余座苏州园林及模型在包括美国、加拿大等国家落地生根。

2006年，美国人斯蒂芬·考斯（Stephen Koss）从教师岗位退休

昆曲演员在江苏苏州网师园排练。

后来苏州住了整整 6 个月时间。深感苏州之美，他自发花了近 8 年时间撰写一本全面介绍苏州的英文书籍——《美丽苏州：中国苏州的社会史和文化史》，向西方读者讲述苏州的悠久历史、秀丽风光、灿烂文化和婉约气质。

考斯视自己为苏州与美国交流大潮中的一股细流。他此后积极在美国各地宣传介绍苏州，很多美国人惊奇于他展示的苏州美景，也惊讶于苏式文化中独特的符号特征。"希望更多美国人实地领略这座千年古城的魅力，爱上苏州之美。"考斯说。

（2020 年 12 月 2 日《参考消息》，新华社记者刘亢、杨丁淼、何磊静）

承压见韧
外资"加仓"

　　花开枝新，春意盎然。苏州工业园区内，空中客车中国研发中心大楼正在加紧装修，为正式启用做最后准备。中心成立将进一步拓展空客在中国的产业布局，被视为进军尖端创新领域的关键投资。

　　不只是空客。今年以来，太古可口可乐、博世新能源汽车、康宁药物等重要项目先后落子，苏州实际使用外资同比增幅超两成。

　　承压见韧。顶住多重外部因素冲击，这个比肩上海、北京的外资大市，正以韧性换得信任与认可。

如水赴壑：
外资加速布局

2023 年年初，太古可口可乐斥资 20 亿元在昆山打造华东地区研发制造基地、分拨销售中心，是其迄今在华最大的单笔投资。回望 3 年前，疫情突然暴发、形势复杂时，星巴克咖啡创新产业园落户昆山，成为其在美国之外最大规模的生产性战略投资。

"不到园林，怎知春色如许？"昆山是"百戏之祖"昆曲发源地，如经典剧目《牡丹亭》所唱，这座城市"春意正浓"——2022 年 GDP 在中国县级市中率先跨越五千亿元大关，实际使用外资 17.32 亿美元，创近九年新高。

昆山连续 18 年居百强县之首，同为"双子星"，苏州工业园区实现国家级经开区综合考评"七连冠"，外资在此也是动作频频：

美卓奥图泰总部位于芬兰赫尔辛基，业务遍及 50 多个国家和地区。美卓奥图泰机械重工（苏州）有限公司成立于 2008 年，去年完成工业产值 6.2 亿元，近期开建二期项目，建成后可使产能增加一倍。

从飞利浦、松下等高端制造企业，到礼来、强生等顶尖医药企业，

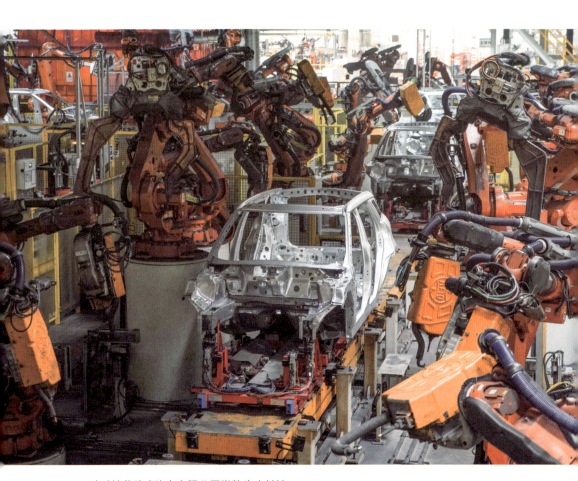

奇瑞捷豹路虎汽车有限公司常熟生产基地。

知名外资不断落户、持续增资苏州工业园区，让改革开放的"试验田"日益成为高质量外资集聚的"高产田"。

"德资高地"太仓，挺拔的水杉随河堤绵延，将阳光分成丝缕，让河水跃起斑斓。30年前，这番景色引发克恩—里伯斯前总裁斯坦姆的思乡之情，公司由此落户，成为当地首家德企。

独木终成林。如今470多家德企云集太仓，半数以上开展本土化研发，九成以上实现增资扩产。例如，28年来，舍弗勒已十余次增资太仓。近期开工的总投资3亿美元的新能源汽车核心部件项目，将让舍弗勒在太仓的年产值和税收翻番。

"投资苏州是承诺，更是成就。"博世集团董事会主席史蒂凡·哈通说，2023年年初博世在苏州工业园区再投10亿美元主攻新能源汽车核心部件和自动驾驶研制，这是基于长期信心，新项目履行在苏州加码投资的承诺，也成为在中国发展的重要里程碑。

多位外企负责人表示，作为中国开放型经济重镇，苏州与外资向来相互成就。即便面临前所未有的困难考验，他们"看好苏州"始终不变。统计显示，今年1月苏州实际使用外资7.96亿美元，同比增长28.7%。

洪波涌起：
投资能级提升

　　苏州西门子电器有限公司 1994 年成立，2021 年提级为西门子电气产品中国总部，2022 年升格为西门子电气产品中国及东亚总部——扎根苏州近 30 年，西门子用行动屡投"信任票"。

　　首个世界 500 强东亚总部的诞生，是外企在苏州数量不断增加、能级不断提升的缩影。"集聚更快，结构更优，能级更高！"苏州市商务局局长孙建江说，从改革开放之初的由散而聚、投资设厂，到近些年的完善链条、落户总部，外资提质与苏州制造业升级、产业链完善同步。

　　西门子的路径并非个案。

　　艾默生投资 1.15 亿元在苏州打造研发与整体方案中心，进一步加强创新实力，并为中国和亚太、中东地区的客户提供技术支持；在苏州工业园区发展 20 多年的码捷（苏州）科技有限公司，从一个普通工厂发展为霍尼韦尔全球重要研发基地之一，被视为"创新摇篮"。每年数亿人民币的投入，不断为这个准区域研发总部赋能；康美包（苏州）有限公司原来是纯生产型企业，十年间先后设立灌装机组装中心、亚太技

帝希洁具系统（苏州）有限公司生产车间。

术中心，形成了涵盖生产、研发、销售、服务的全产业链布局。

截至今年 2 月，苏州外资总部经济粗具规模，累计认定省级跨国公司地区总部和功能性机构 191 家，占全省总数一半以上。其中，六成外资总部企业由世界 500 强、知名跨国公司或行业头部企业设立。

提升能级是为乘势而上。西门子电气产品全球执行副总裁马库斯·加布梅尔说，苏州拥有显著的人才和地理优势，在长三角地区成熟的供应链生态中，西门子快速发展，还将拓宽领域、增加投资。

来自新加坡的凯德集团投资建设新苏腾飞工业坊，曾打下苏州工业园区（SIP）的第一根桩。如今，凯德在苏州的发展载体早已从工业坊迭代为创新园，暗合了苏州工业园区的内涵之变 ——"SIP"的"I"从"Industry"（工业）拓展为"Innovation"（创新）和"International"（国际化）。

静水深流：
展现强大韧性

志合者，不以山海为远。2月19日到25日，苏州代表团赴新加坡和香港，签下数十个合作项目，并密集拜访著名高校、重点企业和科研院所。

早在2022年年底，苏州率先包机到境外招商抢订单，"你永远可以相信苏州"登上热搜。克恩－里伯斯集团首席执行官埃里克·斯伯克特在德国见到苏州客人倍感亲切。疫情一度影响苏州公司生产，政府的大力支持让他印象深刻。

克恩—里伯斯专注研发生产汽车安全带弹簧，目前占据全球一半以上的市场份额。埃里克感慨：苏州经济像弹簧一样"富有韧性"。

多位业内人士提到，百年变局叠加世纪疫情，全球经济风险骤增，产业链供应链重塑，外向度极高的苏州遭遇巨大冲击。让人眼前一亮的是，苏州展现韧性经受住考验。

产业是城市经济核心底盘。2022年苏州完成规模以上工业总产值4.36万亿元，同比增长4.1%，特别是电子信息产业、装备制造业两个万亿级产业发挥重要支撑作用。

目前，苏州集聚外商投资企业超 1.8 万家，累计实际使用外资超 1520 亿美元，年实际使用外资规模约占中国的 4%。被问及为何选择苏州时，许多外企负责人回答：苏州人说到做到，言而有信。

"跟苏州人相处，感觉高度合拍。"昆山友达光电负责人说，政府的服务和产业布局契合企业需求，十公里内可实现产业链配套、百公里内能有销售渠道和市场，上下游链式咬合集聚，吸引公司把"工业互联创新中心"设于此处。

谋略当下与长远，抉择过去与未来，外商每个决定都隐含对稳健和可持续发展的追求。

西濒太湖、北依长江、京杭运河南北纵贯的苏州，努力以开放胸怀和宽广韧性，吸引外资共赴新征程。

（2023 年 3 月 16 日《参考消息》，*新华社记者*刘亢、张展鹏、杨绍功）

同心同"德"30年
——探寻中德合作的"太仓密码"

要多爱一座城,才会让严谨的德国人一往情深?落户江苏太仓25年以来,德国工业巨头舍弗勒集团先后增资13次。春节后,新一轮增资的新能源汽车核心部件项目开工,达产后舍弗勒的产值与税收将翻番。

山与山不相遇,人和人要相逢。太仓与德国的30年情缘,是一场跨越山海的双向奔赴。

2022年年底,新冠疫情防控政策刚一调整,太仓人就迫不及待包机出海。老友相见,分外亲切,在德国慕尼黑举办的"太仓日"活动现场,130亿元意向投资成功签约。

前100家德企聚集太仓耗时14年,而从第300家到第400家仅历时三年。"一个人的努力是加法,一个团队的努力是乘法。"这句德国谚语正是太仓同心同"德"之路最好的注脚。

大小观太仓

　　"江苏大还是太仓大？"这句看似无厘头的发问，却是太仓招商团队早期在德国经常遇到的问题。

　　太仓的"大"与"小"，在中德两国的认知中有着巨大反差：太仓是中国人印象中的"江南小城"，近100万人口的规模接近德国第三大城市慕尼黑。纵使太仓常年保持百强县前十的排名，但在长三角一众明星城市的映衬下并不太耀眼。然而在德国，太仓却大名鼎鼎。

　　"先知道太仓，再了解苏州，最后才听说它们都是江苏的一部分。"记者在太仓走访，德企的回答大多一致，他们甚至更喜欢用太仓经济开发区（现为太仓高新技术产业开发区）的英文简写"TEDA"作为太仓的代名词。

　　德国人口中的TEDA，是太仓中德合作起笔之处。二十世纪八十年代德国大众落户上海，外媒并不看好，认为"大众在上海投资，是将生产线建在孤岛上"——汽车生产所需的精密仪器、橡胶、玻璃等配套产业当时在中国还是一片空白。

工作人员在亿迈齿轮（太仓）有限公司的生产线上作业。

　　来自江苏友好省份德国巴登－符腾堡州的斯坦姆博士却敏锐地捕捉到这一机遇，他是一家有着百年弹簧制造历史的家族企业传承者。1993年，他"试探"着在上海旁边的小城创建了克恩－里伯斯（太仓）有限公司，生产汽车安全带中所用的卷簧。

　　这粒种子，30年后已长成中德合作的参天大树。不仅克恩－里伯斯（太仓）从只有6个人的小工坊发展为年产值达15亿元的"弹簧大王"；30年间，太仓也成为唯一由两国联合授予的"中德企业合作基地",汇聚德企近 480 家,累计投资达 60 亿美元。

"在外资高地苏州,60 亿美元的投资规模并不算大,但质量之高却在中国县级市独领风骚。"太仓高新区管委会主任李刚介绍,太仓制造业德企数量占中国十分之一,"隐形冠军"企业 55 家,德国前十大机床企业有六家在太仓落户。

只有上海陆域面积约十分之一的"小"太仓,背后有着中国的"大"市场。没有人能够想到,1993 年汽车保有量尚以百万计的中国,30 年后汽车保有量竟已突破 3 亿辆。

2005 年落户太仓的威尔斯新材料(太仓)有限公司是冷轧带钢领域的"隐形冠军"。"德国制造企业几乎都坐落在静谧的小镇上,这与太仓的城市格局十分吻合。"德国威尔斯集团总裁薄登伯博士告诉记者,当初投资太仓时决策层还有不同意见,如今看来这条路走对了。

城市虽小,优势很大。"紧邻国际大都市上海,却没有大城市的拥挤,欧洲原料进口可直抵建有保税仓的太仓港。"薄登伯如此称赞。

快慢展巨变

和面、发酵、烘焙……每天凌晨 4 点开始，在太仓布鲁特面包烘焙工坊，各式各样的传统德式面包新鲜出炉，这是德国店主高欧文唤醒这座城市的方式。在他的办公室里，有一本已经发黄的配料表，以最严苛的标准和工艺延续德式面包的传统风味，例如坚持老面自然发酵，醒发过程就要近 1 个小时。

面包制作过程虽慢，但网上订单 24 小时之内就可运至千里之外的辽宁或海南。快与慢的背后，是德国人对于品质的执着和中国的沧桑巨变。

德国人钟情太仓，得益于舒缓的生活节奏。"这里空间舒朗、亲近自然，出门就能见到公园，有种恍惚回到家乡小镇的感觉。"薄登伯说。他18 年前到太仓建厂时周边还都是农田，此后平均每年来一次，都会惊叹于太仓不可思议的快速发展，城乡面貌日新月异，交通物流愈发便利。

太仓的"慢"，可见于城市的耐心。"现代田园城，幸福金太仓"的城市定位提出后，数十年如一日一张蓝图绘到底，塑造出"城在田中，

太仓博泽汽车部件有限公司工作人员在生产车间运输产品。

园在城中"的城市形态。产业培育同样捺得住性子，在各地竞相追逐大项目的时候，太仓曾经为了一个落地投资仅 100 万美元的德资项目谈了 5 年。由于多年专注于发展汽车零部件和高端装备制造两大产业，如今造一辆汽车，在太仓便可以找到 70% 的零部件。

"无事不扰，有求必应"，太仓也可以很"快"。联合汽车电子投资太仓时最大的诉求就是投产要快，高新区仅用 10 个月就按要求建好了3.4 万平方米的高标准厂房，也因此赢得后续项目的相继落户。去年疫情

最严重时，供应链一度受阻，政府全力支持德企闭门生产，建立"货运码"体系，派出工作人员点对点服务企业，将每辆货车从高速接引入厂。

高效的营商环境换来的是企业高速增长。巨浪机床、宝适汽车等10多家受访德企，产值从百万起步，在十年发展周期内都突破亿元。据统计，90%以上早期落户德企均实现增资扩产。

产业培育需要"慢"的恒心，产业转型则要有"快"的反应。太仓一方面引导转型开发新能源汽车零部件，另一方面壮大培育航空航天新增长极，从"深蓝"向"深空"拓展，推动18家德企进入中国商飞大飞机意向配套领域和合作企业库。"航空航天没有十年见不到成效，快转型、慢培育符合太仓产业培育的路径。"李刚说。

"慢"的特质，契合了德国人对于稳定的追求。记者采访时甚至发现，多年来负责对德招商服务的团队，人员调动变化不大。这一印象在组织部门得到证实：太仓在对德合作方面的干部任用注重延续性，服务德企的全生命周期。

"德国人是很认人的。"太仓欧商投资企业协会主席张臻伟的比喻令人印象深刻：德国人的性格就像是壁炉，要烧透厚厚的壁砖会很慢，但是热起来一定会很长久。

中西两相宜

21日晚，在高新区举行的"春天的信念"中德诗歌朗诵会上，德企高管克里斯蒂安携中国妻子和两个孩子登台，朗诵了德国诗人赫尔曼·黑塞的《幸福》，已在太仓生活8年的这家人在节目结尾齐声用中文说："这就是我们幸福的家。"

2010年，中德发表《中德关于全面推进战略伙伴关系的联合公报》，为中德合作筑起了一道稳固的河床，而文化则是其中川流不息的河水。

青山一道同云雨，明月何曾是两乡。德国酒店行业翘楚"玛丽蒂姆"投入试运营，人们可以边喝咖啡边沉浸式聆听经典，德式餐吧"申德勒加油站"加的不是汽油而是正宗的德国啤酒……原汁原味、独具特色的德式生活场景在太仓随处可见。

2014年德国队从巴西里约热内卢捧回大力神杯的那个夜晚，地球另一边的太仓，中德球迷喝着从德国空运来的啤酒一起纵情欢呼。如今，德国人把球"踢"到了太仓，拜仁慕尼黑足球学校和足球文化体验

中心开放在即。

　　太仓已经连续十多年举办啤酒节、马拉松友谊赛、中德艺术家沙龙等活动，并引入中德友好幼儿园等生活服务场所，越来越多的德国人安居太仓。"太仓德式生活氛围浓厚，一如我们的故乡。"巨浪集团总裁卡斯滕·利斯克说。

　　文化相融，带来理念相通。一元学校、一元企业"工学交替"，德国人引以为傲的"双元制"教育模式在太仓完美适配，本地民企开始青睐"双元制"学生，他们发现培养周期虽长，但工人更有工匠精神、上手速度更快、忠诚度更高。如今，太仓制定了全国首个"双元制"职业教育标准，成为国内最大的"德国职业资格"考试和培训基地。

　　"德国人做企业不在乎扩张上市，而在乎长期稳健的发展，能否做成百年老店。"帝希洁具总经理周路平说，哪怕发展形势很好，德国人也只求每年平稳地增长，在细分领域深耕，才造就了各个领域的"隐形冠军"。

从太仓美术馆观景平台看到的城市景色。

长期处于江南富庶地的太仓人常常自嘲"小富即安",事实上太仓一般公共预算收入在同等经济体量的县市中一骑绝尘,"注重发展质效"也是太仓与德国理念相通的注解。

巴伐利亚中德友好协会经常协助中国城市组织友好交流活动,但常常提前两周才接到通知,搞得他们措手不及。"但太仓人做事非常德国范儿,他们会提前5个月就确定活动的细节。"该协会执行主席施改革说。"施改革"是他在中国留学时老师起的名字,他非常喜欢。

历史的轨迹总是连接着未来的方向。600多年前,航海家郑和率船队从太仓浏河镇起锚出海,开启了中国走向世界的新旅程。

时光流转,新浏河一侧当年吸引斯坦姆缘定太仓的水杉林挺拔依旧,另一侧海运堤上新建成的罗腾堡街区德国风情扑面而来。河水悠悠流淌,诉说着欧洲制造强国与中国江南水乡的交融共赢,也见证着开放中国拥抱世界的胸襟和气度。

(2023年3月23日《参考消息》,新华社记者刘亢、张展鹏、杨丁淼、陈圣炜)

"弹簧大王"
结缘江南水乡

在江苏太仓的南京东路，从"克恩－里伯斯站"出发，4 公里范围内聚集了 40 多家外资企业。

"要造一辆汽车，不出太仓就能找到 70% 零部件。"这样的底气来源于数量庞大的"德国制造"：近 480 家德企集聚太仓，其中七成与汽车相关，制造业德企数量占中国十分之一。

太仓与德国的合作，肇始于 30 年前克恩－里伯斯的"冒险之举"。克恩－里伯斯是德国巴登－符腾堡州一家拥有百年历史的家族企业，占据全球汽车安全带卷簧市场份额的半壁江山。

20 日，舍弗勒新能源及航空航天核心部件项目在江苏太仓签约，总投资 3 亿美元。该项目是舍弗勒集团顺应汽车电动化趋势，服务中国新能源汽车和航空产业发展而投资的一个重要项目。

舍弗勒新能源及航空航天核心部件项目在江苏太仓签约，总投资 3 亿美元。该项目是舍弗勒集团顺应汽车电动化趋势，服务中国新能源汽车和航空产业发展而投资的一个重要项目。（太仓市委宣传部供图）

    1993 年，"摸着石头过河"的克恩－里伯斯在太仓投下 50 万马克。不过，这笔投资起初并不被外界看好。当时中国汽车产业刚起步，相关产业配套还是一片空白，德国大众上海设厂的举动被外媒称作"将生产线建在孤岛上"。外国考察团如潮水般涌入中国，又如潮水般退去。

    "那年我刚到太仓城建局工作，全单位就一辆北京吉普。"太仓高新区管委会主任李刚回忆道，彼时太仓刚刚撤县设市，百业待兴。一片唱衰声中，时任克恩－里伯斯 CEO 的斯坦姆却看到了机遇——太仓紧邻上海，市场广阔，却没有大都市的喧嚣，宜居宜业的城市气质与德国

人偏内敛、爱钻研的性格不谋而合。

经历数月谈判沟通，双方逐渐穿透迷雾，建立互信。"首家德企落户时，太仓对外招商没准备德文合同，但斯坦姆告诉助理'没关系，我相信他们'。"太仓高新区招商局副局长段月强感慨，德国人虽然慢热，但认准了就不会回头。

50万马克、6名员工、400平方米的租赁厂房，在外人看来的"小工坊"，就是克恩－里伯斯在太仓起步的全部家当。

舍弗勒生产车间。

德国企业舍弗勒集团是全球范围内的滚动轴承制造商、汽车零部件供应商，在汽车制造和工业制造领域具有引领作用。

"稳"中见远。德国人坚信欲速则不达，行稳致远的个性让他们安于深耕"缝隙市场"，才造就了众多细分领域的"隐形冠军"和百年家族企业。

小事往深做，才能成大业。30 年间，克恩－里伯斯（太仓）先后11 次增资，如今拥有自建厂房 7 万平方米，年产值 15 亿元，在其全球版图中占比最大。

太仓培育德企的成长路径，是践行高质量发展理念的生动样本。"有的地方招商片面追求速度和体量，但太仓始终保持定力，坚决摒弃唯数据论。"李刚介绍。

30 年后，一幕幕"根在德国，花开彼岸"的跨国情缘在中国江南水乡上演续集。作为冷轧带钢领域的"隐形冠军"，也是包括克恩－里伯斯、舍弗勒等德企的材料供应商，德国威尔斯新材料 2005 年落地太仓。去年 6 月，威尔斯第六代掌门人尤纽斯博士卸任 CEO 职位，今年将举办告别典礼，他说："如果在仪式上见到太仓朋友，那将是我一生的荣耀。"

30 年很长，当年的开创者从风华正茂的小伙子陆续已到了接近退休的年纪；30 年很短，中德合作之路刚刚翻开崭新的篇章。

（2023 年 3 月 23 日《参考消息》，新华社记者刘亢、张展鹏、杨丁淼、陈圣炜）

"洋苏州"共享
"苏式小康"

1979年，正值姑苏枫叶红似火的时节，意大利电视台《马可·波罗》影片摄制组来到苏州，追溯这位著名旅行家与"东方威尼斯"的不解之缘。

"人烟稠密、物产丰盈、丝织发达、桥梁众多……"700多年前，马可·波罗在游历苏州后如此描绘这座千年古城。时光更迭，苏州如今每年迎来上百万的国际游客，更一跃成为中国第二大移民城市，拥有常住外籍人口超2万人。

众人拾柴火焰高。迈入小康的苏州成就中国经济实力最强地级市，又被列为大陆最宜居城市，得益于一批批国际友人一路携手同行。而连续多年入选外籍人才眼中最具吸引力的中国城市，又印证了"苏式小康"的丰硕成果，正"润物细无声"般馈赠给所有的奋斗者。

苏州拙政园。

　　在"洋苏州"们的眼里，国际范十足的苏州带来了哪些小康初

体验？

日本客商眼中的"宜居宜业"

"姑苏城外寒山寺，夜半钟声到客船。"1993 年深秋，热爱唐诗的藤原信光首次造访苏州，便去寒山寺"对上了号"。苏州城内的小桥流水、古典园林、丝织工艺……无不让这位日本商人流连忘返，以至于他决心就地而居，长留苏州近 30 年。

1994 年，苏州高新区迎来第一家外商独资企业 —— 苏州日本电波工业有限公司，藤原信光正是如今企业的董事长。软环境的优越让客商毫不犹豫接下"橄榄枝"，择苏州而创新立业。"当时政府和相关人员热情接待，积极帮助我们设公司、建厂房，这让我们坚定选择苏州。"藤原信光说，不仅如此，公司的气质也与苏州精细、温和的地缘文化异常契合。

从看中劳动力转向瞄准购买力，在藤原信光眼中，苏州日本电波正逐渐适应中国日新月异的发展变化。公司主要产品涉及移动通信及汽车电子用水晶振动子等领域，2019 年产值达 4.5 亿元人民币，正打造在华地区生产总部。"放眼看去，既有劳动力又有购买力的国家，还是

只有中国。"他说，未来中国 5G 等新技术进一步拓展，公司创业之路
又将迎来新机遇。

近 600 家日企集聚、总投资额达 200 亿美元、常驻日籍友人超
4000 名……如今的苏州高新区一跃成为"日资高地"。但作为第一个
吃螃蟹的人，藤原信光深知苏州高新区释放的磁场效应不仅因为"这里
的机会多"，更是由于"这里的生活好"。"要想让日本家庭愿意长留，
饮食、医疗和学校这三个条件必不可少，这么多年下来，全都有了！"

藤原信光犹记得刚到苏州那会儿，日本料理店寥寥无几。"这些
年店面增多，品类丰富，基本每家日料店都吃过了。"他自豪地说，
苏州高新区的淮海街拥有正宗的日本料理，每次接待客人都会带去大
快朵颐。

就在苏州日本电波成立同年，高新区政府推出有着"日料一条街"
称号的淮海街，希望能给日籍友人一解"乡愁"，用"软环境"持续吸
引日企投资兴业。

日式鸟居牌坊、机械装置朱鹮、淮海小剧场、樱花公园……每到
夜幕降临，这条集聚大量日料店和居酒屋的街道霓虹闪烁，人流如梭，
日本风情的竖立式灯箱招牌鳞次栉比，身着和服的少女不时穿街而过。

据淮海街道物业管理处相关负责人介绍，为让"日料一条街"充满
日式元素，设计团队多次前往日本参观取经。"我们物业人员还专门学

太仓港。

习日语常用语，希望努力打造一条有温情的街道。"

"温情"不止于"日料一条街"，苏州还专门设立江苏省内唯一一所日本人学校，全日文授课，保障日本家庭子女享受和日本国内同等教育水平。此外还引入日语服务诊疗所、日系百货商店等设施配套，希望能解决日籍友人后顾之忧，让他们安心在此谋发展。

"宜居宜业新天堂"是如今大部分外来客商对苏州的印象。"我在苏州感觉幸福满满，也许这就是小康滋味。苏州既有经济发展也有人文底蕴，这里30年的变化，发展速度和质量是在日本无法体验到的，日本可能需要花100年时间。"藤原信光说。

美国乐手眼中的 "多彩文化"

"'小康'是我在横幅、电视上常看到的一个词，我认为那种状态就是你获得最基本的生存需求，然后开始体验生活，不断丰富自己的思想和心灵。"当记者问特洛伊·莫里斯（Troy Morris）如何理解小康时，这位说得流利中文的美国乐手一下抛出答案。

莫里斯来自美国伊利诺伊州，大学钻研古典音乐，如今是苏州交响乐团的一名低音提琴手。2015 年，这位"90 后"美国小伙首次来到中国，第一站是在贵阳组建交响乐团。两年后，他择居苏州，徜徉金鸡湖畔的科文艺术中心，被浓厚的艺术氛围吸引，他不禁感叹"无论从乐团还是城市环境来看，苏州最适合我"。

2016 年，由苏州市和苏州工业园区共建的苏州交响乐团成立。这是一支被称为"小小联合国"的乐团，由来自 20 多个国家和地区的 70 多位年轻职业乐手组成。成立至今，苏州交响乐团已经举办众多大型音乐会和音乐赛事，2020—2021 乐季，乐团更是克服疫情影响，推出"热力贝多芬"系列音乐会，策划"迷你巴洛克节"等活动。

　　有感于见证苏州交响乐团的成长，莫里斯对未来感到兴奋。"因为疫情，我们今年起步有些艰难，但我非常期待能再次举办路演，参观一些中国的城市并为当地听众演奏。"

　　莫里斯庆幸自己刚来中国没去大城市，因为在贵阳，他逼迫自己学会了汉语、文化习惯，甚至如何在菜市场讨价还价。来到苏州后，他感受到的则是和美国很多大城市类似的现代化，生活方式更符合预期，学到的生活技能也更有用武之地。

费城交响乐团在苏州进行表演。

在苏州，既有传统文化与现代文明的共生，也有东西方文化的交融。"这是一座多元的城市，在这里说英语也不用怕别人听不懂。"善于"辨音"的莫里斯观察发现，在苏州的古城区，老苏州人咿咿呀呀讲着方言，而在苏州的工业园区和新区，又有世界各地的人讲着不同的语言，虽然文化背景迥然不同，却都可以和谐共处，找到各自的美好追求。

莫里斯的追求就是在交响乐团中不断打磨技艺，希望能为中国交响乐的发展作出贡献。2020年夏末，第二届江南文化艺术节开幕当天，他和乐团成员一起参与演出，交响乐和苏州本地的评弹、昆曲等艺术融合呈现，令人称奇。"不同艺术形式碰撞，是一种很奇妙的事。"莫里斯说。

小康时代中国文化百花齐放，作为非物质文化遗产昆曲、评弹等艺术发源地，苏州诸多特色艺术深深吸引着这位美国乐手。"我希望借助乐团，担任文化交流的桥梁。"莫里斯说，他想把苏州特色文化传播给西方世界，让更多人领会中西方艺术文化交融的魅力。

莫里斯也期待艺术能点亮小康生活。"在满足基本物质需求后，我们还需要照顾好精神需求，音乐或者其他的艺术形式，甚至是体育运动，都能让我们过上更为和谐、幸福的生活。"莫里斯说。

欧洲拳王眼中的 "动感活力"

很难想象，在苏州这样一个人文气息浓郁的城里，拳击运动能风靡起来。

在苏州最大商场苏州中心内，有着一个近 1000 平方米的拳击馆。每到傍晚，拳击馆内热火朝天，手戴拳套的小朋友练习击打沙袋，呐喊声此起彼伏，他们的教练——来自克罗地亚的戈兰·马丁诺维奇（Goran Martinovic）则来来回回纠正动作或进行示范。

马丁诺维奇中文名叫马国伦，因为想入乡随俗，他更喜欢别人叫中文名字。马国伦 16 岁入选克罗地亚拳击国家队，曾数次夺得克罗地亚和欧洲拳击赛冠军。几乎每天早上 6 点，这位身高近 2 米的欧洲"拳王"便会来到拳击馆，带领学员做晨练。他的拳击馆在苏州颇受欢迎，目前报名拳击培训的学员约有 500 名，其中包括 60 多名苏州小朋友。

"过去这 5 年，变化悄然发生。"马国伦说，2015 年初次踏入苏州时，几乎不见提供拳击训练的场馆。现在中国人参与拳击运动越发普遍，对运动和健康也更为重视，尤其是最初中国家长们不太想让孩子学习拳击,但如今,越来越多的父母们鼓励孩子"摩拳擦掌",站上拳击台直面挑战,以此来强身健体,磨炼意志。

越来越多苏州人爱上拳击,这里面有马国伦的功劳。2020年10月中旬,马国伦如期举办慈善拳击赛,邀请了身在中国的14名中外选手参与,还请来中国现任世界拳王徐灿助阵,吸引线上线下众多目光。

这是马国伦第8次举办类似慈善拳击活动。"最初来苏州,是为了

苏州拙政园。

帮助身在当地的哥哥举办白领慈善拳击赛。那次拳击赛大获成功，我们把募集的资金悉数捐给苏州一个患有唇腭裂的女孩。"马国伦说，自那以后他决定留在苏州，每年都组织慈善拳击赛。

"爱比拳头更强大。"带着这样的信念，马国伦 5 年来累计捐赠比赛收益 30 余万元，他还向苏州工业园区的一所学校捐赠拳击擂台，并主动提供公益拳击课程指导。

2017 年，在苏州工业园区政府扶持下，马国伦开了首家拳击馆，一边教授白领们拳击和摔跤运动，一边免费辅导家境贫寒儿童练习拳击。2019 年，他在苏州中心开了第二家更大的拳击馆，还请来克罗地亚籍的两位教练帮他推广拳击，奉献爱心。他也获得了江苏省政府颁发的"江苏友谊奖"。

为了让经历过疫情的人们更热爱运动，马国伦发挥特长制订了家庭健身锻炼计划，并录制短视频传到网络，网友纷纷点赞。"经历过这一切后，尤其是迈入小康生活后，大家会更注重身体健康和运动，更热爱生活。"马国伦说。

"我相信运动能改变一个人的生活态度。我也关注到，热爱运动的那些中国人更乐观，富有正能量。"随着小康到来，这位欧洲拳王决定抓住兴起的健身热潮，继续推广好拳击运动。

古巴菜贩眼中的"民生幸福"

　　"要来点蔬菜吗？好吃得不得了！"蔬菜摊前人流如梭，"洋苏州"雷龙（Martinez Niebla Wilber）用些许生硬的普通话一声声叫卖，不一会儿竟开嗓大声唱起歌来，人群中年轻人举起手机照相，旁边摊位的大叔大妈们乐得合不拢嘴，边做生意边喊"再唱一个"！

　　这就是苏州姑苏区一处"网红"打卡点——双塔市集里的日常。在双塔市集蔬菜区47号摊位，来自古巴的"老外菜贩"雷龙引人注目，除了掌握取菜、称重、打包等卖菜技能外，他还会"走街串巷"与周围摊主们搭讪聊天，成了菜贩们口中的"开心果"。

　　双塔市集原先是一个菜市场，2019年12月，经过改造升级后正式开门迎客，在近2000平方米的空间内，不但销售蔬菜水果、柴米油盐，还有文创、餐饮和休闲等区域。浓浓烟火气夹杂文艺气息，让它迅速走红网络。

　　进入双塔市集，宽敞的过道、干净光洁的瓷砖地面让人眼前一亮。"许多年轻人都愿意来买菜，这里蔬菜质量好、更新鲜，不少摊位还专

苏州双塔市集外景。

门卖有机蔬菜。"青年蔬菜摊主何云说，看到有外国朋友也来卖菜，既觉得新鲜，又为市集有了国际范感到自豪。

"这就是最好的菜场模样。"雷龙从小在古巴的农场长大，这是他第一次见到中国菜场原来可以如此整洁有序。 他的菜摊有些与众不同，摆满了有机蔬菜盆栽，也不提供塑料袋，而是为顾客准备菜篮子和网兜袋作为买菜装备。

"这样环保，蔬菜也更美。"雷龙说，物质生活普遍提高后，人们对环保也越来越重视。"在我看来，小康生活就是要倡导环保生活，走可持续发展道路。"

"洋苏州"共享"苏式小康"

　　44岁的雷龙来到中国已经10年，此前从事音乐，作为乐队成员四处演出。多年前来苏州表演后，他深深沉醉于大街小巷的江南韵味，并在这里与来自云南的妻子结缘，就此定居，如今还拥有两个可爱的混血儿女。

　　受疫情影响，雷龙此前多个月没有演出机会。但他们一家非常乐观，想到自己有农场经验，还热爱美食，雷龙决定"卖菜自救"。2020年5月，在姑苏区双塔街道的帮助下，他顺利租到一个摊位，成为一名"卖菜小哥"。

　　"但卖菜不全是为了赚钱，更重要的是希望能做些有意义的事，在服务周边居民过程中认识更多朋友。"雷龙说，他们一家只卖有机蔬菜，早上天未亮，他就驱车到太湖边的远郊基地运来本地有机菜，为了让蔬菜存活时间更长，他会连根售卖。"这样品质不会坏，顾客到家后能吃到最新鲜的蔬菜。"

　　"疫情过后，当人们过上小康生活，更多人会愿意食用更健康的有机蔬菜。"雷龙说，他们也愿意支持那些专注种植有机食物的农民。

　　看到年轻人喜欢光顾双塔市集，顺便来买点菜，雷龙觉得自己很光荣。"年轻人更能理解健康的生活方式和食物追求，卖有机蔬菜得到认可很开心。"雷龙说，以后会把音乐当成自己的爱好，在苏州陪着家人摆摊卖菜，也能是一件"幸福惬意的事"。

（刘元、杨丁淼、何磊静）

一江秋色江南岸，十里恍然忘人间。

最江南的苏州在与自然的相融中共生共长，生生不息的苏州模样成了世人向往的人间天堂；简单而又纯粹、淡雅中有意韵，经千年岁月沉淀而出的城市格调和生活美学，已成为中国递给世界的一张精美名片。

每个人心里住着不一样的苏州，情调是打开这座城的第一把钥匙。苏式生活的精致，纷呈于四季的不同时辰：烟花三月，是逛园子的好时节，泡上一杯碧螺春，在艺圃流连；金秋时节，觅一处古戏台、温一壶黄酒、品一只肥蟹、听一段昆曲水磨腔……

没有宫墙高耸式的抱负，不全是田园牧歌式的逃离，而是文人气息与商贸传统的奇妙混合体。苏州的哲学，既创造繁华，亦享受精神充盈。

苏式气质

美美与共的
人间天堂

    1938 年 10 月，社会人类学家马林诺夫斯基在伦敦为学生费孝通的新书作序。读完那个太湖边小村庄的故事，他感慨"水道纵横的平原是数千年来在物质上和精神上抚育中国人民的地方"。

    这本《江村经济 —— 中国农民的生活》和它背后的"乡土中国"，为费孝通烙下鲜明印记。在波澜壮阔的城市化浪潮中，他的家乡苏州变化翻天覆地，但"水道纵横"的面貌迄今未改，江河湖泊贯穿城乡，与时光一起静谧流淌。

    既是江南水乡代表，被誉为"人间天堂"，又拥有 16 万余家工业企业，被称为"制造之都"，苏州如何科学布局生产、生活、生态空间？历任执政者接力破题：山水林田湖草，从单一治理转为整体涵养；城市与

以"情牵两岸"为主题的"情意绵绵"灯组（右）与"月满周庄"灯组（左）。

　　乡村，从二元结构到统筹发展；产业与环境，从矛盾对立迈向共治共生。

　　这一切，恰如费孝通所言：各美其美，美美与共。

水运 水韵 水蕴

"江村"本名开弦弓村，因村中河流形似弯弓而得名。二十世纪二三十年代是中国最发达的乡村之一。水质好、水运便利，村民养蚕、种植水稻，多的时候每天有 100 多条船装茧子、生丝运往上海等地。时隔百年，村子所属的吴江县变为吴江区，道路、房屋等旧貌换新颜，2019 年村民人均可支配收入接近 3.6 万元。

箭飞多远，取决于弓之张力，河流就是助推"江村"持续向前的那张弓。村党委书记沈斌说，高标准实现富民强村，除了做好"水文章"没有其他选择。吴江已被纳入长三角生态绿色一体化发展示范区，探索生态文明与经济社会发展相得益彰的新路径。

开弦弓村曾一度"迷失"：放弃稻桑，农田流转给外地人养蟹，加工羊毛衫和窗帘布的小工厂随意排放污水。痛定思痛后，蟹塘退养还田，整治"低散弱"企业，依托"费孝通 26 次到访"设计亲子研学和乡村旅游项目，让江南水乡重新焕发生机。

这也正是整个苏州与水之间关系的一个缩影。

开弦弓村村景。

苏州西南濒临太湖，北依长江，京杭运河南北纵贯，拥有两万余条河道、近 400 个湖泊。水是苏州的灵魂，赋予这座 2500 年古城不竭动能：早在春秋时期，吴国造船业兴盛；自汉代以来，兴办屯田、兴修水利，让江南尤其苏州地区的农业生产逐渐赶上北方；隋朝时期大运河延伸到苏州，发展漕运；明清达到繁荣期，江南地区形成了完整的城镇群体和市场体系，而苏州正是整个体系的中心。

但是，随着工业化、城市化快速推进，苏州人口多、经济总量大与环境容量小、生态敏感性强的矛盾日益突出，出现了人水争地、城水分离的局面，超标排污、围垦湖泊、侵占河道等现象多发。2014 年全市

废污水排放量达峰值 14 亿吨，2016 年排查出黑臭水体 932 个。

留住"鱼米之乡"方能匹配"人间天堂"。苏州持续发力，治理水环境、修复水生态、提升水安全。截至 2019 年年底，累计投入生态补偿资金 93 亿元，对 99.9 万亩水稻田、30.54 万亩生态公益林、140 个湿地村、56 个水源地村、10.26 万亩风景名胜区实施了补偿。

"智水苏州"是提升治水系统性、科学性的关键项目。苏州市水务局局长陈习庆介绍，由于水面大、河湖多，管理力量需求矛盾一直存在。"智水苏州"推动气象、水文、公安、住建、城管、环保、交通、

开弦弓村村景。

应急等部门数据共享，打通"信息孤岛"，提高感知与仿真、决策与预警、调度与控制能力，实现"感知全天候、业务全覆盖、监控全过程"。

平江河位于古城核心区域，伍子胥建苏州城时就被定位成主干水道，如今两岸店铺林立，游人如织。之前污染现象严重，8位保洁员平均每天打捞500多斤白色垃圾。"智水苏州"实现24小时实时值守、抓拍不文明行为，有效解决执法取证难问题。

84岁的葛金才老人感慨，小时候平江河清澈见底，可以跳下去游泳摸鱼。经过这两年整治，眼见着"记忆中的小河"又流回来了。

河湖相连、城水相依的特性，决定了河湖管理需上下游协同、左右岸共治。苏州与浙江、上海及省内的无锡等地，探索实施"联合河长制"，打破行政区域壁垒，从河湖自然属性出发编制治理规划，解决了一批难题，比如与嘉兴交界的清溪河，两地联手几个月就清除了沉积40多年的淤泥。

金秋十月，"稻菽千重浪"是苏州一道别样风景。2012年起实施的"四个百万亩"（优质水稻、高效园艺、特色水产、生态林地各100万亩）工程，让水稻面积从逐年下降，转为稳定于百万亩以上，还担当起"城市之肾"。苏州多位党政领导提到，如果单纯算经济账，种水稻显然不划算，但能够优化生态环境、彰显"鱼米之乡"特色、保障绿色可持续发展，综合看长远看都"划得来"。

道阻且长，行则将至。2019 年苏州全市 16 个国考断面、50 个省考断面优Ⅲ比例，分别比 2016 年提高 12.5 和 22 个百分点，以全国最高分通过水生态文明建设试点城市、节水型城市复查。截至今年上半年，城乡黑臭水体全部完成整治。苏州生态涵养发展实验区计划于 2025 年基本建成，2035 年全面建成。

"君到姑苏见，人家尽枕河。"唐代诗人杜荀鹤笔下的景致，时至今日依然遍地可寻：周庄、锦溪等古镇，小桥流水人家；在古城区，垂柳之下护城河碧波荡漾；即便是综合实力领跑全国经济开发区、现代感十足的苏州工业园区，也坐拥金鸡湖、独墅湖的湖光水色。

水是城市的景观要素、经济要素，更是文化要素。苏州拥有 2224 个水文化遗产，占江苏省总量的 42%，包括 1950 年前修建的堤坝、桥梁等水利工程，还有古井、碑刻等遗迹。在苏州每个水务水利重要规划中，"弘扬水文化"都被重点提及，强调延续城水关系的历史肌理和空间格局，挖掘水文化精神价值，提升市民文化认同感和归属感。

耗时十五年、迁移居民数十户、花费超过 2000 万元，这是苏州为复原 607 米长的中张家巷河付出的成本。它位于平江历史文化片区，曾是古城中心直通护城河的主要通道之一。半个世纪前，苏州城区人口剧增，为满足建新校、办新厂的土地需要，中张家巷河和另外一些城中河道一同被填没。

中张家巷河沿岸分布着评弹博物馆、昆曲博物馆、柳亚子故居，江南韵味一览无余。苏州文史学者徐刚毅说，"水陆相邻，河街并行"是苏州的特色，复原之后，河道、房子、河桥、驳岸等都成了活化传承水文化的载体，"不仅联通了平江片区的水系，更把沿线文化景点串联在一起。在苏州，留住水脉，就留住了文脉。"

发达的水运体系，温润的水乡韵味，蕴藏着绵延不断的发展动能。苏州因大运河逐渐成为商贾云集的繁华之地，时至今日，近一半的货

孙菁（左一表演者）、施锦芳（右一表演者）在开弦弓村的江村大礼堂表演昆曲木偶《牡丹亭·游园》。

运量依然靠水路承担。今年以来,"姑苏八点半舒心夜相伴"夜经济启动,"大运河城市文娱消费走廊"重拾运河记忆重现运河风光。古运河热闹起来,让大家听到了大河新生的脉动。

江苏省委常委、苏州市委书记许昆林说,要努力把苏州段建设成为大运河文化带中"最精彩的一段",推动"文化+旅游"深度融合,以文化提升旅游的内涵,以旅游推动文化的消费,促进文化、生态和旅游功能融为一体,并促进"文化+创意"发展,做大做强文化创意产业。

张家港、常熟、太仓是苏州的沿长江三市,贡献了江苏沿江城市1/6的经济总量、1/6的工业总产值、1/3的进出口总额和1/3的港口吞吐量,同时也是污染治理、生态修复的重点地区。以张家港为例,投资37.6亿元,将9公里生产岸线全面调整为生态岸线,并腾退4平方公里的规划产业用地。

万里长江入海前,在张家港拐了最后一道弯。张家港湾岸边一座30多米高的海事建筑,被改造成鲤鱼形状的观景台,在此远眺长江,江风扑面、水天一色。看得见风景,更看得到美好的未来。

增绿 留白 添彩

作为苏州园林博物馆馆长，薛志坚无数次走进拙政园，但今年的体验前所未有——疫情防控期间，他独自一人走在园林中，震撼于古人的建造智慧，沉浸于自然景观之美，"时空似乎暂停了，用心感悟自然与城市相融的神奇。留白是苏州园林的特色，园林也给了我们精神上的留白空间。"

拙政园内诸多庭院以白色墙体为背景，点缀少许竹子和石头，留下或多或少的空白；相隔不远的苏州博物馆新馆，选取白色为建筑主色调，辅以适当黑与灰，好似中国画的白描。

如此的留白风格，也已深深根植于苏州城市整体规划理念中："十三五"以来市区新增或改造绿地1450万平方米，市区建成区绿地率37.54%，绿化覆盖率42.32%，人均公园绿地面积12.82平方米。

虽然土地开发强度日趋紧张，苏州对于公共绿地和开放公园的投入不减反增，提出"持续建设大型绿地，人均公园绿地面积到2035年增至15.5平方米"。通过实施百园工程，在古城见缝插绿，市民现在出

苏州拙政园。

行 350 米至 500 米即可步入绿色空间。

　　苏州"绿色之路"走得并不平坦。二十世纪八十年代后期到九十年代初，苏州经济快速发展，但忽视了生态绿色建设，相关考核一度全省垫底，之后坚定共识、立法兴绿，规划定位比国家标准高出两个百分点，自此"城中园，园中城"的城市风貌日臻完善。

　　"增绿是留白最直观的体现。"苏州市园林和绿化管理局副局长邵雷说，随着生态文明理念越来越深入人心，城市建设中更加强调尊重自然、顺应自然、保护自然。绿地作为城市生态环境建设的重要载体，需要吸纳最新的生态文明理念，开展生态修复工作提升宜居水平。

美美与共的人间天堂

鸟鸣虫叫，草木芬芳，置身昆山的城市生态森林公园，顿感清静幽雅，仿佛与周边的高楼大厦、车水马龙隔绝，事实上公园距市中心不足4公里。昆山市相关负责人说，国际上有个"绿视率"理论，即人们看到的事物中绿色植物所占比例，代表城市绿化水准。苏州"绿视率"处于不断提升过程中，仅昆山这座公园占地面积就超过3100亩。

在住房和城乡建设部公布的2019年国家生态园林城市名单上，太仓位列其中。至此，苏州及下辖4县市全部获此荣誉，成为全国首个国家生态园林城市全覆盖的设区市，率先建成"国家生态园林城市群"。

一径抱幽山，居然城市间。苏州城区绿意盎然，乡村更是一片"深绿"。

临近浩瀚太湖，近400户农家散落在青山怀抱中，绿化覆盖率达98%，负氧离子平均值每立方厘米达2200个——树山村被称为姑苏城外的"世外桃源"，今年国庆假期接待游客超3.24万人次。"这里·树山"民宿老板陈静说，假期时单房一晚最高超千元，仍一房难求。

"推窗见绿，望山见水，乡愁可寄。"驻村规划师彭锐来自苏州科技大学，2012年起和团队扎根树山，见证乡村旅游蓬勃兴起的全过程。他说，树山村位于苏州高新区，这里企业众多、节奏极快，原生态的村子就像镶嵌其中的"舒缓器"，让农耕文化和工业文明有机结合，调节城市紧绷形态，是一种润物无声的"心理留白"。

　　同为"网红打卡点"，昆山锦溪镇计家墩村被稻田环绕，茂密的香樟树是农田与村舍的天然分界线，两三条水道穿村而过。依托"水园田居"资源和"窑""水""农耕"特色文化，入选了"2020年中国美丽休闲乡村"，引得游客和文艺人士纷至沓来。

　　计家墩村开发前，年轻人大多外出打工，村里基本只剩老年人。如今不光本地人回来，还吸引了天南地北的年轻人。鲁刚刚来自山东临沂，大学毕业后先后在北京、上海从事酒店行业，2019年通过朋友介绍加入计家墩的一家民宿。他感叹计家墩将建筑设施与农村风貌融合，既有城市的便利设施，又保留了乡村的自然舒适。

　　"陶庐慢生活艺术空间"的店主汪涛来自成都，之前从事媒体工作。为了让孩子能够更好地接触大自然，她来到苏州创业。在这里每天打开窗户可以看到小河、听到鹅鸣、闻到花香，感觉生活的节奏慢了下来，"计家墩打造的品牌叫'理想村'。如此的环境里，孩子成长、我工作，真的是将理想照进了现实。"

　　村里人气越来越旺，村里成群的鸭和鹅"见多识广"，看到行人毫不紧张，在田地里悠闲踱步。这就是理想村，人也好、小动物也罢，各得其所、自得其乐。

加法 减法 得法

　　长江常熟段有一片凸入江中的滩涂，以前很荒凉，只有一些稀疏的芦苇，周围江水混浊。沙洲呈现铁锈色，于是得名"铁黄沙"。2019年11月，国家一级保护动物白头鹤在此现身成了大新闻，这是我国濒危珍稀动物，此前在苏州地区从未出现过。"说明现在环境特别好，是很合适的栖息地。"苏州湿地自然学校鸟类调查员周敏军说。

　　生态质量大幅改善，背后是常熟痛下决心的抉择。"十二五"时期，当地先后投入16亿元进行前期整治，准备将铁黄沙建成物流基地，但为了落实"长江大保护"要求，果断调整发展计划，改为打造集旅游、休闲、度假于一体的长江生态岛。目前岛内自然生长的植物群落7000多亩，既有长江鱼类繁衍洄游的通道，也有人工隔离的候鸟保护区，成为长江绿廊的重要组成部分。

　　为了实现城市与自然的和谐共生，苏州不遗余力"做减法"。2017年至今，累计整治散乱污企业（作坊）5万余家。这些企业加起来年产值超60亿元、税收上亿元。"数目不小，但是为了更好的生态，付出代

开弦弓村村景。

价值得，表明和传统模式决裂的决心！"苏州市委相关负责人说，要把有限的空间留给更有价值、更有效益的项目，把更清的水、更蓝的天留给子孙后代。

相关人士认为，苏州一直是经济社会发展的"优等生"，属于老典型、老先进，但另一方面也存在"模式之争"，因为作为苏南模式的核心城市，会习惯性被理解成传统发展方式的代表。如何从高速度发展的标兵，升级到高质量发展的标杆，正是苏州上上下下的必答题。

以轻纺、钢铁、冶金等为主的乡镇企业，曾为苏州作出贡献，但布局分散、利用强度低、产出效益不高的局限性日益凸显。苏州市资源规划局权益处处长俞振武分析了"二八效应"，即产出效益较高的工业用地约占总量的 20%，创造了 80% 的税收，另外 80% 的工业用地贡献税收只有 20%。

为了促进产业集聚发展、布局集中优化、资源高效配置，2020 年年初苏州启动实施产业用地"双百"行动。划定 100 万亩工业和生产性研发用地保障线，5 年实现 100 平方公里工业用地更新。向低效土地要空间，向存量土地要效益，计划到 2024 年实现产业用地亩均税收提升 30% 以上，明显缩小与上海、深圳等先进城市的差距。"本质是把'村村冒烟'的结构变成合理高效、可持续的模式，充分贯彻落实新发展理念。"俞振武说。

出低端、进高端，做对减法同时还要做好加法，苏州辩证发力提升产业含新量、含金量。"只要是符合苏州未来发展定位的产业，我们一律欢迎，用地一律保证，要多少地有多少地，要多少空间有多少空间！"2020年年初的开放再出发大会上，苏州如此"高调"发声。

苏州市统计局的最新数据印证了产业转型效果：今年前三季度，苏州高技术产业实现产值8959亿元，占规模以上工业总产值比重36.2%，产值同比增长4.4%。战略性新兴产业实现产值10678亿元，占全市规模以上工业总产值比重为43.2%，同比提高5.1个百分点。新增上市公司23家，累计达到175家，位列全国大中城市第五位；科创板上市公司18家，位列全国大中城市第三位。

记者蹲点调研期间跑遍苏州十个板块，发现绿色发展印记鲜明：

相城区高铁新城富民工业区把11家涉及日化、小化工、印刷的高能耗、高污染企业彻底清除。京东全球研发中心项目将在这里落地，投资约90亿元人民币，打造国内领先、国际一流的新经济基础设施"智慧小镇"。

吴江开发区以亩产"论英雄"，将目标锁定具有自主知识产权、高附加值终端产品的世界500强企业、央企国企龙头、上市公司，提升区域的经济密度和质量。围绕构建高精尖产业结构，完善产业链、优化创新链、打造生态链。

张家港东沙化工园建于 1993 年，曾是当地纳税大户，但产业层次低、污染排放高、安全隐患大。经不懈努力，全面完成关停和污染治理，腾出了 3000 亩土地，重新规划打造生产、生态协调发展的新园区。

苏州拙政园。

太仓市生物医药产业园每年落户近 50 家企业，其中不乏北京、上海、珠三角的相关企业。计划从 2020 年开始，用 3 年时间建设 100 万平方米载体，形成 100 亿元产值，带来 200 亿元有效投入，集聚 200 家优质企业。

除了产业转型升级，苏州还充分挖掘生态特色优势，打造文旅产业深度融合新业态。

今年国庆假期，《四季周庄》共演出 14 场，接待人数超 1.3 万人，门票收入超 120 万元。作为我国第一部江南原生态文化的水乡实景演

两位昆曲演员准备表演昆曲折子戏《惊梦》。

出，2007 年至今几乎场场爆满。昆山市委宣传部部长许玉连说，这说明了文化旅游市场空间广阔，也生动印证"绿水青山就是金山银山"。

与周庄临近的同里古镇，正常每天迎来五六千名游客，而景区内还有一万多社区居民，两个群体互不干扰。"景区与社区合一，原住民也是风景的一部分，展示着地道的水乡生活方式。"同里国际旅游开发有限公司副总经理薛闰说，景区每年把旅游门票收入的一部分作为古建筑维护修缮资金，并且在符合古镇业态、保护水乡面貌的基础上经营文化创意商店和民宿客栈。

马林诺夫斯基认为，文化深深地改变人类的先天赋予，"文化在满足人类的需要当中，创造了新的需要，这恐怕就是文化最大的创造力与人类进步的关键"。那么，现代人"新的需要"究竟是什么？

梁实秋在《北平的街道》中写道："北平没有逛街一说……要散步么，就到公园北海太庙景山去。"那个年代逛公园是常事，那时候的人对自然有耐心，愿意花时间去体会自然的变化。像苏州这样，越来越多城市用心修补、拉近、维护与大自然的关系，创造更加宜居的环境，就是对新需要的极大满足。

一江秋色江南岸，十里恍然忘人间。最江南的苏州在与自然的相融中共生共长，生生不息的苏州模样成了世人向往的人间天堂。

（2020 年 11 月 9 日《新华每日电讯》，新华社记者刘亢、张展鹏）

苏式生活的诗意栖居

公元前 514 年，伍子胥"相土尝水，象天法地"，在吴王诸樊所筑城邑基础上扩建大城，苏州城由此奠基。2500 多年，时光流转，这方水土经岁月沉淀而出的城市格调和生活美学，已成为中国递给世界的一张精美名片。

日常中的江南韵，骨子里的中国范。记者日前驻足姑苏一月有余，游水巷、逛小桥亲历市井烟火，览园林听昆曲感受匠心雅致；在人间天堂的寻常起居中，体味属于这方水土的怡然舒适。

苏州树山村。

诗意日子

　　每个人心里住着不一样的苏州，情调是打开这座城的第一把钥匙。苏式生活的精致，纷呈于四季的不同时辰：烟花三月，是逛园子的好时节，泡上一杯碧螺春，在艺圃流连；正午钻进十全街寻一碗地道的三虾面，下午再到苏州博物馆看展，与文人雅客来一场神交；金秋时节，觅一处古戏台、温一壶黄酒、品一只肥蟹、听一段昆曲水磨腔、会一会久违的票友……

　　清风明月不须一钱买，小巷深宅人间情味在。精细的苏州人除了时令的享受外，更善于在城市空间细节上营造出情调，就连最日常的农贸市场也能铺陈出让人想象不到的格调。

　　穿过小桥流水人家的叶家弄，便能看见写着大大"双塔"二字的灯箱，这就是双塔市集。木质的柜台，规整的肉铺，清爽的水产摊，还有暖心的咖啡馆、小食肆、鲜花和文创小店……充满姑苏风情的市集，配上专业的灯光和现场布置，处处传递着苏州人的讲究。

　　在这个游客都愿来打卡的农贸市场，记者遇到了提着菜篮、散步前

游客在苏州山塘街休闲游玩。

来采买的李乾琳。小馄饨出锅，撒上虾皮紫菜，74 岁的老人有感而发：一葱一叶、一米一水，都是惬意的味道。

"一座城市最打动人的地方，有可能不是历史名胜或者商业中心，而是大家都离不开的菜市场。那里藏着一座城市生活美学的肌理。"姑苏区委书记黄爱军说，把寻常过得诗意，这是一座城的品位所在。

早市卖菱藕，小巷藏春秋。黄昏时分来到定慧寺巷，几位上了年纪的老人坐在巷口闲谈，远远听去，有所争执，又夹带耳语，随后继以笑声。未几，老人们起身，拱手作揖，消失在小巷深处。

这种苏州生活中最普通的场景，常让身居高楼的城市人触摸到久违

苏州博物馆。

的市井气。"海内美景多的是，唯有苏州能给我一种真正的休憩。我觉得苏州这个地名就自带柔情，每次从嘴唇轻吐这两个字，好像就有一户枕河人家的姑娘推窗望着你。"杭州一家民营企业人力资源负责人韩莉，坐在一间只容三五人的袖珍咖啡厅中，氤氲香气扑鼻而来。"苏州砖墙街石的沉静、小桥流水的婉转，让你常在街角巷尾被这份恬静打动。"

在苏州人眼里，自己的日子就像贝聿铭在家乡的"封笔之作"苏州博物馆 —— 简单而又纯粹、淡雅中有意韵，用最朴素的白描勾勒出世人心中的向往。

讲究精致

许多苏州人的一天，是从一碗面开始的。

霜降过后，沿常熟虞山北麓缓坡上行，来到已有千年的兴福禅寺。寺旁古树参天，依山势搭建的兴福老面馆掩映在绿荫间。清晨，吃一碗荤油面，品一杯虞山白茶，聊几句家常，是常熟市民黄健的习惯。在他看来，乡愁始于肠胃的思念，解于味蕾的享受。

"从晚清到现在，如果只能选择一种美食代表苏州，那唯有汤面。"在苏州大学方世南教授看来，面是苏州人性格的缩影：精致考究，毫不张扬，看似简单平常，却又意味深长。

作家陆文夫在《美食家》中，对苏州汤面之讲究浓墨重彩——"硬面、烂面、宽汤、紧汤，拌面，还有重青（也就是多放点蒜叶），免青（不要放蒜叶），重油（多放点油），清淡点（少放油），重面轻交（面多些，交头少点），重交轻面（交头多，面少点）……"苏州就像一位精巧聪慧的妻子，想要留住你的心，就先抓住你的胃。

苏州人讲究不时不食，即使是市井人家吃一块肉，也因四季不同而

苏州山塘街。

吃法各异 —— 谷雨时节春笋嫩，要拿过冬咸肉煲汤，叫腌笃鲜；春末

樱桃甜，要吃樱桃肉；夏季荷叶消暑，可吃荷叶粉蒸肉；秋天出产梅干

菜，自是梅干菜扣肉；冬天是蜜汁火方，外甜里咸，加火腿入味，讲究至极。

不单饮食，精致作为一种态度，浸润在姑苏的每个角落，已成为这座城举手投足的气质：设计缜密的苏州园林，亭台轩榭布局严整、假山池沼搭配有致、花草树木映衬得当，不经意间流露雅致之美；苏绣技法精妙，功夫尽在方寸之间，宛如"针尖上的奇迹"，常做国礼赠予外国首脑；苏作巧夺天工，镂空雕、圆雕、浮雕、嵌雕、阴刻多种工艺手法灵动呈现出"精、细、雅、丽"，独步于中国雕刻界……

早在明朝就有"良玉虽集京师，工巧则推苏郡"之说。确实，在杏化烟雨、水巷小桥的环境中，创作出来的作品天然带有细腻精巧的特点。丁家彭在制作二胡这条路上走了近40年，75岁的他有一项绝活——不用敲膜辨音，手指轻轻按上皮膜，就知道一把琴的音质，被业内人称之为"号脉"。"这是长期打磨中积累的经验，"丁家彭说，制作一把二胡需要120多道工序，考验的是耐心和精细。"将每一把二胡都当作待嫁的女儿精心打造，悉心栽培，务尽完美。"

从明朝建造故宫的苏州"香山帮"到今天亮相巴黎时装周的宋锦传人，从园林之秀、昆曲之雅到苏工之美、苏菜之精，无数惊艳时光的匠心之作，已让世人把"尚巧""求精"作为辨识苏州的城市标签。

放达怡然

　　这里的流水至清，这里的桃花浓艳，这里的弹唱有点儿撩人，这里的小食香甜，这里的女人娇俏，这里的茶馆太多，这里的书肆忒密，这里的书法过于流丽，这里的绘画难见苍凉遒劲，这里的诗歌缺少易水壮士低哑的喉音……这是不少文人对苏州的印象。

　　的确，苏式生活既没有宫墙高耸式的抱负，也不全是田园牧歌式的逃离，而是文人气息与商贸传统的奇妙混合体。创造繁华，也享用繁华；极入世，也极出世。苏州的哲学，允许你享用世俗生活的富足，亦能拥有精神世界的充盈。

　　两百多年前书生沈复和妻子芸娘的爱情故事，跨越时空、媒介，演变成沧浪亭里的实景版昆曲《浮生六记》。两大世界文化遗产完美融合，沉浸式戏曲时尚表达，让游客叹为观止。一曲出云霄，一梦入姑苏。其实苏式生活的真谛不单是物质的讲究，还有内心的舒缓与放达。

　　临近浩瀚太湖，绿化覆盖率达 98%，负氧离子平均值每立方厘米达 2200 个——"隐藏"于苏州高新区的树山村今年国庆假期接待游客超 3.24 万人次。"推窗见绿，望山见水，乡愁可寄。"规划师彭锐认为，城市运转节奏快、工作压力大，树山这样的地方好比嵌入城市的"舒缓器"，可以松弛城市节奏。

错落有致，疏密得当是城市与自然的和谐共生之道。留白已成为准则根植于苏州城市规划理念中。这座"最强地级市"寸土寸金，对于公共绿地和开放公园的投入不减反增，提出持续建设大型绿地。

鸟鸣虫叫，草木芬芳，置身昆山的城市生态森林公园，顿感清静幽雅，仿佛与周边的高楼大厦、车水马龙隔绝，事实上公园距市中心不足

观众在苏州市七都镇江村文化礼堂观看昆曲木偶表演。

4公里。人们视野看到物体中绿色植物所占比例——"绿视率",这一新概念正成为苏州城市建设新标准,城中有园、园中见城,江南水乡更加绿意盎然。

身心愉悦才是苏式生活的底色。测一测你的微笑指数,神奇的情绪识别系统……步入张家港市社会心理服务指导中心,社会心理科普馆、全民健心云平台、心理志愿服务孵化中心等一整套妙趣横生、寓教于乐的心理服务生态系统让记者大开眼界。

提升全民心理健康素养、完善特殊人群心理健康管理、促进校园心

苏州树山村。

苏式生活的诗意栖居

理健康发展……苏式生活从"心"开始。

绕着环村步道慢跑，守着农家小院种菜，乘着一叶扁舟在水巷摇荡……人们对陶渊明笔下田园生活的向往，恰是陶庐慢活艺术空间女主人汪涛在昆山计家墩理想村的日常。

汪涛来自四川。她在计家墩租了两块宅基地，开起一家以陶艺为主题的民宿。"我小时候生活在农村，对农村有特殊的感情。"汪涛希望自己的两个孩子也能在稻田里奔跑，拥有一个捉蜻蜓、听蛙鸣的童年。"无论你来自何方，在苏州，都可以慢下来，回到生活本来的模样。"

深秋时节，记者来到同里古镇退思园，漫步至园内名为"天香秋满"的小天地，看见墙上写有"留人"两字，形如一脚跨出，又被轻轻拽住，若加两点，正是一个"心"字，因此常被人解读为人留不住，留心亦可。对于苏州，对于苏式生活，更多的人无法做出像汪涛一样的选择，或许只能把这里作为心灵驿站，寄放对美好生活的想象。

品人间烟火，闲观万事岁月。在苏州，我们不是过客，是归人，这里有我们的精神原乡。

（2020 年 11 月 16 日《瞭望》，新华社记者刘亢、刘巍巍）

世人向往的
一生之城

  苏州定慧寺初建于唐。相传宋代文学家苏轼常去寺中,与守钦禅师以禅相参、以诗相和,十分融洽。这位创制东坡肉的资深"老饕"应该无法预料,千年后定慧寺旁一家菜场竟引得无数人慕名而来。

  这就是双塔市集。"一起逛菜场,从青葱岁月到白发苍苍""再简单的食物都有自己的灵魂"……走进菜场,各种文案弹幕般飞舞。除了卖菜,还有各种小吃点心,咖啡馆、酒馆、书店、花店、杂货铺一应俱全,甚至开设艺术作品展览区。

  世间烟火味,最抚凡人心。苏州常住人口超过 1550 万人,半数以上为外来人口,改造菜市场是众多重点民生项目之一。如何将"以人民为中心"理念贯穿城市建设全过程?怎样从日常细微处入手让市民的衣食住行获得更多便利?怎样求得"最大公约数"激发社会活力? 记者调研一月有余,在街头巷尾寻找人间天堂让人心仪所在。

从居住到宜居：
城市让生活更美好

有烟火气息的事物总让人心生暖意，墙角晒太阳的猫、街头跳十字格的孩子、公园里执手慢行的老夫妻，当然也少不了菜场的吆喝和讨价还价声。苏州农贸市场很多，但近年来受超市、便利店、电商乃至流动商贩夹击，交易量日渐萎缩。

"布局和配置不尽合理，盈利模式单一，面对竞争缺乏有效应对。"姑苏区经济和科技局副局长张杰说，基础设施老化破损、功能分区不合理是传统农贸市场的"通病"。以三元三村市场为例，作为典型的社区小型菜场，这些年买菜的人越来越少，经营户随之锐减，高峰时一百多户如今只剩下十几户。

迎着早晨的第一缕阳光，去为家人寻觅新鲜食材，本该是一天中的美好时刻。

为了改善菜场环境、"匹配"买菜时的心情，姑苏区2019年年初启动"规划新建，改造升级，整治规范，业态提升，关停转向"的系统工程，按照每个菜场的特点，分类施策，让其从内到外焕然一新。

中央空调、新风系统、全自动检测仪陆续到位，配置有机垃圾无害化就地处理房；新辟便民服务中心，引进修鞋、理发、织补等"老行当"；用苏式花窗、市井人物画等点缀菜场，菜香中增添"文化味"，双塔市集甚至搭起小舞台，皮影戏、魔术等表演引人驻足。

"逛菜场不再是大爷大妈的专利了。"双塔市集蔬菜摊主何云介绍，菜场早上4点半开门、晚上7点结束营业，改造后来买菜的年轻人明显增多，如果算上闲逛和吃饭的游客，一天下来总数远远超过老年人，"环境好、人气旺，有时恍惚觉得自己是在景区工作。"

傍晚，居民在张家港市永联村金拇指广场跳广场舞。

包括姑苏区在内，苏州各地近年来陆续加大投入，推动菜场升级改造。"菜场有温度，民生底色才有亮度。"苏州大学社会学院教授宋言奇说，菜场不仅保障基本民生，更承载着对未来城市的想象，越是富有烟火气的地方，越能感受到民间力量的勃勃生机，"改造不仅是设施配套升级，也彰显当地文化特色与人文关怀。"

菜场升级、老旧小区改造、农村人居环境整治、厕所革命……苏州市市长李亚平说，苏州在谋求高质量发展中尤其注重实现"人民生活的高质量"，民生支出占一般公共预算支出的比重连续多年超过四分之三，近年来每年安排民生实事超过 30 项。

苏州 2018 年年底建设用地总规模已达 388 万亩，对照"2020 年 384 万亩"的既定目标，开发强度趋于极限。"寸土寸金"背景下，推进民生工程却不遗余力：

"十三五"以来，保障性安居工程开工建设 8.8 万套，超额完成江苏省政府下达的目标任务；16 个城镇老旧小区改造试点顺利进行；千名老人拥有养老床位数 47.8 张，比例居全省前列；累计投入逾 5 亿元，新改建市政环卫公厕近 1500 座。

苏州多位地方党政领导对记者提到，以往城市规划侧重生产性功能，现在更多考虑如何满足人民群众对美好生活的需要，比如打造"十分钟文化圈""十分钟体育健身圈"，让城市更加宜居宜乐。

许海英今年 61 岁，每天到社区免费开放的舞蹈房和姐妹们练舞，屋里开着空调，软木地板等设施齐全，旁边有图书馆和健身房。她说舞伴们以前是工人或农民，没想过老了能享用这样的环境，"借用现在流行的话，我们是乘风破浪的婆婆！"

"老苏州"毛留娣比许海英还要大十几岁，老伴去世后没有收入来源，2018 年被纳入低保救助。

老人最近特别开心，7 月 1 日起苏州再次提高各类社会救助标准，其中城乡居民最低生活保障标准从每月 995 元提高至 1045 元，在江苏省率先突破千元。"政府帮我们解决难题，生活在苏州很幸福。"毛留娣说。

今年受疫情影响，苏州加大了对困难群体的扶持力度。3 月至 6 月，每月物价补贴标准提高 1 倍发放，截至目前累计对 18.29 万人次困难对象发放补贴 4041.69 万元。对受疫情影响无法外出务工、就业，收入下降导致基本生活困难的城乡居民，符合条件的及时纳入低保，确保"不漏一户，不落一人"。

富民增收是实现共建共享的基本路径，也是高水平全面建成小康社会的重要目标。截至 2019 年年底，苏州城镇、农村居民人均可支配收入分别达到 6.86 万元和 3.5 万元，年均增速均超过 GDP 增速。

"十三五"以来年均新增就业 17 万人，城镇登记失业率均控制在

2% 以内。苏州城乡居民收入比连续多年稳定在 2 ∶ 1 以内，是全国城乡差距最小的地区之一。

富了口袋，还要"富脑袋"。苏州书店多，尤以诚品书店声名远扬。作为台湾诚品在大陆的第一家分店，被打造成了一个集文化、表演、艺术、商业、观光等跨界的创意平台。2015 年刚开业时，仅 20 天访客突破百万人次，即便当下实体书店受到互联网冲击，每天依然很多人前来品味书香。

苏州张家港城市书屋。

苏州拙政园。

苏州还是继北京、上海之后，唯一同时拥有交响乐团、民族管弦乐团、芭蕾舞团的城市；图书馆、美术馆、博物馆总数位居全国第一方阵，苏州博物馆成为全国 8 大优秀博物馆中唯一的地级市博物馆。

粉墙灰瓦、飞檐翘角，玻璃窗外山峦环绕、绿竹挺拔、流水潺潺，作为贝聿铭大师献给家乡的心血之作，苏州博物馆新馆建筑本身就是一件珍贵艺术品。

苏州大学副教授林慧平从 2011 年起一直利用周末时间去苏博当志愿讲解员，她说苏博和苏州园林、昆曲等一样，成了苏州人放松身心或招待外来亲友的"标配"，"城市让生活更美好。在苏州生活很美好。"

从白领到蓝领：
"新苏州人"的心安处

因为谐音"我爱你"，5月20日被看作适合表白的日子。今年的这一天，苏州发布《关于建设劳动者就业创业首选城市的工作意见》，宣布每年遴选1万名"最美劳动者"，按技能提升拓展的培训补贴标准给予每人同等奖励，3年累计不超过1万元。

10月27日苏州兑现了"诺言"，数百名普通劳动者作为一万人的代表，身披绶带接受表彰。江苏省委常委、苏州市委书记许昆林表示，广大劳动者投身疫情防控一线、推动复工复产，为夺取"双胜利"贡献了宝贵力量，"要以本次活动为契机，在全社会大力弘扬劳模精神，让苏州大地上涌现出更多的'最美劳动者'。"

今天的苏州，每小时可以创造2.1亿元的地区生产总值、4000万美元的进出口、新增49家市场主体。庞大的市场主体数量、飞快的运转节奏，需要依靠无数外来务工者支撑。相关人士提出，过去各个城市的支持政策大多面向高精尖人才或外商，一线蓝领工作者受关注度相对较少，苏州的新举措力度大、"有创意更显诚意"。

　　此心安处是吾乡。为了给"新苏州人"提供更优质的公共服务，苏州计划3年内筹集建设低租金、小户型的政策性租赁住房10万套（间）；年内新建、改扩建幼儿园、中小学等40所，新增学位4.81万个，确保符合条件的外来劳动者随迁子女同等接受义务教育。

　　19岁从技工学校毕业后，徐维贵就来到富士康集团鸿准精密模具（昆山）有限公司，从事模具和自动化设备的加工。9年刻苦磨炼，在江苏省首届技能状元大赛中勇夺单项第一名，之后又获得江苏省有突出贡献中青年专家等荣誉。"每个人都有发光出彩的机会。庆幸在苏州开

游客在苏州平江历史文化街区休闲游玩。

始职业生涯。"他说，苏州很包容，他愿意在这里一直当"匠人"，用"工匠精神"去鼓舞带动更多年轻人。

近年来，昆山市锦溪镇计家墩村引入文旅机构，进行整村改造，吸引了众多青年前来创业，目前已聚集 13 家民宿，吸引近 10 万的年游客量，带动当地 150 余人就业。在民宿"溪地清舍"，记者不经意问起前台几位工作人员的家乡，竟来自 5 个不同省份。他们笑言以前去大城市工作，现在来农村打工，感觉也很好，因为苏州环境好、对外地人包容性强。

一面关爱"铺天盖地"的一线劳动者，另一面依旧加大力度招引"顶天立地"的高端人才。7 月，在第十二届苏州国际精英创业周暨首届"苏州科学家日"活动上，国家最高科学技术奖获得者钱七虎和国家血液系统疾病临床医学研究中心主任阮长耿被授予了"苏州科学家勋章"。

作为招才引智的"金字招牌"，苏州国际精英创业周已连续举办 12 届，引进、培养的国家级重大人才占苏州总量一半以上。今年苏州还首次发布科技攻关"干将铸剑榜"榜单，邀请海内外顶尖人才"揭榜"，涉及项目 33 个，悬榜金额超过 81 亿元。

在苏州采访，记者走过高新区的学森路、景润路，昆山的祖冲之路和杜克大道，尊重人才的气息扑面而来。苏州求贤若渴，以最新启动

的材料科学姑苏实验室项目为例，规划投入 200 亿元，打造材料领域的国家实验室，预计 5 年内还需要 1000 名以上高端创新人才。

苏州是改革开放的前沿阵地，以开放而兴、因开放而盛，"新苏州人"自然还包括世界各地的就业创业者。目前苏州已集聚外资企业超 1.7 万家，世界 500 强中 153 个投资 400 多家企业，常住外籍人口超过 2 万人。2016 年起苏州连续入选英国"经济学人"智库发布的全球宜居城市排行榜，2019 年再次成为中国大陆最宜居城市。

品尝外脆里嫩的德式猪肘、小麦香醇的黑啤，还有种类繁多、鲜香味美的香肠，邻桌坐着三三两两的德国人，这样的"画风"在太仓很寻常。太仓是苏州的县级市之一，春秋时期吴王在此设立粮仓，"天下粮仓"由此得名，但如今"德企之乡"的名头更响。

落户企业累计逾 350 家，年工业产值超 500 亿元，亩均产值、利润、税收分别达 1400 万元、150 万元和 110 万元——这是德国企业在太仓的最新成绩单。在中国已生活 22 年的太仓德国中心董事总经理马悌思认为，政府"点对点"的服务系统，"上海下一站"的地理优势，吸引德企源源不断入驻，当然还有"很德国"的生活氛围。自 2006 年开始，太仓每年举办德国啤酒节，既提供原汁原味的啤酒，还有浓郁风情的文娱表演。

舒心的营商环境、美味的食物，日本企业参天制药苏州工厂负责人杜春颖同样被这两样东西打动。参天是全球知名眼科专业制药公司，2020 年年初决定继续增资苏州。杜春颖说公司地处工业园区，本就以营商环境好著称，更吸引她这个"北京大妞"的是，苏州虽是地级市，新光天地、久光百货、永旺超市等一线品牌都有，包括在日本很有名的山崎面包，"这个城市每天都在变化，非常吸引人。"

"星巴克指数"是反映一个地区经济活力和投资环境的重要指标。苏州有近 200 家星巴克门店，数量位居全国前列。今年 2 月 13 日，苏

游客在苏州博物馆内选购各类文创产品。

州工业园区市场监督管理局收到上海星巴克咖啡经营有限公司的感谢信。星巴克在园区有 55 家门店，审核进度差距大，导致整体复工缓慢。园区相关部门接到诉求后，迅速研究合理方案，当天解决了问题。今年 3 月，星巴克中国"咖啡创新产业园"入驻昆山，一期投资 1.3 亿美元。这个集咖啡烘焙、智能化仓储物流于一体的产业园是星巴克在美国本土外最大的一项生产性投资。

来自美国的内森在苏州生活了近 10 年，目前在一所中学担任外籍教师。能说一口流利中文的他，给自己起的中文名叫"苏平"，给妻子、孩子也起了以苏为姓的名字。他注意到，疫情期间苏州的信息通报，提供英语、日语、韩语等各种版本，尽可能照顾到每一个外籍公民，"在这样的城市，安全、安心。"

苏州有座虎丘塔，斜斜地耸立了千年；苏州有栋国金中心，高耸云霄 450 米。一座城市，两处登顶，可感受古韵今风。同样，一座城市，不同省份甚至不同国家的人，也可看到别样风景。

从健身到健心：
"全周期"锻造城市韧性

　　城市作为人类文明和社会经济的载体，在不同的时代，总会面临不同的机遇和挑战。疫情让人们重新思考，如何让城市更加健康安全？

　　健康是民生工作中的重中之重。苏州近年来着力提升医疗资源数量和质量，至 2019 年全市人均期望寿命为 83.82 岁，比 2015 年提高 0.95 岁，登记注册的卫生机构、实际开放床位等均有明显增长。但面临前所未有的疫情冲击，仍然暴露出公共服务、社区建设等方面的不足。

　　"当前城市建设的短板在健康、安全和基层民生保障，也是影响可持续发展的主要因素。"中国城市规划设计研究院院长王凯说。

　　对突发性公共卫生事件的处置，反映出城市空间布局是否合理、组织动员是否顺畅，还有经历危机后能否尽快恢复正常秩序，这些"韧性指标"在未来城市规划中需得到更多体现。

　　新冠肺炎疫情让韧性城市话题受到越来越多的关注。"韧性"以往体现在洪水、干旱、地震等自然灾害领域，缺少对传染病等公共卫生突

发事件的研究和规划。

相关人士认为，未来既要周密布局基础设施、物资储备等"硬资源"，更要悉心培育公民科学素养、社区组织动员等"软实力"。

苏州在补强卫生设施上有"大动作"。市太湖新城医院、市妇幼保健院、市立医院康复医疗中心等6个项目近日集中开工建设，总投资近80亿元。

江苏省卫生健康委主任谭颖表示，苏州是江苏卫生健康事业改革发展的创新策源地，希望以此次开工为新契机，提升卫生服务和管理质

一名社区义工正在辅导孩子们垃圾分类的知识。

量，建设"现代化区域卫生健康新高地"。

苏州常住人口有自身素质高、收入水平高、需求层次高的"三高"特点，市民的需求不仅是"能获得"，还要求"能选择"。按计划，"十四五"时期苏州三级医院数量将再增长50%、三甲医院新增10家。

记者采访了解到，从"十四五"开始，苏州关于城市基础设施、交通通信、食品物资等要素的建设规划，不仅考虑到城市日常生活的需求供给关系，更考虑在重大突发事件下各种资源的承载力。特别要借助大数据技术进行评估分析，判断是否存在供给缺口或冗余，保障重大风险灾害时期的正常生活。

除了身体健康，心理健康同样不能忽视。一项名为"全民健心"的工程正在张家港市铺开。社会心理服务指导中心掩映在绿树丛中，这里建成了社会心理科普馆，开通了全民健心云平台，成立了心理志愿服务孵化中心，形成了一个完整的心理服务生态系统，也是当地市民心中的"开心驿站"。

以张家港为代表，苏州探索实现全民健身到"健心"。作为全国社会心理服务体系试点城市，制定《苏州市社会心理服务体系建设试点实施方案》，提出到2021年，依托县级市（区）、乡镇（街道）、村（社区）三级综治中心等，规范设置心理咨询室或社会工作室，统一标识、统一流程，建成率达100%；还将建立社会心理专业人才、社会心理咨

询人员、社会工作者、志愿者等四类人才库，有条件的地区可设立心理健康科普体验馆。

王禹是苏州市卫生健康委应急与后勤管理处处长，1991年毕业后一直坚守医卫战线，在"非典"和新冠疫情中，均全程参与了防治工作。他说从这么多年一线经历看，全方位提升城市韧性，更从容应对各类危机，需要提升群众的科学素养，并且进一步涵养成熟的民众心态。

多位相关人士都提到，让所有群体最大限度地分享经济增长和社会发展的成果，才能增加归属感与认同感，从而更好建立共同抗击风险的情感联结，增强社会组织动员能力。

在共建共享上，苏州各地一直积极探索：高新区枫桥街道绝大多数为外来人口，基层治理压力大。街道开发出以"住枫桥"App为核心的智慧服务模式，将工作人员、服务、职责下移至社区，通过网格化治理和信息化管理，减少群众办事环节，提高服务效率。

姑苏区既是中心城区也是老城区，面临社会治理"老大难"（基础设施老、服务压力大、基层治理难）的困境。在成功创建全国社区治理和服务创新实验区基础上，2019年开展美好社区创建，提出"整洁一点、有趣一点、便利一点、温馨一点、安全一点"，量化民生诉求，尽可能创造更加宜居的环境。

上图为 1983 年拍摄的群众在张家港街头打扫卫生；
下图为 2020 年拍摄的张家港市民在志愿者的帮助下
进行垃圾分类。（张家港市委宣传部供图）

苏州树山村。

相城区搭建民主协商平台，调动群众主动参与社区治理，体现"我的事情我做主"。近日，一场关于日间照料中心建设事宜的会议在相城区冯梦龙村举行。"建日间照料中心想法好。但好事要办好，得有专人管。""中心准备提供哪些设施和服务，是否涉及定价，还有安全问题，都要考虑周全"……小小方桌旁围坐着20多位村民，你一言我一语热烈讨论。

冯梦龙村村书记董明明介绍，村里挖掘《喻世明言》《警世通言》《醒世恒言》中的法治内涵和元素，创新村民议事、党员评事、律师询事、法官断事"四事"工作法。"农村新问题多，决策实施前充分听取村民意见，好好商量，基本上问题都好解决。"今年以来，村庄防疫封路设卡、保洁考核办法、民宿农家乐补贴政策等都在共同协商下顺利推进。

冯梦龙 61 岁时从苏州出发，走了半年多时间才到福建寿宁，成为一名"花甲县令"。虽然寿宁非常偏远，但冯梦龙非常高兴，因为可以为老百姓做一些事情。

"我们传承冯梦龙精神，就是要更好地为民谋福。"董明明说。

相城位于阳澄湖畔，2500 多年前伍子胥曾在此"相土尝水"选择城址。城市面貌虽然日新月异，但不变的是老百姓生活怡然自得。对于所有新老苏州人来说，苏州就是"相中之城"。

时值深秋，满城桂花香正在淡去，银杏开始了一年中最华丽的篇章。定慧寺门前两株古银杏，枝叶茂盛，一身金黄，微风吹过，落叶纷飞，这是苏州金秋的标志景观。

秋后的苏州更成了"月台花榭，琐窗朱户"的姑苏。住在诗画里的苏州亦有市井烟火，"布衣暖，菜饭饱"，还能"一室雍雍，优游泉石"这种逍遥惬意成就了属于这座城的人居格调。

"上有天堂，下有苏杭。"经千年岁月沉淀而出的城市性情和生活美学，让苏州成为世人向往的一生之城。

（2020 年 11 月 9 日《新华每日电讯》，新华社记者刘亢、张展鹏、杨丁淼）

共建共享的
宜居小城

昆山的热度，即使没有去过也大多有耳闻；但它的温度，需要实地体验才能感受：90多万本地人和180多万外来人究竟怎样生活？城乡还有多大差别？社会弱势群体得到哪些保障？

记者实地采访了解到，昆山把群众的获得感作为评价政府工作的重要标准，聚焦民生小事，精细化实施，不断缩小贫富差距，弥合城乡鸿沟，努力把共享理念厚植于城市发展中。

从"有居"到"宜居"

"道路修缮扩宽了，车位重新调整了，每个单元都安装了楼道门和监控系统，老人和孩子都有了活动场地……看，我们小区变得多漂亮！"中华北村居民苏凤宝和邻居们拉着本刊记者参观，幸福溢于言表。

激动是当初委屈的释放。几年前，苏凤宝的孙子要结婚，儿子和他商量要卖掉中华北村的房子，到附近商业小区买一套婚房。"儿子说，就中华北村的房子，姑娘都不愿意嫁过来。"

中华北村属于昆山较早建成的动迁安置小区。房屋建筑破旧、停车混乱，一下雨满地积水，而且乱搭乱建，群租现象严重。2018年9月，昆山各级财政投入约7000万元改造中华北村。改造工程打破以往政府部门、建设主体、设计单位、建设单位的"闭环"，改为实地走访、考察，充分听取和采纳居民的意见建议。

包括中华北村在内，2018年昆山启动改造老旧小区27个，惠及居民1.4万户，2019年还将改造17个老旧小区。"群众需要什么就完善

三名志愿者在社区内打扫卫生。

什么。"昆山市住建局老小区改造办负责人潘隽说，改造不止于外观形象，更在于解决停车、地下排水、屋面渗水等"难点""痛点"。

昆山花了数年时间打造出"15分钟生活圈"，主城区内步行15分钟必有公园绿地。截至今年上半年，全市范围建成各类公园160个，其中 5 公顷及以下小游园 106 个，下半年计划再完成新建、改建小游园 25 个。

社区卫生机构同样 15 分钟步行可达。2017 年昆山全面启动实施基层卫生管理体制改革，迄今共新改扩建 33 家社区卫生机构，并努力搭建"绿色通道"，通过电话、QQ、微信，为患者提供就医咨询和用药指导服务。

昆山市市长周旭东认为，民生工程涉及面广，群众期盼高，要在看得见、摸得着的民生实事上下功夫，让老百姓生活更加便利，真真切切增强幸福感和获得感。

对弱势群体的救助保障，是城市的民生底线。昆山将"因病因残家庭致贫返贫"作为兜底保障重点，推动生活救助、医疗救助、就业救助与乡村振兴有效衔接，构建"大救助、大协作、大联动"现代社会救助政策保障体系。实施精准帮扶政策以来，困难救助对象减少了 1333 人，降幅 33%；发放大病医疗补贴 7160 万元，惠及 16877 人；帮助病残困难家庭解决就业 67 人。

杜举良出生于 1949 年 10 月 15 日，与新中国"同龄"。他感慨昆山这些年变化太多，比如小区改造、厕所革命、口袋公园，等等，都体现了一心一意为人民谋福利。"民生工程要花不少钱，昆山肯把钱用在老百姓身上，是让我们分享经济发展的成果。"

2023 年 7 月 6 日，游客在苏州平江历史街区休闲游玩。

游人在苏州平江历史文化街区休闲游玩。

城乡"几无差别"

红花绿树环绕着翻建的漂亮农房,河道碧波荡漾,岸边绿树成荫,垃圾桶摆放得整整齐齐……走进淀山湖镇六如墩村,难以把眼前场景和农村的传统形象联系起来。"如今在村里生活一点不比城里差,空气好、环境美。"村党总支书记陆志斌说。

通过农村人居环境整治,昆山涌现出一批环境优美、配套齐全的村落。市农业农村局提供的数据显示,实施整治工作以来,各区镇累计投入6000万元,用于新建、改造公厕,以及新建生活垃圾就地处置站,另投入5.6亿元实施清水工程。

早在2002年,昆山就开始探索城乡发展一体化,把931平方公里市域作为整体来规划,强化城乡联系和市域整体意识,从城市核心区、城市副中心、特色镇、新型社区、自然村落五个层面来推进建设。

如今的昆山,累计建成300多个城镇及农村社区公共服务中心,广大居民在家门口便可享受行政管理、便民服务、文化体育、医疗保健的便利。

为彻底打破城乡二元制度鸿沟，昆山不断有创新性制度安排：2003 年在江苏率先取消农业户口和非农业户口的区分，2004 年实现农民与城镇职工一样"刷卡看病"，2005 年允许农民通过灵活就业参保平台纳入城保，2008 年实现低保标准城乡并轨。

实现城乡一体，还需持续推进乡村产业振兴。武神潭村依靠养殖阳澄湖大闸蟹，种植有机蔬菜，发展乡村旅游，2018 年实现村集体收入 570 万元，农民人均纯收入达 3.5 万元。

昆山是全国首批新型职业农民培育试点县市。2017 年 5 月，王素

读者在张家港市柏林村农家书屋内阅读。

苏州北寺塔。

娟与丈夫辞去工作，入驻昆山淀山湖现代农业示范园，注册成立农业科技公司，种植蝴蝶兰。她说现在做农业不再是面朝黄土背朝天，要讲科技含量，善于经营管理。

"我告诉女儿，以后有人问起我们的职业，直接说'新型职业农民'就好。"在王素娟心中，"农民"已经成为值得一说的体面职业。

幸福昆山"不见外"

对于昆山百余万外来人口来说，2004 年有特殊意义：这一年，昆山发行了一本《昆山新市民幸福指南》，并将"外来人口管理办公室"更名为"新昆山人工作委员会"，由过去强调外来人口不能做什么，转变为督促政府部门去为外来人口多做些什么。

43 岁的蒋宝娣来自安徽泾县，在昆山已经生活近 20 年，一直在朝阳新村开小超市。"两个孩子也都在昆山读书。今年 3 月，我们一家已经正式落户了。"蒋宝娣说，"买房、积分都能落户。很多新昆山人选择在此扎根。"

如何让随迁子女享受教育公平，是昆山着力解决的重要课题。为解决供需矛盾，仅"十二五"期间就投资 69 亿元，新增学校 83 所，新增学位 9.3 万个；经过充分调研、论证，推出积分入学制度，积分包括房产年限、参保年限、遵规守法等指标。对未能取得公办学校就读资格的非户籍常住人口子女，昆山想方设法"统筹入学"，尽可能安排到民办学校。

昆山还注重打造平等的就业环境。市人社局相关负责人介绍，将符合条件的外来劳动者纳入一次性开业补贴、创业租金补贴、创业社保补贴等政策范围。另外，2018 年起凡符合条件的外来劳动者均可享受 1000—2000 元不等的失业保险支持技能提升补贴，以实现能力素质提升。

昆山当地网络论坛曾经发起"如果没有新昆山人，昆山会咋样？"讨论。虽然有人认为外来人增多给城市管理带来一些挑战，但是更多市民认为，如今的昆山，从衣食住行，到企业发展，再到城市建设，已经离不开新昆山人。昆山需要"新昆山人"。

张浦镇新巷社区是流动人口聚集地，也是国家级首批流动人口社会融合示范社区。胡荣祥是社区退休党员，作为异乡人，他经常被社区邀请参与各项活动，"小区里没有当地人和外地人之分，一起努力把自己的家园建设得更加美好。"

昆山市委书记杜小刚说，之前取得的成绩，离不开新昆山人的付出和奉献，应聚焦"入住""入职""入学"等关键点，让新昆山人得到均等服务，找到心灵归属，由此将这里视为能够长期工作和生活的"一生之城"。

（2019 年 9 月 23 日《瞭望》，新华社记者刘亢、张展鹏、刘巍巍、陆华东）

好风景孕育出
好前景

　　"江南好，风景旧曾谙。"曾任苏州刺史的唐代诗人白居易深情忆江南，怀念的不仅是自然风光，还有此间的人文风情。以苏杭为代表的江南城市，有古城的小桥流水，也有新城的活力时尚；有人文的华章璀璨，也有自然的山水形胜。人文与自然交相辉映，生产、生态与生活相融共生，不断滋养满足着人们对美好生活的向往，正是好风景孕育了好前景。

　　传承文脉，保护生态才能永葆好风景。2500多年历史的苏州古城内，建筑限高24米等保护红线，被以几十年如一日的定力坚守下来，让苏州得以保藏这份人文根脉和城市灵魂，持续凝聚着世人对江南水乡的向往。苏州古城外，西临太湖、北接长江的山脉水系，被一一造册，以专门方案维护、扩容，让"城在山水中，山水在城中"的城市特色更

在苏州市吴江区同里古镇的一处民宿，游客在喝茶休闲。

加鲜明。文化氛围浓、人居环境好，还能长长久久保持下去，这当然是市民心头的城市好风景。

　　好风景变成好前景，需要以人为本打造"人民满意的城市"。在苏州，政府把 80% 以上的一般公共预算支出投入民生领域。任何人只需下载一个 App 就能免费借阅全市图书馆的书籍；为让初来者更快融入，政府承诺"你只需要一个背包，其他'包'在苏州身上"。在良好的人文和自然环境中，不断探索实践以人为本的城市治理，将吸引更多怀揣梦想的创新创业者聚集，创造更多好前景。

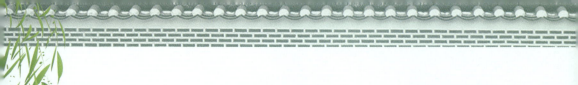

苏州博物馆。

好风景与好前景和谐共生，需要不断融合生产、生活与生态，协同经济、人文与自然。当前，完整、准确、全面贯彻新发展理念，推动实现高质量发展，是实现中国发展好前景的必然要求。以苏杭为代表的江南城市，正全面践行习近平新时代中国特色社会主义思想，不断调适优化产、城、人的城市空间结构，不断增益城市自然生态涵养能力，不断提升居民获得感、幸福感、安全感，持续探索推进经济、人文与自然的协同发展。把千百年延续而来的人文自然好风景，变成人们可观可感的生活好前景，不断绘就中国特色社会主义现代化的现实好图景。

从人文与自然好风景，到生活发展好前景，是每一个人的向往，更离不开每一个人的努力。无论是自然环境、文化古迹的保护，还是城市的发展治理，共建共治才有共享。人人参与贡献智力与汗水，才能共筑一座座承载光荣与梦想的文明之城。

（新华社南京 2023 年 6 月 4 日电，新华社记者杨绍功、朱筱）

人文与经济共生共荣

一座姑苏城，半部江南诗。

打开这座"最江南"的城，可以用截然不同的方式，就像苏绣中的至品双面绣。

"我慕名而来，昨天看了苏州工业园区，今天又来看了苏州的优秀传统文化。"6日上午，习近平总书记走进有2500多年历史的平江路，感受古城之韵。前一天下午，总书记甫抵苏州，乘车前往马上"三十而立"的苏州工业园区，考察创新发展。

在苏州采访，有一种突出的感觉：过去从未走远，未来无限可能。

平江路入口处的展厅，展板上，一幅刻制于南宋年间的《平江图》，清晰展示着八百年前平江府的平面轮廓和街巷布局。总书记走近前，细细端详。

展厅另一侧，是一幅视野开阔的俯瞰图——一头是古城最高点，

苏州工业园区金鸡湖畔景色。

始建于南朝梁时的北寺塔，另一头是苏州工业园区拔地而起的城市新
地标。

　　古城，脉络肌理未变；新区，高楼大厦林立。古今同框，新老对
望，这是人文底蕴与时代潮流兼备的独特风景。

　　走进苏州工业园区展示中心，一种科技感、未来感扑面而来。

　　明亮的展厅里，苏州在高端装备制造、新一代信息技术、纳米新材

料、生物医药等领域的"明星产品"琳琅满目。

方寸天地、指尖乾坤，在高精尖技术领域，以有限造无限的功夫被发挥到了极致，与苏州人"一石代山、一勺代水，以小观大、含蕴天地"的园林造景艺术颇有一脉相承之意。

还有这些直观数据展示的产业之城、创新之城、开放之城的"硬实力"：苏州2022年GDP达2.4万亿元、全国第六；规上工业总产值4.36万亿元、全国第二；高新技术产业产值占比高达52.5%，科创板上市企业50家、全国第三；累计实际使用外资超1500亿美元、全国第三……

考察中，总书记深刻道出他的苏州印象："苏州在传统与现代的结合上做得很好，这里不仅有历史文化的传承，而且有高科技创新和高质量发展，代表未来的发展方向。"

正因"结合"，打开了新的空间，创造了新的可能。

阳澄湖畔景色。

传统与现代、历史与未来、文化与科技、人文与经济，本就可以共生共荣。习近平总书记对这一问题进行着长期深入的思考。

　　翻开《之江新语》，《文化是灵魂》这篇文章中说：

　　"文化赋予经济发展以深厚的人文价值"；文化的力量"总是'润物细无声'地融入经济力量、政治力量、社会力量之中，成为经济发展的'助推器'、政治文明的'导航灯'、社会和谐的'黏合剂'"。

　　另一篇《"文化经济"点亮浙江经济》，则深刻阐释了"文化经济"的概念：

　　"所谓文化经济是对文化经济化和经济文化化的统称，其实质是文化与经济的交融互动，融合发展。"

　　党的十八大后，从指出"满足人民日益增长的美好生活需要，文化是重要因素"，到强调"推动高质量发展，文化是重要支点"，再到要求做好经济工作必须"敬畏历史、敬畏文化、敬畏生态"……经济发展

和文化繁荣相融互促、相得益彰的发展之道，更加鲜明。

观乎人文，以化成天下。苏州，是读懂人文经济学的绝佳样本。

在平江路，当地负责同志自豪地向总书记细数苏州的文化遗产：

苏州园林、大运河苏州段，昆曲、古琴、宋锦、缂丝、香山帮传统建筑营造技艺、苏州端午习俗、碧螺春……精工细作，垒筑起"虽由人作，宛自天开"的鼎盛人文。

"'百步之内，必有芳草'，这句话可以用在这里。"总书记形象地点赞。

在街边一家商铺内，总书记见到了苏绣代表性传承人卢建英。看

苏州观前街"姑苏八点半"活动。

着心静如水地飞针走线，听闻四代人传承的故事，总书记十分感慨：

"中华文化的传承力有多强，通过这个苏绣就可以看出来。像这样的功夫，充分体现出中国人的韧性、耐心和定力，这是中华民族精神的一部分。"

一番话阐明了自古以来中国人血液里不变的根、本、魂，流贯的意、蕴、脉，传承的精、气、神，"不仅要在物质形式上传承好，更要在心里传承好"。

历来手工业繁盛的苏州，厚文之"道"与精工之"技"融为一体，造就驰名中外的苏工、苏作。精密的高科技和细致的传统工艺一样，需要的是"致广大而尽精微"的功夫。

"苏工、苏作就是当年的'专精特新'。"采访中，一名当地干部的话给人启迪，也总会听到一些充满辩证关系的表达，比如"苏州人说的是吴侬软语，干的事却很'硬'""听着《声声慢》的评弹，酿出时时争第一的城市气质""有不达目的、誓不罢休的决心，更有达到目的、为了更高目标仍不罢休的韧劲"……

文脉千秋贯，江河万古流。文化的表现形式或有不同，内在灵魂始终如一。

经济发展以社会发展为目的，社会发展以人的发展为归宿，人的发展以精神文化为内核。

一名观众在使用放大镜观察苏绣的细节。

　　"城，所以盛民也。"这是总书记曾引用过的一句古语。

　　平江河边、大樟树下，碧螺春茶飘香，琵琶三弦，曲乐悠扬，吴侬软语，百转千回。总书记饶有兴致地同当地居民和游客一道欣赏评弹表演，一曲唱罢，总书记带头鼓起掌来。

　　"住在这里很有福气。"总书记笑着同大家说。

　　平江街道钮家巷社区党委书记张英缨就在人群中，听到这句话心头一热。15年来在古城里工作的往事，涌上心头：从古建老宅保护修缮，到协调处理街坊邻里的家长里短……辛苦指数，换来老百姓的幸福指数。

老百姓的口碑，往往是沧桑巨变中里程碑的缩影。人群中，喊出"幸福！""开心！"的由衷之语。

"仓廪实而知礼节，衣食足而知荣辱。"人文经济，归根结底是要体现以人民为中心的发展，是推进物质文明和精神文明相协调的现代化的应由之路，也是人类文明新形态的鲜活实践。

见到总书记时，苏绣代表性传承人卢建英正在创作的作品是《太平鸟图》。她说，取的是"太平盛世"的美好寓意。

如今，一幅中国式现代化的壮丽图景正徐徐展开。

一个五千年的文明走向现代化，必然是渊源有自、匠心独运，必然需要当代中国人汲古润今、守正开新。

车辆驶离苏州工业园区，遥见金鸡湖畔，"东方之门"高高矗立。"当高楼大厦在中国大地上遍地林立时，中华民族精神的大厦也应该巍然耸立"——总书记曾经说过的这句话，回响在耳畔。

透过"东方之门"，历史、现实、未来交相辉映，一派潮起东方万象新的恢宏气象。

（新华社苏州 2023 年 7 月 9 日电，**新华社记者朱基钗、张研**）

40 年前，我国著名社会学家、人类学家费孝通先生以故乡江苏省苏州市吴江县为样本，对当地小城镇发展作了系统的了解和分析。1983 年 9 月 21 日，费孝通在南京召开的"江苏省小城镇研究讨论会"上，作了题为《小城镇，大问题》的发言，产生了深远的影响。

　　2023 年，我们重走费孝通小城镇调查"吴江路"，深入集镇、街道、社区、企业，观察吴江小城镇的发展变迁，探讨吴江城镇化如何转型升级高质量发展、在长三角一体化发展中发挥独特作用。

小镇气魄

小城镇 大作用

　　3分钟车程，或者20分钟步行路程——这是沈慧每天从家上班的"通勤"时间。今年35岁的他，在位于江苏省苏州市吴江区震泽镇八都经济开发区的通鼎集团有限公司光纤事业部任拉丝工序班长。61岁的父亲年轻时也曾进过本村这家企业务工。站在工厂高一点的楼层，沈慧就能看见自家的房屋。

　　沈慧每天到工厂上下班的轨迹，在40年前已经被一位关注吴江的学者，归纳为"离土不离乡"。这位学者期待伴随改革开放大潮而激活的小城镇，能够聚集乡镇企业和就业机会，走出一条推进工业化而农村不凋敝的路子。他就是著名社会学家、人类学家费孝通先生。

　　40年沧桑巨变。多年来，吴江在全国同类区域经济发展中处于前列。2022年，吴江区实现地区生产总值超过2300亿元，城镇化率超过

75%。 在 2023 年度全国综合实力百强区榜单中，吴江区排名第七。

如果把吴江 40 年来的经济发展比作一部大戏，最主要的故事发源于小城镇，最精彩的情节发生在小城镇。

游客在苏州市吴江区震泽镇众安桥村。

富民万千

　　和沈慧一样，通鼎集团光纤 A 班筛选班长兼测试班长范晓芬也是厂区周边人。范晓芬家在龙降桥村，每天骑电动车到工厂，路上只花 10 分钟。

　　2023 年 9 月，在通鼎集团厂区接受记者访问时，这两人都表示喜欢、珍惜目前的工作。"上市公司工作机会稳定""有上升的空间""长了见识和技能"，而且"离家近，方便照顾家人"。

　　"上有天堂，下有苏杭，中间在吴江。"在吴江，多数农村居民就近在城镇的工厂车间里，掌握技能，实现了安居乐业。

　　通鼎集团高管戴伟斌说，在八都的通鼎本部有 2000 多名员工，本地人占 50% 左右，40 岁以上居多。

　　"作为城镇，就要为他们提供活路，要在从事农业生产之外找到其他生活的路子。这就是我为什么提出'小城镇，大问题'的出发点。"费孝通曾经这样写道。

　　40 年来，吴江城镇化在和工业化的互动过程中，创造了大量就业机会，同时也提高了就业率和劳动效率，改善了居民的收入水平和生活质量。如吴江高新区（盛泽镇）共有纺织企业 2500 余家，纺织产业链带动就业人数达 15 万余人。"盛泽纺织工匠"劳务品牌从业人数达 5 万余人，年人均收入在 9 万元以上。

　　世界 500 强企业恒力集团有限公司发展于盛泽镇南麻片区寺西洋村。恒力集团带动了当地工业发展，百姓增收。村党总支书记戚芳蓉说："我们社区地理上被恒力集团环绕，经济上与恒力集团休戚相关。"全村 80% 人口的生计与恒力集团有关。一家人要么父母，要么子女在

在位于苏州市吴江区盛泽镇的恒力化纤工业丝智能车间，机器人在车间内自动作业。

恒力集团工作，要么从事下游产业，比如到恒力集团收购废丝。

2022 年，吴江农村居民人均可支配收入 43551 元，同比增长 6%，城乡居民收入倍差缩小至 1.82。在农村居民人均可支配收入中，工资性收入 25229 元，占比达 58%。

2019 年以来，吴江区自然资源和规划局国土空间规划科张进军参与了多个村庄规划编制。在做乡村现状基础调研时他发现当地不少村 60 岁以上老人超过人口 30%，农村住房空置率却仅有 7%—8%。白天到周边企业园区上班、晚上回村居住的人很多。"周边有产业、有就业需求的地方，村庄人口'空心化'低。"他认为，这说明改革开放初期苏南"离土不离乡"现象，一定程度还在延续。

在吴江小城镇 40 年发展过程中，小城镇工厂所吸纳的就业人口，大大超出了本乡本镇的范围，覆盖到中西部地区乃至全国。

《瞭望》新闻周刊记者从设在吴江盛泽镇的吴江区河南商会等了解到，目前有约 8 万河南人在盛泽打拼，以信阳市固始县籍人员为主。戴伟斌介绍，八都的通鼎工厂约一半员工为外地员工。相对本地员工，年轻人较多，来源以河南信阳为最多，次之安徽，另外云贵川有一些。

费孝通非常关注小城镇对农村商贸的流通辐射作用。40 年后的今天，由于交通方便、快递流行、市场发达，小城镇作为"商品的集散中心"功能已经下降 ——40 年前小城镇的主要特色是生产，现在则延续并强化了生活。

9 月 16 日，选手们在比赛中角逐。当日，第十一届环太湖国际公路自行车赛暨长三角穿越赛（吴江站）比赛在江苏省苏州市吴江区举行。

震泽镇石瑾社区党总支书记林芳说，过去桃源、七都这两个地方把这里当作商贸中心，现在因为交通方便，它们也发展起来了，震泽镇商贸中心的作用就没那么突出。多个城镇反映，包括震泽在内的吴江南部城镇消费，有向外城镇乃至相邻的浙江南浔、乌镇等分流的现象，但是融购物、餐饮、娱乐等于一体的城市商业综合体引入小城镇之后，依然有较强的吸引力。

位于震泽镇新区中心位置的新乐广场"开业当天电梯挤满了人"，

选手们在比赛中角逐。第十一届环太湖国际公路自行车赛暨长三角穿越赛（吴江站）比赛在江苏省苏州市吴江区举行，此次比赛共有 20 支车队的 120 余名选手报名参赛。

里面不但可以购物，还有健身瑜伽场所、牛排店、咖啡馆、时尚餐厅。镇上年轻人反映，星巴克、必胜客、东方味觉和茉酸奶等在震泽镇开店的时间相比苏州其他区域迟不了多久。林芳认为，"新乐广场"对桃罗青（桃源、铜罗、青云的合称）以及七都的庙港等震泽镇周边地区有一定辐射作用。

吴江小城镇的繁荣发展带给乡村的价值之一，是提供具备一定品质、同时成本又比较低的生活方式，稳定年轻人居住就业。一位震泽镇的年轻人说，她虽然住在镇郊的村里面，却能够便捷地收到外卖，镇上的公园近年也建设得很美，生活居住在震泽的"获得感很强"。

吴江"小镇生活"的魅力，不止于可以享受城市生活，还能够沉浸于古老而慢节奏的传统生活方式。喝茶是江南水乡古镇千百年的一种生活方式。水运时代，人们摇船来镇上做完交易，就到沿河边的茶馆，歇歇脚、聊聊天、看看热闹。这种生活方式仍然顽强地延续着。震泽

游客在苏州市吴江区震泽镇众安桥村的一家餐吧。

游客在灯光璀璨的周庄水巷游览。

古镇街区的河边，约有20家茶馆，堪称茶馆一条街。"喝茶是不少人不可或缺的生活方式。"当地的镇干部说，金星村一位75岁的老太太，每天坐20分钟公交车到镇上，喝一碗茶、吃一碗面后回家。

　　"江南韵、小镇味、现代风"，这是吴江追求的城镇特质。在震泽，既可品咖啡，又可尝"四碗茶"——包括"清茶""水泼鸡蛋""熏豆茶""待帝茶"四种，价格多在30元左右。这"新""旧"自然交融的生活方式，成为吸引外地游客尤其是厌倦大城市生活的人的魅力所在。

缓解"城市病"

让"小城镇作为人口的蓄水池",缓解上海、苏州等大中城市的压力,是费孝通寄予小城镇的功能之一。"如果把星罗棋布的小城镇建设好,经济发展起来,就能够吸纳一部分,起到拦截的作用,使他们不至于一下'冲'进大中城市。"他曾在2003年这样写道。

记者从江苏省统计局吴江调查局了解到,按2020年吴江"七普"统计,全市城区人口为662696人、镇区人口为498456人、农村人口为383871人,分别占比约42.9%、32.3%、24.8%。如果没有小城镇承接人口,以"七普"为例,生活在镇区的近50万人全部或者其中的一半涌入吴江城区,吴江城区能够轻松接纳这么多人居住,较好地实现公共服务保障吗?

吴江交警大队交通指挥中心工作人员庄斌、吴文斌介绍,吴江城区交通状况总体不错,早晚高峰期的堵点主要有二:一是部分学校路段,吴江采取的对策是对新建学校建设类似人车分离的接送车道,或者修建地下停车场,取得了成效;二是主城区与吴江经济技术开发区之间的跨

苏州市吴江区众安桥村的民宿庭院。

运河通道，跨运河的 4 条通道江陵桥、江兴桥、云梨桥和运河大桥都是车流高峰期的拥堵路段，吴江运用"潮汐车道"等灵活方式予以疏导。此外，作为吴江的经济重镇，盛泽镇尽管已经修设了三环，老城区片由于道路狭窄，车流、人流量大，堵车现象仍存在。

2023 年暑假期间，记者从吴江区教育局了解到，"从整体看，全区学位供需基本平衡，但是分布并不均匀"。这种不均匀主要体现在吴江城区和盛泽镇这两个人口最集中的地方，学位供应紧张。

多位受访人士认为，吴江城镇化的蓬勃发展，客观上对于减轻吴江城区的压力、促进吴江城区的宜业宜居起到了作用。如果城区以外的城镇在教育、卫生等方面的短板能够补长，那么它们和吴江城区的发展将更加协调、均衡。

创造城镇经济发展奇迹

2022年，吴江区实现地区生产总值2331.97亿元，全年完成一般公共预算收入226.06亿元，处于苏州各县市区前列。

——城镇化发展吸引旺盛人口。2022年，吴江常住人口达到156.66万人，城镇人口达到118.78万人。城镇化加速人口聚集，提高人口素质，进一步促进人力资源合理配置。如吴江高新区（盛泽镇）户籍人口约13.8万，流动人口约25万，户籍人口约为流动人口的55%。

——城镇化发展孕育世界级企业。吴江已成为江苏首批制造业高质量发展示范区。一些城镇不但挑起了全国纺织、电缆等行业的大梁，而且诞生了一批杰出企业。尤其是盛泽，一个镇出现了两家世界500强企业。2023年，恒力集团有限公司和盛虹控股集团有限公司分列世界500强第123位、第222位。2023年9月12日，全国工商联发布"2023中国民营企业500强"榜单，吴江6家企业再次上榜。

——城镇化发展壮大民营经济。吴江区有26万多家经营主体，民营企业总数超9.4万家，拥有3400家规上企业，其中规上工业企业1925

昆曲木偶传承人孙菁（右）和施锦芳（左）在苏州市吴江区七都镇一处公园内排练。

家，形成了由1296家创新型中小企业、1232家高新技术企业、61家专精特新"小巨人"、31家上市企业构成的活力梯队。这些主要布局在吴江各个城镇的民营经济，是吴江经济社会发展的根基所在，贡献了吴江60%以上的GDP和城镇劳动就业、70%以上的税收、80%以上的技术创新成果和90%以上的企业数量，有力地支撑吴江入选了首批江苏省民营经济高质量发展示范县（市、区）培育名单。

小城镇　大作用

　　——承接国家战略探索试验。2019年10月25日，长三角生态绿色一体化发展示范区由国务院批复，范围包括吴江区与上海市青浦区、浙江省嘉善县。

　　其中，吴江区的汾湖高新区（黎里镇）与沪浙另外四镇为先行启动区、去除行政边界、统筹规划、绿色发展的探索正在深入进行。1938年10月，社会人类学家马林诺夫斯基在伦敦为学生费孝通的新书作序。读完那个太湖边小村庄的故事，他感慨"水道纵横的平原是数千年来在物质上和精神上抚育中国人民的地方"。

　　这本《江村经济 —— 中国农民的生活》和它背后的"乡土中国"，为费孝通烙下鲜明印记。在波澜壮阔的城市化浪潮中，他的家乡苏州变化翻天覆地，但"水道纵横"的面貌迄今未改，江河湖泊贯穿城乡，与时光一起静谧流淌。

（2023年12月18日《瞭望》，新华社记者段美菊、赵久龙、古一平）

小城镇　新分类

　　"类别、层次、兴衰、分布、发展"——这是费孝通先生40多年前开创的小城镇定性研究方法，并且直接应用于苏州市原吴江县。"类别"被放在第一的位置，将吴江的城镇分为五类——"在吴江县所看到的五种不同类型的小城镇"。

　　40年后重访，《瞭望》新闻周刊记者向吴江的各界受访人士紧追不放、求教最多的就是，发展至今天，吴江的小城镇如何分类？

　　出乎意料的是，这成了一时难以得到答案的问题。主要原因是大家认为现在吴江城镇的发展形态趋同，不像当初特征那么鲜明，已经是"复合型"——有人比之为都是"百货公司"，少有"专业门店"。由于经历了多轮乡镇撤并，现有的建制镇面积较大，在一二三产业方面各自具备一些资源和基础。

422

苏州市吴江区震泽镇众安桥村一角。

　　世界上没有两片完全相同的叶子，吴江城镇化个性特点必然存在。行走吴江，记者以"打破砂锅"的精神对城镇分类问题"问到底"。综合城镇功能、经济结构、管理体制等维度，根据调研走访，打破建制镇的限定，尝试将吴江的城镇分为行政中心＋宜居总部型、区镇合一型、工业＋农文旅型、历史文化古镇型等四类。

类型一：
行政中心 + 宜居总部型

第一种类型是行政中心 + 宜居总部型的城镇，指松陵和太湖新城，目前由吴江东太湖生态旅游度假区（太湖新城）代管。松陵自吴江建县以来，一直是县府所在地，已有 1100 多年的历史。"松陵在解放前后都是吴江县的政治中心，现在吴江县政府就设在松陵镇上。"这是费孝通当年写下的话。40 年过去，吴江的区治仍然在此，行政中心的功能没有变化。松陵街道于 2019 年 6 月正式挂牌成立。2012 年 1 月，吴江东太湖生态旅游度假区（太湖新城）成立，现代管松陵、横扇、八坼 3 个街道办事处。

这里已经出现吴江全区"宜居总部型"的一些特点，突出体现在聚集人口的能力大幅增强。从人口增长的来源而言，主要是两个方面：一是外来人口，主要是二十世纪九十年代吴江经济技术开发区（下称吴江开发区）建设以来带来的外来务工人员；另外就是从吴江其他城镇前来松陵居住的人口。除了行政中心之外，松陵成为全区教育、医疗、文化、商业等多领域的公共服务中心，是吸引全区各地人口前来居住的原因。

苏州市吴江区开弦弓村村貌。

县市区行政中心所在的镇成为聚集人口的中心城镇是普遍现象，但松陵在此基础上呈现不一样的特点，这里居住了大量"潮汐式"人口，由此凸显了它的"公共居住"功能。在采访对象中，一些居住在松陵的人，白天到京杭大运河以东的吴江开发区上班，晚上回来居住。还有更多人白天在其他城镇上班，晚上回松陵居住。

在吴江经济发展的生态圈中，松陵及太湖新城开始出现"总部经济"聚集地的苗头。太湖新城核心区域为 CBD 总部经济区，生产制造在吴江其他城镇，总部或部分功能迁移至此的格局有所萌芽。区政府认定的 7 家总部经济企业中，德尔集团有限公司母公司在七都镇，总部项目在太湖新城。同时，位于盛泽镇的恒力集团有限公司在太湖新城投资有环球企业中心总部项目。位于七都镇的亨通集团有限公司将旗下主营工业互联网平台业务的亨通数科总部，迁至太湖新城并已获评国家级双跨平台。

类型二：
区镇合一型

第二种类型是区镇合一型城镇，为吴江开发区（江陵街道、同里镇）、吴江高新区（盛泽镇）、汾湖高新区（黎里镇）。根据区域特点摸索出合适的行政管理体制，使得园区与城镇能够融合发展，吴江因此形成了一些区镇合一型城镇，这三个区镇合一型城镇，重在发展制造业与新兴产业，汾湖高新区（黎里镇）还承担了长三角生态绿色一体化发展示范区先行启动区的任务。记者了解到，区镇合一的体制具备行政效率高、有利于区域总体规划等优点。

吴江开发区是吴江各板块经济实力的"头把交椅"。2022年年末已落户工业生产型企业近3000家，其中引入英格索兰、卡特彼勒、SK等世界500强企业近20家，成为国内重要的电子信息产业基地和智能装备产业集聚区。

"盛泽镇现在是吴江县人口最多、产值最高的一个小城镇。这个镇出口的真丝绸占全国真丝绸出口量的1/10，可见它是一个丝织工业的中心，是具有专门化工业的小城镇。"与40年前费孝通对盛泽镇的这些特征描述对比，会发现 40 年来的"变"与"不变"。

　　盛泽镇自古栽桑、育蚕，至明清时期手工丝绸业发展迅猛，今街头仍然高悬"日出万匹，衣被天下"之壮语。二十世纪九十年代初，随着仿真丝产品发展迅速，主导产品手工丝绸被更适宜工业化生产、适宜占领更大市场的化纤丝取代。依托两家土生土长的世界 500 强企业，盛泽镇打造了"从一滴油到一匹布""一根丝到一个品牌"的完整纺织产业链，实现了从纺织到新材料的重大转型。

　　相比吴江其他城镇的产业发展，盛泽镇的突出特点是商业贸易繁

五彩缤纷的丝线。

荣。1986 年 10 月，盛泽镇创建了东方丝绸市场，至 2022 年市场交易额达 1500 亿元，被誉为"天下纺织第一镇""世界纺织之窗"。盛泽镇自 2020 年以来连续举办多届盛泽时尚周，引进设计师工作室超 40 个、各类优秀设计师超 260 位。

汾湖高新区（黎里镇）位于吴江区东部，2006 年 7 月，经国家发展改革委批准设立省级汾湖经济开发区，由原黎里、芦墟、莘塔、金家坝、北厍五个镇撤并而成；2012 年 8 月，经省政府同意更名设立省级高新区，与黎里镇实行"区镇合一，以区为主"的管理模式。这里与上海唇齿相依，未来随着多条高铁在汾湖的十字交会建站，长三角核心区交通区位优势将更加突出。

如果说吴江高新区（盛泽镇）是吴江民营经济的地标，那么吴江开发区就是吴江外资经济的主要聚集地，汾湖高新区（黎里镇）则寄托了吴江承接上海和长三角一体化辐射新兴产业的希望。

类型三：
工业 + 农文旅型

第三种是工业 + 农文旅型城镇，平望、震泽、七都和桃源可作代表。40 年前，费孝通将平望镇作为一种类型，是因为它是"吴江县内最大的交通枢纽"，其特点一方面使其"易遭战争攻击和破坏"，另一方面由于"交通发达，物资流畅，具有发展经济的优越条件，使它常能衰而复兴"。

苏州市吴江区震泽镇众安桥村。

现平望镇于 2003 年由原平望、梅堰两镇合并而成，除了连通大运河 "四河交集" 的独特景观外，今天也强势崛起众多产业。1 万户经营主体、1500 余家企业、160 家规上企业凝聚起高质量发展的充沛动能，世界 500 强企业盛虹集团有限公司在平望镇设立全资子公司江苏国望高科纤维有限公司，实现百亿投入，百亿产出。

费孝通当年指出震泽镇 "是以农副产品和工业品集散为主要特点的农村经济中心，是一个商品流通的中转站"，它受惠同时反哺于相联系的四周农村。今天的震泽镇政府在描述自己的区位时同样用了 "中心"，只不过它的坐标已经扩大到了整个长三角 —— 是吴江区的西大门，距上海 90 公里、苏州 54 公里、杭州 75 公里，"处在沪苏浙经济圈中心地带"。其主要功能已经不是商贸，合并八都镇后的震泽，具备一定的工业实力，生产电缆、电梯、锂电池材料等产品。

震泽是 "中国蚕丝之乡"，种桑养蚕的历史传统在这里顽强延续，震泽镇的区域周边分布近 200 家大小丝绸企业，年产蚕丝被超过 300 万条，苏州太湖雪丝绸股份有限公司于 2022 年上市。因为是丝绸的故里和丝绸产业的延续，震泽镇成功申报为吴江区唯一的 "中国首批特色小镇"。

费孝通 20 年前在《家乡小城镇大发展的二十年》篇着墨七都镇："二十世纪八十年代以前，七都这个太湖边上的小镇，交通不便，经济

一台经过改造的现代织机正在生产宋锦面料。

一直发展不起来。""今天七都的电缆生产已经占全国产量的1/6，工业产值达46.38亿元。"他笔下闻名世界的"江村"开弦弓村从行政区划上，因为庙港镇的撤并，已经属于七都镇管辖了。

北临太湖、孕育吴江标志性工业企业亨通集团的七都镇，目前发展定位是"经济强镇，生态立镇，文化兴镇"。七都镇的工业比重在吴江不断上升。2023年上半年，受益于铜缆等市场行情上涨，规上工业产值超过盛泽镇。

地处吴江南部，与浙江乌镇、南浔等古镇相连的桃源镇，经济实力在现有7个建制镇中较弱，但也有一定的工业基础。2022年工业总产值过200亿元。桃源又称水乡森林小镇，拥有4.5万亩森林形成的"天然氧吧"。

类型四：
历史文化古镇型

第四种是历史文化古镇型，以被评为中国历史文化名镇的同里古镇、黎里古镇等为代表。同里是费孝通姐姐费达生的出生地，也是他家搬到松陵以前的居住地。40 年前，他笔下这样写同里镇，"现在正在改造成为一个水乡景色的游览区，已经成为文化重点保护区之一"。对比费先生当年对吴江城镇的分类，同里镇是不多见的功能传承没有大变化的城镇。

黎里古镇涌现了一代代文人墨客，留下大量弄堂古宅，如今正发挥水乡古镇、生态绿色的禀赋优势，成为向世界展示江南文化的重要窗口。

1986 年吴江一共有 24 个乡镇，1994 年共辖 23 个镇。进入 21 世纪初，在三轮区划调整中有 15 个城镇被撤并，但不少仍有产业基础、人口聚集。近年来吴江区在苏州市支持下，支持被撤并乡镇的集镇发展，启动了老街综合改造项目，纳入美丽城镇建设范围。

2023 年，吴江区国土空间总体格局规划已基本稳定为"三核引领，两带联动，多点协同"。三核分别为东太湖生态旅游度假区（太湖新

千灯古镇景色。

城）和吴江开发区形成的太湖东岸科技新城，汾湖高新区（黎里镇）和吴江高新区（盛泽镇）。一些受访者表示，由于以"带"以"核"带动片区发展的特征不断明朗，未来吴江单个城镇在形成发展特色同时，城镇化也将组团式向"区域城镇化"和"泛城镇化"演变。3分钟车程，或者20分钟步行路程——这是沈慧每天从家上班的"通勤"时间。今年35岁的他，在位于江苏省苏州市吴江区震泽镇八都社区的通鼎集团有限公司光纤事业部任拉丝工序班长。61岁的父亲年轻时也曾进过本村这家企业务工。站在工厂高一点的楼层，沈慧就能看见自家的房屋。

（2023年12月18日《瞭望》，新华社记者段美菊、赵久龙、古一平）

小城镇　看变量

"70 年代造田，80 年代造厂，90 年代造城。"这是对包括江苏省苏州市吴江区在内的苏南地区二十世纪农村变革的三次浪潮的描绘。

推动二十世纪八十年代苏南小城镇开始繁荣发展的直接力量，是在改革开放大潮催生下，苏南乡镇企业崛起，形成了对产业、人口聚合于集镇并形成互动的强劲需求。

近日，在走访江苏省苏州市吴江区各城镇的过程中，"减量发展"是记者听到的高频词。"量"既是生态容量、能耗容量，也是土地容量。减量的背后，是吴江发展的资源要素与约束条件的变化，小城镇的发展正呈现出与 40 年前明显不一样的方式，在长三角一体化发展中利用交通优势、产业基础优势，再造发展优势，成为吴江的新课题、新探索。

交通变化的影响

　　记者调研了解到，40年来，吴江的交通发展经历两个阶段的明显变化，目前正向第三个阶段演变。

　　第一个阶段是改革开放之初，以水运为主。后进入第二个阶段，以公路为主，包括高速公路、快速干道等。目前，多条高铁和多座高铁站正在吴江建设，多数吴江人认为下一步吴江的出行交通或将以轨道为主导。

　　吴江区交通运输局副局长范志荣认为，吴江对比苏南其他一些县市区，具备明显的公路交通优势，从而降低物流成本。比如吴江经济技术开发区（下称吴江开发区）、综合保税区就在高速公路旁边，为发展电子产业营造优势。交通的便捷深刻影响人们的行为。吴江人在本地择业的范围可以跨越本镇、本区乃至本市，不少年轻的农村居民形成了周末回村、平常在镇的生活习惯。

　　如今，吴江人翘首以盼的是东西向的沪苏湖与南北向的通苏嘉甬两条高铁在吴江的汾湖交会。其中沪苏湖铁路通车后，吴江到上海时间

将大幅缩短，最快只要约 15 分钟。同时，吴江多地设站点的沪苏嘉城际铁路水乡旅游线（江苏段），也于 2022 年开工建设。之前，已开通运营的苏州轨道交通 4 号线，将终点站定格为吴江的同里镇。

即将全方位步入"轨道时代"，汾湖高新区（黎里镇）是较大受益者。汾湖高铁站正在建设，未来有四条轨道上下穿插交会于此，包括沪苏湖高铁、通苏嘉甬高铁、贯通 3 省市的沪苏嘉城际铁路"水乡旅游线"，以及苏州轨道交通 10 号线。

沪苏湖高铁设站于盛泽镇，通车后将极大便利引进上海的人才、

乘客在苏州轨道交通 11 号线花桥站进站乘车。

乘客在苏州轨道交通 11 号线花桥站进站乘车。

通关上海出口贸易以及共享医疗等公共服务。沪苏湖高铁盛泽站到震泽镇镇政府车程只有 5 分钟，震泽镇对外招商已经宣称"5 分钟可到高铁站"。平望镇地处苏嘉杭高速、沪苏浙高速、江城大道这 3 条重要公路立体交会处，虽自身没有高铁站，但有东近汾湖高铁站之便，南近盛泽站之利，可充分享受轨道上的长三角红利。此外，沪苏嘉城际铁路"水乡旅游线"也将设站平望。平望镇政府对交通优势的重塑怀抱信心。

教育的直接推力

在吴江影响城镇发展的因素当中，教育被公认为仅次于交通。

若论 40 年来教育方面对吴江城镇发展产生的具体影响，离不开以下两项，即村小撤并集中到各个城镇，以及众多学生由城镇转移到吴江城区所在地。

记者走访了七都镇江村实验学校，这所学校设在被撤并的庙港镇的集镇上。学校以学习传承费孝通治学风格为特色，开设了乡土调查等实践课程。据资深教师介绍，2000 年后不久，庙港各村的小学全部撤并，学生们全部进入唯一的小学即江村实验学校上学。2023 年上半年有小学生 1364 人，平均每班 45 人；该校学生数量高峰期在 2000 年后不久，约有 1800 人，每班学生 55 人左右。

近些年，吴江城区所在的松陵、江陵等人口大量增长，重要因素之一就是"教育进城"。记者在城区的江陵街道江兴社区"吴越领秀"小区访问了一位 44 岁的同里镇男性居民。2013 年他在此买房入住的原因，除了有利于自己从事金融债券行业，更重要的是"为方便小孩读书"。

开弦弓村社会工作室的义工在给小朋友们讲故事。

　　记者查阅《吴江2022年年鉴》刊登的2021年吴江区基础教育建成项目一览表，该区一共16所学校，包括8所幼儿园、3所小学、2所初中、2所高中、1所完全中学（既有初中学段又有高中学段的学校），总投资21.5774亿元。新建学校主要是在吴江城区以及盛泽的镇区，人口增长最快的正是这两个地方。

　　吴江城区的一所所中学宛如一块块巨大的吸铁石，把很多城镇学生吸引而来，成为城区人口增多、镇区人口减少的重要因素。

　　也有城镇试图全力稳住教育。震泽镇就是典型的例子。《吴江2022

苏州澄湖航空飞行营地。2020年上半年，该营地已结业与在陪学员已达67人。

年年鉴》教育部分显示在校生数据，江苏省震泽中学为1995人，震泽中学育英学校449人。其中百年名校江苏省震泽中学多年前已由震泽镇迁入吴江城区，震泽中学育英学校是2021年在江苏省震泽中学旧址重新恢复设立于震泽镇的学校。

震泽中学育英学校运行后，镇政府公开承诺全力支持办成优质高中，设立"杨嘉墀科技创新实验班"，支持爱心企业设立"震泽镇企业家联盟育英奖学金"助力学校发展。设立奖学金的目的就是重奖优秀教师和优秀学生，使他们安心留在镇中学教书育人、学习成长，同时也有利于增强震泽镇的人气。该奖学金已实施3年，累计支持学校686万元。

产业转移重塑版图

从"村村点火"到"一镇一品"再到"园区经济",虽然产业分布的空间形态在不断变化,但产业是推动城镇化的主要动力却没变。

回顾 40 年来产业转移对吴江城镇化的影响,主要可分为两个层次,即吴江接受外部的产业转移,以及在吴江内部城镇之间的产业转移。

第一层次产业转移的标志性事件是 1992 年吴江开发区成立,并于 1993 年成为江苏全省首批 13 个省级开发区之一。吴江区住建局副局长沈建民认为,在此之前吴江城镇化的发展主要靠本土乡镇工业推动。1992 年吴江开发区成立及之后兴起的民营工业园区建设为城镇建设注入新的活力,各地通过统一规划、集中投入、高标准建设基础设施,加快了城镇化进程。城镇化的主要推动力由原来的乡镇工业转变为开发区的开放型经济和工业集中区的个体私营经济。

第二层次产业转移发生在吴江内部城镇之间的产业溢出和承接。其中,体现最明显的是平望承接盛泽的产业转移。40 年前,费孝通写道:"便利的交通条件使它争得了成为大城市工业扩散点的地位。上海

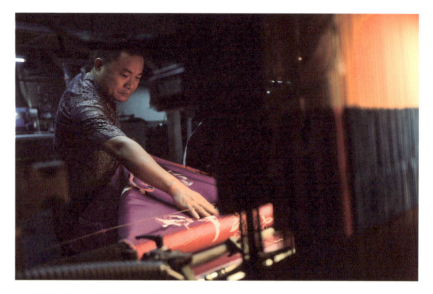

在苏州市吴江区盛泽镇鼎盛丝绸，宋锦活态保护人吴建华在查看机织宋锦。

的一些工厂在扩散过程中，开始也找过铜罗等几个镇，但是最后还是在平望落脚。"平望一度成为当时吴江各镇中发展得最快的小城镇。

　　进入 21 世纪，高速发展的盛泽镇已经难有工业发展地理空间，其东、南为浙江，西侧已开发成熟，北侧土地较多的平望镇自然就成了转移的黄金地带。平望镇飞速发展成为今日的纺织重镇，作为主导产业的纺织业产值占全镇经济总量约 80%，其中位于平望镇梅堰工业集中区的江苏国望高科纤维有限公司，为世界 500 强"盛虹集团"旗下纺织印染板块。在平望镇的服装家纺类上市公司"爱慕股份"企业高管向记者介绍，该厂 90% 的原料能够在盛泽的东方纺织城采购到。

高质量发展带来革新

在土地不变的情况下，厂房面积扩容了5倍——2023年，盛泽镇一家工厂的新鲜消息，让纺织行业的很多企业家增长了转型升级的信心，也让盛泽镇党委、政府看到了"织机上楼"化解土地瓶颈的潜力。

盛泽永康达喷织厂准备更新设备、扩大产能、生产高档面料，但面临厂房面积限制。在盛泽镇产业有机更新项目的政策引导支持下，在厂区立起了多层厂房，优化厂房设计，多个方面采取承重减振举措，将480台世界上先进的纺织设备分布在四个楼层，实现了顺利达产。

40年来，吴江的城镇化历经多个阶段，已从当初的大规模粗放发展进入如今高质量发展阶段，突出表现为由"增量时代"进入"减量时代"，"量"既是生态容量、能耗容量，也是土地容量。

在走访吴江各城镇的过程中，"减量发展"是记者听到的高频词。盛泽镇明确提出，盛泽城乡建设及运营进入存量时代，有机更新成为当前社会关注的焦点。平望镇提出，以"减量"提质量。

吴江发展的资源要素制约明显。大量产业项目，对土地、资金等资

源要素需求较大，而吴江可用工业用地供给已受限，项目落地难度增加。

吴江坚持把生态优先、绿色发展摆在重要位置，于2013年在江苏全省率先建立了工业企业资源集约利用信息系统，对企业进行 A、B、C、D 分类，资源消耗少、亩均产出多的企业可以得到重点保障，全区万元 GDP 能耗指标"十三五"期间比"十二五"末期下降了近20%，"工业生态'数字管理'赋能经济高质量发展"获评中国改革2021年度特别案例。

2023年国务院批复发布《长三角生态绿色一体化发展示范区国土空间总体规划（2021—2035年）》，规划安排在先行启动区范围里，蓝绿生态空间不低于75%，规划示范区到2035年建设用地总规模较2020年减量15.7平方公里。

苏州宋锦，色泽华丽，图案精致，质地坚柔。

一幅《牡丹亭》稻田 3D 画展现在昆山市张浦镇尚明甸村的 3D 稻田艺术画稻田里。

　　在土地倒逼面前，吴江及各城镇积极探索对策。2023 年 7 月，记者走访七都镇吴越智能制造产业园地，一栋高层工业厂房已经封顶，另外多个厂区正在加快建设。这块地原有 32 家企业，大部分为木制品、有色金属粗加工等低端低效草根企业，亩均税收不到 2 万元，同时伴随环境污染、安全隐患等制约发展的因素。七都镇将自主更新与腾退更新结合，通过"土地回购＋项目招引"的模式腾笼换鸟，筑巢引凤，吸引了一批半导体、新材料、智能装备、数字经济等产业链优质企业落户。在用地规模零增加的情况下，已签约的 9 个项目达产后，将实现年产值从 8 亿元到 150 亿元的提升。

　　　　（2023 年 12 月 18 日《瞭望》，新华社记者段美菊、赵久龙、古一平）

小城镇　迎考验

江苏省苏州市吴江区城镇化今日面临的诸多因素，与 40 年前费孝通发表《小城镇　大问题》时有很多不一样。

1983 年年末，中国常住人口城镇化率为 21.62%，随后经历加速城镇化的过程，到 2022 年年末，全国常住人口城镇化率为 65.22%。

当年还是小市场、小生产，现在是大市场、大生产。40 多年前，伴随我国推进改革开放，社会对工业品的需求开始释放，工厂生产的东西不愁卖；近年一些产品产能出现饱和，大众对产品质量提出更高要求，有些在城镇布局的产业受到挑战。

曾经创造了奇迹的吴江城镇化，正在朝向高质量发展路上迎接新的考验。

草根产业：
消失，还是壮大

树高千尺，根在沃土。40 余年来，吴江的城镇化之所以欣欣向荣，得益于从乡镇企业起步、遍布当年各个乡镇的草根产业，在激烈的市场竞争中优胜劣汰，顽强生存，逐步壮大，孕育出庞大的丝绸纺织、电子信息、装备制造、新材料等千亿元产业集群，并成长出恒力、盛虹、亨通等标志性企业。

纺织堪称吴江草根产业的典例，盛泽镇的纺织走出了从传统纺织向现代化工艺及全产业转型的"盛泽路径"。

2009 年，盛泽纺织迎来老化设备淘汰、产品提档升级的转折点。不少企业家瞄着最前沿的纺织技术和工艺，投入数字化、智能化的转型赛道。以恒力集团有限公司为代表，大力推进"机器换人"，引进数万台套先进生产设备，由"人口红利"迈入"技术红利"。进而于 2010 年 4 月踏足化工领域，到大连长兴岛建设年产 440 万吨 PTA 生产线，打通化学纺织纤维全产业链，进入工业用纤维领域。

2022 年，盛泽镇全镇工业总产值 840 亿元，增长 2.19%，工业

开票销售 1250 亿元，增长 5.4%。为何工业开票销售收入多出 410 亿

元？记者采访得知，原来是由于盛泽纺织产业的中心地位，使之出现部

在展会现场拍摄的旗袍童装展品。

分企业虽然转移到外地，但根脉仍在盛泽的情况 ——外溢的实际是加工厂，原料还是从盛泽的恒力、盛虹拉去，产品也还是拉回到盛泽的东方丝绸市场销售。

同时，大量小规模、低产出的草根企业仍散布于小城镇，整体产业层次仍有待提高。

正在探索的"震泽彩钢板路径"——费孝通笔下曾提到的"活动房"，初步显现一定借鉴意义。震泽一度可谓家家户户都在从事彩钢板行业，然而近年，其占地多、亩均税收低、分散经营不利于安全管理等问题日益凸显。

是"一关了之"，还是"做优做强"？震泽镇政府最终的选择是牵线搭桥，整合 48 家彩钢板企业成立赛马科技公司，建设彩钢板园区，共用标准化厂房和生产线，生产分工协作，有的做门、有的做窗、有的做型材等，销售则各自分开。

近两年，震泽镇关停并转彩钢板企业 268 家，企业数量减少近50%，减少占地 1800 多亩，占原有面积 47%。一批长期在外地开票的企业实现税源回流，亩均税收增长率达 78%，真正实现"增产不增地"。针对彩钢板产业的环保投诉量从 2017 年的 77 件降为 2021 年的 2 件。

"震泽彩钢板路径"初步实现了企业、政府、乡村等多方共赢，也给如何认知、处置草根产业提供了多方面启示。

文化生态：
保护，还是活化？

据史志考证，吴江有的古镇上千年前已具雏形。

从同里古镇到震泽古镇，从黎里古镇到芦墟古镇……吴江至今保存着许多老街、老宅、古桥、古村落，体现了吴江近年对城镇文化保护的努力与成果。

同时，吴江的全国重点文物保护单位数量在苏州各县市区中位列第二。

震泽在前些年，快鸭港、石墩浜、姚家浜等3条古镇小河河道淤塞，臭不可闻。震泽镇两年实施20多项动作，查清堵截排水排污口69个，3条河因之"起死回生"，成为江苏乃至全国河道治理的成功典例。多年前，古镇核心区一条流经因援《尚书》而名的底定桥的河流被压缩约一半，一排木头撑住河岸，被占用的河面建成了停车场和人行过道。如今，这一损害古镇风貌的历史遗留问题，有望彻底纠正。

生态美好、适宜居住的乡村未来将为城镇发展吸引人流、提供环境支撑，本身也许将是特色小镇的雏形源头，必须做好保护性发展，防止

苏州山塘街。

发展性破坏。

　　震泽镇提出"轻量化"和"艺术化"操作。所谓轻量化，就是防止大拆大建，注意轻拿轻放，不用城市化的手法打造乡村，破坏乡村肌理。所谓"艺术化"，就是保护呈现"洁净、宁静、意境"的乡村底色。震泽近年引入太湖雪蚕桑文化园、苏小花田野餐吧、初莲乡邻中心、柴米多自然教育中心、五亩田民宿等项目。这些项目所使用的房子多数保留原始风貌，有的是仓库改建，有的是民房修缮，并尽量减少使用金属、玻璃等材料。

"外二代"：
客住，还是扎根？

人是生产力中最活跃的因素。吴江是人口持续流入地。2021年6月，吴江区统计局公布，"七普"统计以2020年11月1日零时为准的全区常住人口，与2010年"六普"相比，十年共增加271143人，增长21.28%，年平均增长率为1.95%。

吴江小城镇民营经济蓬勃发展，吸引大量外来人口，他们为吴江城镇的繁荣作出了历史性贡献。

近年来，为了给农民工创造更多高生产率和高收入水平就业机会，吴江重点鼓励他们参与城乡劳动者就业技能培训，如电工、育婴、家政、西点烘焙等适合农民工就业的技能培训和计算机操作员、互联网营销师等新职业新业态培训。2022年，开展城乡劳动者就业技能培训4628人次，新生代农民工职业技能培训3286人次。积极落实长三角区域跨省户口迁移政策。2020年、2021年、2022年三年乡村人口转城镇人口分别达11786人、15605人、9911人。

在盛泽镇，接受记者采访的吴江区河南商会相关负责人介绍，众多

游客在苏州平江路一家小吃店内选购特色小吃。

河南人在盛泽打拼，但落户吴江不算多——一是之前落户有一定门槛，二是很多河南人家乡情怀深厚，三是不明确落户吴江会带来哪些实际便利。"总体感觉是有条件的不积极，想落户的条件不足。"

老家在河南省固始县，今年40岁，投奔舅舅来盛泽19年的孙翼飞说，他和身边朋友（包括上一辈人）基本没有落户意愿。"家乡情怀较重，舍不得家乡的土地，对当地归属感弱。"

当地方政府努力为外来人口提供公办学位等公共服务时，企业也在采取行动。在平望镇的上市公司"爱慕股份"，企业员工多来自安徽、河南、山东，女性多，不少业务成熟的女性员工因为结婚回了老家。企业很珍惜她们的业务技能，前些年曾经建立"美好生活基金"，对在平望镇、城区买房的员工给予10万元无息贷款，3—5年偿还。公司累计有100多人使用了这项基金。

企业家：
守成，还是重振？

有的企业趋于守成，守着一亩三分地不敢转型升级；一些工厂生产线上的员工多是中西部来的"外来人"，本地年轻人则不愿吃苦，甚至托家长说情转到"二线"谋职；有的政府职能部门和干部抓长三角生态绿色一体化发展示范区等机遇的紧迫感还不够强，政府服务的专业化、数字化水平亟待提升……在吴江各镇走访，记者不时感受到对企业家精神和创业动力的呼唤。

2023年1月，吴江区委、区政府召开全区会议，提出吴江企业家精神为：敢为天下先，放眼世界，致富思源，百折不挠，创新致远。

吴江本土成长的知名民营工业企业，虽然在国内外布局生产，但没有一家将总部搬离吴江，被吴江人认为显示了深厚的乡土情怀。

当年乡镇企业创业的元老们，不少开始交班"二代"。吴江区政府部门多次举办"创二代"薪火传承培训班。

记者走访了位于汾湖的康力电梯股份有限公司。这家企业创始于1993年，靠2万元贷款起家，如今发展成有5000多员工、支撑周边

50 多家配套企业、带动吴江电梯产业发展壮大的上市公司。

工厂一楼摆放着创始人王友林当初创业时使用的一辆黑色陈旧的二手三轮车，被坐塌的三角形皮座一部分烂了露出黄色的锈迹。在 1993 年创业前，他在业余时间利用这辆车为镇上商店运送啤酒。三轮车旁边的墙上写着："从创业萌芽的那一刻起，这辆三轮车就决定了康力是一个朴实但奋进的企业，不忘本、不浮华、一路向前。"接下来引用《左传》"筚路蓝缕，以启山林"后感叹告诫："创业何其艰辛，成长弥足珍惜"。已接班的"二代"朱琳昊 2015 年从大学电气工程机械相关专业毕业后即到工厂工作。他坦言，"二代"不如父辈"拼"，相对比较"理性"。他说自己的榜样就是父亲。

吴江多位受访人士认为，人民群众是历史发展和社会进步的主体力量，是历史的创造者。吴江就是模范例子之一，当年各个镇发展产业形成"一镇一品"就是"敢首创"的重要成果。他们呼吁，吴江拥有创业的良好基因，吴江人更应传承发扬首创精神，把智慧和力量充分激发出来。

（2023 年 12 月 18 日《瞭望》，新华社记者段美菊、赵久龙、古一平）

登高远望，读懂一座城

张展鹏

    2019 年 8 月，我采访昆山一位老领导，他退休后喜欢带孙辈出门，指着高楼大厦说以前这里是农田、那边是荒地，孩子觉得神奇。从不起眼的农业小县到稳居百强县之首，昆山日新月异，作为建设者之一，他很满足。

    城市承载了无数人的记忆。江苏分社"读城"正着眼于此 —— 为每座有价值的城市留存一份国家记忆，并在苏州率先"全域覆盖"，昆山、太仓、常熟、张家港，研究"四小虎"如何破解县域发展的焦点问题，新型城镇化、产业转型、文脉传承、民生保障等；在苏州工业园区等其他板块，观察人文与经济怎样相融互促、相得益彰，既融入澎湃的时代大潮，又坚守独特的核心气质。

    城市有当下时代的生动呈现，还有光阴雕塑的历史沿袭。行走其间，图景斑斓，但看见真实之后，更想看清真相、看懂缘由、看透趋势，极大考验着"脚力、眼力、脑力、笔力"。

    事非经过不知难，所幸身在新华社。总社编辑部门的细致指导、几大社办报刊"有求必应"的版面支持，让我们有信心和动力持续这项宏大工程；新华出版社精心策划、专业编排的这本书，更让我们像昆山那位老领导一样，能够承载回忆，和家人讲述分享。

人文经济：读城核心主线

2023年全国两会，习近平总书记参加江苏代表团审议时提出有关"人文经济学"的重要论断，为推进高质量发展提供系统视角和科学路径。回顾苏州历次调研，正是围绕人文经济这条主线，研究人文精神和文化底蕴如何全方位浸润科技创新、经济建设、城乡发展、基层治理等方面，进而塑造个性鲜明的城市品质。

"读城"如作战，"路线图"清晰，每到一个城市我们必采七类人：主政者，决定城市抱负、定义城市可能性；企业家，看城市活力、触摸经济脉动；创业者，改变了城市的未来；外来投资者，看开放度和国际化程度；原住民和外来打工者，其幸福指数是评判城市治理能力的关键指标；低收入群体，对他们的态度体现了主政者的担当；专家学者，独立见解和批判精神的代表，丰富和完善对城市的理解。

古龙写过《七种武器》，风格迥异但件件精妙，和七类人相处也如此，个性、谈吐、知识结构、做事方式等各有不同，但都有助于我们从不同视角更好地了解和理解城市。时隔几年，同事们还会聊起那些鲜活故事，比如区委书记车上常年备着全套洗漱用品和换洗衣物，"不是在谈项目，就是在跑项目的路上"。

对城市的观察、叙述，既可从国家层面、区域定位切入，也可从历史文化、风土人情起笔。在常熟古街，随意走入一间咖啡屋，店主竟是旅居荷兰多年的画家；太仓千年古镇的老茶馆里，两位本地老人一人轻拉二胡，一人漫弹吉他，合奏意蕴悠扬，引得路人驻足欣赏；加上昆曲进学校、进企业等，在苏州，文脉相传不仅在咫尺舞台空间，传统文化的赓续处处可感。

苏州既为各类人群追求"民生高线",又为老人、外来儿童、残疾人等群体构筑"温暖底线"。诗人白居易未成名时初到长安,曾被人戏谑"长安米贵,居大不易",道破初来乍到之难。白居易曾任刺史的苏州,如今喊出"你只需要一个背包,其他'包'在苏州身上",以"人"为标尺,打造"一生之城"。

拥有两万余条河道、近四百个湖泊的苏州,以水之温婉灵动,和滴水穿石的坚韧,努力让每一颗心灵都有所归属,构成一座城市完整的幸福拼图,这也是中国式现代化的现实图景。

互学共进:提升业务水准

四年深读苏州,对"最强地级市"而言,重新评估了它对中国城市化的示范意义,重新定义了对我国城市治理的路标价值。对于分社来说,发掘了每个记者的业务可塑性,在互学共鉴中并肩成长。

白天马不停蹄密集采访,晚上开会研讨、头脑风暴,已成每次读城的"标配";对于稿件,大到逻辑框架、小到标点符号,都反复打磨,以《双面"绣"姑苏——人文经济视野下的苏州观察》为例,前后易稿十余遍,刊发后有总社编辑老师发来消息"可以直接进教科书的范文级别";每次读城的视频和图片,同样用足心思,不满足于"能发稿就行",而是精益求精,努力匹配每座城市的特质,体现奋斗发展的艰辛不易。

从"走基层、转作风、改文风",到践行"脚力、眼力、脑力、笔力",最基本要求都是到基层去。当下的媒体从业者,需要认识和把握不断变化的时代,书写和呈现飞速发展的中国,"读城"刚好能衔接和推动"扎根工程",到群众中去、到生活中去,从部门向县区延伸,从地区向行业拓展，形成条块结合的基层调研格局。

分社提出，下基层应做好"三得"：下得去、沉得住、出得来。"下得去"就是记者不能整天在办公室，走出去，做到身到；"沉得住"就是不能蜻蜓点水，在一个地方晃一枪就走，必须深耕基层，做到情到，走近采访对象，做到心到；"出得来"就是不能一叶障目，陷入点上的琐碎，而忽略了大局和全局。

除了"三得"，还需看"三真"。交"真朋友"，结交第一时间提供第一手材料的人，让信息触角更灵敏、更快捷，减少信息搜集的盲区和空白点；发现"真问题"，在纷繁表象中发现时代的痛点、转型的难点、百姓的关注点和基层治理的薄弱点；提出"真知灼见"，由表及里的思考、抽丝剥茧的分析，触及问题的实质和内核，拥有独到判断和见解。

夏天的地铁施工现场，热浪滚滚，戴着安全帽听工作人员介绍交通布局；老城区厕所改造，随机走进几个，看看到底哪些设计方便老百姓；为了拍摄城市的十二时辰，凌晨爬上高楼，四点多和环卫工人一起吃早饭……这样的读城场景比比皆是。我们习惯登上城市最高点，市域范围大多可见，建筑错落有致、绿地穿插其间、河流穿城而过。"欲穷千里目，更上一层楼"，业务能力提升和城市进步道理一致，除了不断攀登，别无他径。

国社作为：彰显地方影响力

本次集结成书的文章，每一篇都凝聚了报道团队每个人的心血。刚开始读城也有困惑，投入大量精力，初期看不到明显成效。厚积薄发，如今回望终于看到显著收益，培育了不断精进的业务氛围，还持续彰显着地方影响力。

《问道昆山》组稿以 12 页篇幅在《瞭望》刊出后，昆山撤县设市 30 周年主题大会上，人手一本，好几位与会者或发消息给记者、或发朋友圈，感慨"国社水准""文章将载入城市历史"；

太仓市撤县建市三十周年暨德企发展 30 年大会活动现场，播放了由新华社国际部、江苏分社、柏林分社制作的《根在德国 花开太仓》短视频。看到视频中 30 年前的自己，80 岁的斯坦姆博士情不自禁拿出手机，实现了跨越时空的"同框"；

《双面"绣"姑苏——人文经济视野下的苏州观察》播发后，《苏州日报》两次全文刊载，引发苏州及江苏多地进行相关研讨，"人文经济视野下的城市观察"成为一种写作格式。

分社每次读城，第一站往往选择城市规划馆，了解城市从哪里来、往哪里去。馆里大多有一些重要的媒体报道。若干年后，这本书里的一些文章，应该会被重点展示，以这样的方式，让国社与每个城市拉近距离、拥有共同回忆。

学者爱德华·格莱泽曾说，城市是人类最伟大的发明与最美好的希望，城市的未来将决定人类的未来。城市仍在拔节生长，我们仍将深耕解读，聚焦城市与自然、城市与产业、城市与人、城市与文化等关系，为未来回望今天呈现更真切、更清晰的城市影像。

一个国家，一个城市，以至每个人，奋斗必然千辛万苦，但那些并肩战斗的岁月、那些彼此赋予的灵感、那些读城过程中感受到的人间百味，将随着时光流逝，在心中千回百转，愈加醇厚。

2024 年 1 月 3 日